最弱テイマーはゴミ拾いの旅を始めました。5

The Weakest Tamer Began a Journey to Pick Up Trash.

Honobonoru500
ほのぼのる500
Illustration ✿ なま

TOブックス

START!

旅立ち前、
やり残したこと
たくさんだ！

魔物の凶暴化の解決に
荷物やお金の整理……。
どこから始めよう…(汗)

シエルが
冒険者を大救出！
2マス進む

流石シエル、頼りになるね。
（なでなで）皆を助けてくれて、
ありがとう！

ドルイドさんと
喧嘩勃発！
1回休み

もう、わからずや
なんだから……！
え、私も頑固すぎって？

これまでのアイビーの旅路——。

ドルイドさんの
師匠さんと遭遇！
2マス戻る

初めまして！あれ、
なんだかドルイドさんの
顔引き攣っている
ような？

フレムも
進化しちゃった!?
1マス進む

なんだかすごい魔石が
産まれたけど、どうしよう!?

スライムトリオ爆誕!?

魔石でシエルも
スライムへ変化！
1マス進む

これで町でも一緒だね！
うれしいな〜！

もうすぐ冬が
やってくる。
どこで過ごそう
かな——？

To be continued……

もくじ

Illustration なま　Design AFTERGLOW

Character
ドルイド
右腕をなくしたおっさん冒険者。
瀕死のところをソラに治療され、
仲間となる。
過保護になりがち。
アイビー
スキルの星がなかったため
親から見放され、
サバイバルの旅に出る。
前世の記憶を持つ。
男の子に間違えられがち。
シエル
行く先々で出会った
アダンダラ（猫の魔物）。
なぜかアイビーに懐いている。
ついもふもふしがち。
ソラ
アイビーが初めて
テイムしたスライム。
崩れスライムというレア種族。
最近雑食になりがち。
フレム
ソラの分裂で生まれた
色違いの分身(?)。
なぜかドルイドと仲良しで、
よく眠りがち。

第5章 ✿ ハタウ村の冬

The Weakest Tamer
Began a Journey to
Pick Up Trash.

225話　ハタウ村に到着

風が吹く度に、体温が奪われるほど風が冷たい。

「大丈夫か？」

風が吹いた時に震えたのを見られたのか、ドルイドさんが心配そうに訊いてくる。口を開くと寒いので一回頷《うなず》く。

「あと少しでハタウ村に着く。がんばれ！」

予定より早くハタウ村に着く。が、予定よりかなり早く寒波が来てしまった。いつもだったら、まだ一ヶ月ぐらい余裕がある筈なのに、既に凍えるほど寒い。嫌がらせだ～！　心の中で冷たい風に文句を言いながら足を速める。早く暖かい場所に行きたい。

それにしても、シエルとソラがグースを狩ってきてくれて本当に感謝だ。ここ数日の冷え込み方は命に関わるという事で、三日ほど寝ずに歩き続けている。睡魔に襲われるのはどうしようもないが、体は軽い。グースのお肉を食べると、疲れがスッと消えて体が軽くなる。なので、歩き続けても速さを維持出来た。ただ、ものすごく眠い。半端なく眠い、歩いていても目が閉じそうだ。早くハタウ村に行って宿で思いっきり眠りたいです。

「あっ、あれですか？」

視線の先には門が見える。錯覚だけど、門が輝いて見える。

「あぁ、ハタウ村に着いたようだな」

ドルイドさんの顔に安堵《あんど》が浮かんだ。きっと私も同じ顔してるだろうな。肩から提げたバッグに向かってハタウ村に着いた事を告げる。

「もう少しそこで待っていてね」

微《かす》かにバッグが振動する。フレムは寝ているだろうから、ソラかシエルかな。

門番が私たちの姿を確認したようで、門を開けてくれる。

「こんにちは」

門番さんの声に驚いて顔を見ると女性だ。初めて女性の自警団の人を見たな。ただ、寒さ対策の格好をしているせいか姿からは女性だとわかりづらい。

「ありがとう。ハタウ村で冬を越す予定なのですが、問題ないですか？」

ドルイドさんが商業ギルドのカードを出すので、私も急いでカードを出す。手がかじかんでいて動かしにくい。何とか商業カードを出す事が出来ると、ホッとした。

「確認いたしますので、こちらにカードをかざしてください」

門の横にある机の上に何かマジックアイテムが置いてある。初めて見るアイテムだ。ドルイドさんがカードをかざすと、緑の色がつく。

「お名前は？」

「ドルイドです」

ドルイドさんが答えると、緑色が点滅する。

「ありがとうございます。娘さんもお願いします」

あっ、娘さんだって。何だかちょっと気恥ずかしいな。それにしても髪を少し伸ばしただけで、男の子にまったく見られなくなってしまった。そんなに変わったかな？

「よろしくお願いします」

持っているカードをマジックアイテムにかざす。ドルイドさんと同様に緑の色がつき、名前を答えると点滅した。

「問題ないようですね、ようこそハタウ村へ。では、こちらが長期滞在許可証となります。名前を登録しましたので、他の方は使えません。ご注意ください」

白地に緑色の線が入ったプレートが渡される。

「ありがとうございます」

目を見てお礼を言ってから、頭を下げる。女性の門番さんは少し驚いた表情を見せたあと、綺麗に笑った。

「ドルイドさん、アイビーさん。宿は決めているのですか？」

「いえ、まだです。これから探す予定です」

「宿の条件などありますか？」

「アイビーがいるので、親子で安全に泊まれる中級レベルですね」

「では、五本目の大通りの角を左に曲がると『あやぽ』という宿があります。女性の店主で宿は綺麗ですし、旦那さんが元冒険者でちょっと強面ですが、そのぶん安心して泊まれますよ」

女性の店主さんなんだ。いいな、そこ。

「そうですか、いい情報をありがとうございます。さっそく行ってみます。あっ、お風呂はありますか？」

「もちろんです」

「ありがとう。では」

「ありがとうございます」

この門番さん、すごくいい人だ。この寒い中、探す予定だった宿の情報も教えてくれたし。深くお辞儀をして、ドルイドさんと宿を目指す。

「いい人だったね」

「あぁ、まぁきっとアイビーの対応が良かったから教えてくれたんだよ」

私の対応？　何かしたかな？　……考えるけど、何も思い浮かばない。というか、眠い。あとちょっとだ、がんばれ私！

「それにしても眠いな」

「はい。すぐに眠りたいです」

止まると目が閉じそう。

「宿に着いたらすぐにお風呂な」

「えっ、寝たいです」

「体を温めてから寝たほうが、ゆっくり寝られるぞ」

「そうなんですか？」

「……たぶん？」

「ドルイドさん、たぶんって」

「いや、誰かがそんな事を言っていた、気がする様な？」

どっち？　でも確かに体はすごく冷え切っている。冷えすぎて頭も少し痛い。お風呂で温まってから寝たほうが、よく寝られるだろうな。

「お風呂で温まって即行、寝ましょう。でも、お風呂で寝ないか心配だな」

「それは言えてるな。それにしても、もう少し冬の装備をしっかり準備しておけば、こんな寒い思いせずに済んだんだよな。悪いな」

「いえ、二人で考えて準備したんですから、謝る必要なんてないです」

今の時季にここまで寒くなるなんて、思わなかったのだからしかたない。

「宿でゆっくり寝たら、冬のマントかコートの調達だな」

「うん」

教えてもらった五本目の角を左に曲がる。甘味屋さんや、服屋の看板が並んでいる比較的静かな通り。

「あれだな」

ドルイドさんが指すほうを見ると、看板に『あやぽ』の文字。それにしてもちょっと不思議な名前。何か意味があるのかな？

『あやぽ』の扉を開けて中に入る。木のぬくもりを感じさせる綺麗な宿。門番さんがおすすめするだけはある。女性の店主だからなのか、置いてある小物が可愛い。

「いらっしゃい」

部屋を見回していると、扉の奥から女性が出て来る。年の頃は五〇代ぐらいだろうか？　穏やかな笑顔が何処となく温かさを感じる。この人が店主さんかな？

「冬の間、二人部屋を借りたいのですが空いていますか？」

「えぇ、空いてますよ。冬の間という事はだいたい二ヶ月ぐらいですかね？」

「寒さが完全に抜けたと判断出来るまでなので、二ヶ月半ぐらいになるかもしれません」

「わかりました。朝食、夕食はどうします？」

「朝食はお願いします。夕食は、当日にお願いするか決める事は出来ますか？　それと調理場を貸していただきたいのですが」

「朝食は了解しました。夕食がいる場合は、その日の朝に言ってくだされば用意出来ます。あと、調理場を二階に作ってあるので自由に使ってください。ただし火の管理はしっかりお願いしますね」

「はい。それにしても二階に調理場を作るなんて、すごいですね」

「最近の流行に乗って作ってしまって。ハハハ」

二階に調理場か、ちょっと楽しみだな。

「値段はいくらになりますか？　あと割引きされる条件などありますか？」

「えっと二人部屋で朝食だけという事だから、月六ラダルで二ヶ月半だとして一五ラダルになるわね」

一五ラダル。金貨一五枚か。予算内だからここで決定かな？

「アイビー、ここでいい？」

「うん」

「では、二ヶ月半よろしくお願いします」

「こちらこそ。そうだ割引の条件だったわね。火魔法と水魔法のレベル五以上の魔石一個につき五ギダルよ」

レベル五以上の魔石一個で五ギダル？　随分《ずいぶん》と割引してくれるのだな。

「魔石一個に五ギダルですか？　少し高いのでは？」

「そうなのよ！　魔石が大量に採れていた洞窟がなぜか崩れ落ちてしまって。それから魔石は高騰するばかり、本当に頭の痛い問題だわ！　しかも冬の間、冒険者たちは魔石を採りに行かないし」

ドルイドさんの質問に、興奮して答える店主さん。声がいきなり大きくなったので驚いた。

「何を騒いでいるんだ？」

店主さんの声に奥から強面の男性が出て来る。門番さんが教えてくれた元冒険者の旦那さんかな？　確かに少し強面だけど、今まで出会ってきた中ではそれほど怖いという印象はない。ただ、顔にある三本の傷はちょっと痛そうだ。

「お客さんの前で騒ぐな。手続きは済んだのか？」

「……えぇ、終わったわ」

店主さんの答えにドルイドさんが、苦笑を浮かべる。

「すみません。まだ何も手続きしていないのですが」

「おい」

「あら、まだだったかしら？　ごめんなさいね。えっと、こちらに名前とあと何か証明出来る物を提示してくれる？」

「はい」

ちょっとおちゃめな店主さんの様だ。すぐに手続きは完了して、部屋は二階の一番奥。店主さん曰《いわ》く、一番おすすめの部屋らしい。楽しみだけど、とりあえずお風呂に直行したい、そして思いっきり寝たい！　本当にそろそろ限界なんです。

226話　爆睡です！

ん～、何か音が聞こえる気がする。何だっけ。もう少し、このまま……。

コンコン。

「ドルイドさん、アイビーさん、大丈夫ですか？」

大丈夫？　大丈夫だけど……誰の声だろう……。目を開けると、見覚えがある様でない様な部屋。

「何処、ここ？」

コンコン。

音？　えっと……あっ！　ハタウ村の宿だ。もしかしてあの声と音は……。

「大丈夫ですか？」

やっぱり！　あの声は宿の店主さんだ。

「大丈夫です」

ベッドから起きて、急いで施錠を外して扉を開ける。廊下には店主さんと旦那さん。二人が私の姿を見てホッと安心した表情を見せた。えっ？　何か心配する事でもあったのかな？

「良かった～。二日間、まったく姿が見えないから心配していたんですよ」

「すみません。ありがとうございます」

ん？　二日間？

「えっと、昨日宿に着いた筈では？」

昨日の夕方頃、宿に着いて、お風呂に急いで入って軽く食べて寝た筈。で、今日だから……ん？

「いいえ、二日前ですよ」

二日前？　窓を見ると、夕方だとわかる。つまり丸々二日寝ていたという事？　すごい、というか寝すぎだ。あれ、ドルイドさんは？　私が使っていたベッドの隣のベッドに膨らみが。まだ寝てるのか。

「寝ないで三日間歩き続けてきたというから、ゆっくり寝かせたほうがいいと思ったのだけど、さすがにお腹が空く頃だと思ってね。お願いはされていないのだけど、軽めの夕飯を用意しようかと。あっ、これは今日の朝食の代わりだから代金は要らないからね」

何だかすごくいい宿だな。あれ、そういえば旦那さんがいつの間にかいなくなっている。先に戻ったのかな？

「ありがとうございます。二人分でお願いします」

「良かった。三〇分後ぐらいに用意しておくわね。楽しみに待ってて」

「はいっ！」

店主さんはうれしそうに鼻歌を歌いながら一階に下りて行く。それを見送ってから、部屋に戻り腕を伸ばす。まさか丸一日以上寝て過ごすなんて。ちょっと驚きだ。寝ていたベッドを見ると、ソラとフレムが起きてじっと私を見つめている。あっ、ご飯。

「ごめんね。お腹が空いたよね」

一日ご飯抜きにしてしまった。急いでポーションが入っているバッグを開けて二種類のポーションと剣を出す。出したそばから食べ出す二匹。かなりお腹が空いていたようだ。

「本当に、ごめんね」

二匹は食べながら揺れるという器用な反応をしてくれた。ちょっと多めにポーションをバッグから出して並べておく。シエルは部屋の中を探検中の様だ。私が寝ている間に、していなかったのだろうか？

「う〜」

不意に後ろでうめき声がした。見ると、ドルイドさんが起き出した様で布団が動いている。しばらくすると、欠伸をしながら起き上がった。

「おはよう、早いな」

いや、早くはないよ。

「んっ？　もう食事？」

「おはよう。ドルイドさん」

「うん」

ドルイドさんは窓を見て首を傾げている。宿に着いて寝たのが夕方頃、なのに起きても夕方。

「もしかして丸一日寝てたのか？」

やっぱり、そう思うよね。私だけじゃなくて良かった。

「いえ、丸二日です」

「ん？　……二日！　えっと、本当に？」

「うん。二人揃って丸々二日間爆睡だったみたい」

「そうか。そんなに疲れていた感覚はなかったんだが」

私も疲れが溜まっている感覚はなかった。おそらくグースのお肉のお蔭で、体が軽かったからだろうな。とはいえ三日も徹夜をしたら、丸二日間寝ていてもおかしくないか。

「店主さんたちが、心配して声をかけてくれたんですよ。あっ。夕飯を用意しておきますって」

「夕飯？」

「今日の朝食を食べなかったから、その代わりにどうぞって言ってくれました」

「ありがたいな」

ドルイドさんの言葉に頷く。

「この宿を教えてくれた、あの女性の門番さんにお礼を言いたいね」

「そうだな」

ドルイドさんがベッドから立ち上がって体を動かす。

「寝すぎだな。体中がいたい」

「私も体がぎしぎしいってる」

ドルイドさんが腕を伸ばしたり足を伸ばしたりする柔軟運動をし始めたので、私も真似てみる。

丸二日寝ていた為か体が硬く伸ばすと痛くて、でも気持ちがいい。

「さて、顔を洗ってそろそろ一階に降りようか」

「うん」

「ん〜、この格好ではちょっと駄目だな、着替えるか」

「あっ、洗濯しないと、もう服がないや」

「俺もだ」

何とか綺麗に見える服を探して着替える。明日は洗濯しないとな。ソラとフレムは食事が終わると、シエルと一緒に部屋の中を探検しだした。もしかしたら、ソラたちもこの二日、寝ていたのかな?

「あれ、今から探検？　してなかったのかな？」

ドルイドさんがソラたちを見て首を傾げる。

「たぶん。一緒に寝ていたのかもしれないね」

「ありえるな。お〜い、ご飯を食べて来るから静かにな」

ドルイドさんの声に三匹が揺れる。

「ドルイドさん、声が漏れないようにするマジックアイテムがあったよね？」

「あぁ、あとで部屋に設置しないとな。あの三匹の声が聞けないと寂しい」

マジックアイテムが作動していない事を知っているのか、三匹は揺れる事はするけど一切鳴いてくれない。いい事なんだけど、声が聞けないのはちょっと寂しい。どのマジックバッグに、探しているマジックアイテムがあるのかわからない為、あとで設置する事になるが、部屋に帰ってきたらすぐに探そう。

部屋をしっかりと施錠してから一階へ降りる。

「おっ、来たな。席は空いてる所に座ってくれ。すぐに持って来る」

「こんばんは。先ほどはありがとうございました」

「ハハハ、気にするな。疲れはとれたか？」

「はい」

旦那さんはちょっと強面だけど、おおらかな人って感じだ。食堂を見渡すと、親子連れが三組。若い夫婦が二組。格好から全員冒険者だろう。

空いてる席に座ると、しばらくして夕飯が運ばれて来る。

「どうぞ。今日はハタウ村名物の特製スープと白パンだ」

白パン！　やった、これはうれしい。

「珍しいですね。白パンを出すなんて」

「奥さんがパン好きなんだよ。しかもここの白パンは奥さんの手作りだから特別だ」

「えっ。このパン、店主さんの手作りなんですか？」

「あぁ、すごいだろう」

旦那さんがちょっと恥ずかしそうに、でもうれしそうに奥さんの事を自慢する。

「すごいです。白パン大好きなので、すごくうれしい」

カゴから一つ白パンを手に取る。うわっ。柔らかい。

「おっ、期待していいぞ、奥さんのパンはうまいからな。じゃ、ごゆっくり」

旦那さんは、すごく店主さんを愛しているんだろうな。奥さんと言う度にうれしそうだ。仕事に戻る旦那さんを見送ってから。

「「いただきます」」

白パンを食べる。ふっくらしていてしっとりしていて、本当においしい。

「おいしい」

「うまいな」

次にハタウ村名物の特製スープ。白いスープで、少しとろみがついている。大きめに切った野菜とお肉が入っていて、おいしそう。スープを飲むと、野菜の甘みとお肉の旨味が出ていて本当においしい。どうやら『あやぽ』は、料理上手な宿でもあるようだ。本当にこの宿を推《お》してくれたあの門番さんには、しっかりとお礼を言わないとな。スープと白パンを綺麗にすべてを食べ切ってから、部屋に戻る。おいしかった〜。幸せ。

「ドルイドさん、ベッドのシーツとか勝手に洗っていいのですか？」

あっ、言葉が戻っちゃった。ドルイドさんを見ると苦笑している。

「長期滞在の場合は、その棚の中にある物を自由に使っていいんだが、そこにシーツがあれば洗濯は俺たちが自由にしていい、ない場合は宿の人に言って替えてもらうんだ」

棚にシーツ？　棚を開けると色々な物が詰まっている。えっと、大き目のタオルが六枚、小さいタオルが一〇枚。他には、コップにこれは……お茶かな？　で、シーツ……シーツ。

「あった！」

「あった？　だったら、シーツは俺たちが勝手に洗っても問題になる事はない。ただし、お願いして洗ってもらう事も出来る筈だ。ただ、宿によっては代金が掛かる場合があるから確認してからだな」

「了解！　明日は洗濯三昧だ。服の汚れがシーツに付いちゃったし」

「体は洗ったけど、服の替えはなかったもんな」

途中で洗濯をする予定だったが、寒さの為洗濯より村を目指す事を優先した。が、朝の冷え込みで霜《しも》がおり、服が湿った為着替えなければならず、いつの間にかすべて使用済みの服になっていた。ベッドに入る前にがんばって汚れを取ったが限界があり、ベッドのシーツを汚してしまった。明日は朝から洗濯だ！　その前に、今日これから寝られるかな？

227話　外套《がいとう》を探そう
「行ってらっしゃい」

「行ってきます」

『あやぽ』の店主に見送られながら、宿を出る。大通りに向かって歩いていると、冷たい風が通り過ぎる。

「うわっ、寒いな。やっぱりこの格好では駄目だな」

「そうですね。さむっ」

ドルイドさんと私が上から羽織っているのは、秋口に着る外套。ある程度の寒さなら対応出来る筈なのに、今年の冬はまったく役に立たない。本当に寒すぎる。

「お店の場所は、大通りを門に向かって二つ目の角を左だったよね？」

宿の旦那さんに聞いた、マントやコートなど外套が揃っているおすすめの店。

「あぁ、その道順で合ってる」

元冒険者の旦那さんが、この店だったら間違いないと言っていたから、今から楽しみだ。

「ここでしょうか？」

「ここだと思うが……」

冒険者ご用達の様な無骨なお店を想像していたが、扉の取っ手にまで拘《こだわ》りが窺《うかが》えるオシャレなお店。外観だけで判断するなら、冒険者が来る店ではない様な気がする。

「曲がる所を間違ったのかな？」

「大通りを門の方向に向かって歩いてきたよな？」

「はい」

宿のある通路から大通りに出て、間違いなく門に向かって歩いてきた。

「で、二つ目の角を左」

一つ目を通り過ぎて二つ目の角を左に曲がった。そして角から五番目のお店。教えてもらったお店の名前は『シャル』。お店の看板にも『シャル』の文字。

「お店の名前も合っているから、ここなんだろうけど……。予想していた様な店ではないな」

旦那さんが教えてくれたとは思えない店構えだ。旦那さんはおおらかな人柄だが、見た目は強面だ。

「そうですよね」

こんなオシャレなお店にきた事がないので、正直入りづらい。そもそもこんな薄汚れた状態で入って大丈夫なのかな？

「どうした？」

「いえ、こんなお店に入った事がないのでちょっと」

「ないのか？　今まで服は冒険者の店で買っていたのか？」

そこにはあまり触れられたくなかったな。

「……捨て場でまだ着られる服を拾って、色々直して着てます」

「そうか」

ドルイドさんが何か考え込んでしまった。やっぱり捨て場で拾った服は駄目だったかな？

「よし、入ろう！」

えっ？　ドルイドさんがどうしてやる気になっているんですか？　嫌な予感がするんですが……。

「ドルイドさん、何をするつもりですか？」

「アイビーの服を買おう」

「コートとかマントですよね？」

な、なんでそこで笑顔なんですか？

「いや、服一式だ」

「いいです、要らないです」

「アイビーも女の子なんだから、オシャレしないと駄目だ。任せておけ」

「冒険者だから、オシャレはあまり関係ないと思います」

「そんな事ないぞ、女性の冒険者だってオシャレはしている」

確かに綺麗な人たちはとてもオシャレだ。でも、それは綺麗な女性がするからいいのであって、私では無駄だろう。

「あの本当に――」

「アイビー、言葉が戻っているぞ」

「あっ！」

「最近のアイビーは、ふっくらとしてきたし髪が伸びてきて可愛らしいから、きっと何を着ても似合うと思うぞ。オシャレをしたら、もてる事間違いなしだ。……いや、もてる必要はないな」

えっと、ドルイドさん？　えっ、私太ったの？　自分では気が付かなかったな。それにしても髪が伸びたぐらいでは、それほど見た目など変わらないと思う。だから、もてる事はないので心配する必要はないと思う。あっそういえば、ラットルアさんたちも私を可愛いって。でもあれは、お世辞だよね？　あれ？　でも成長すると一人旅では危なくなるからって……。

「可愛すぎるのは駄目だな。変な男を引っ掛けて来る事もある。まだ娘はやらん！」

「いや、ドルイドさん。絶対にそんな事起こりませんから。というか何の話ですか？」

「アイビーを嫁に出すのはまだ早いという話だが？　それとことば」

そういう話をしていたっけ？　それに言葉？　あぁ、また元に戻ってたのかな？

「どうかしましたか？」

「「えっ？」」

店の前で、ドルイドさんとおかしな攻防をしていると声が掛かる。どうやらお店の人が外に出てきてしまったようだ。

「あっ、すみません」

「いいえ、それより当店に何か御用ですか？」

「『あやぽ』の旦那に聞いてきたんですが、冬の外套はありますか？　あとこの子に似合う服も一式揃えたいので」

あ～、止める前に言われてしまった。

「あぁ、ドラの紹介でしたか。ちょうど今年のおすすめが色々と入ってきたばかりなんですよ。どうぞ」

旦那さんの名前はドラさんというのか。そういえば、聞くのを忘れていたな。

お店の中は外観と同じく女性が好みそうな可愛らしい雰囲気。そこに、色とりどりの服が並んでいる。シンプルに見える服も、何処かポイントに刺繍《ししゅう》などが入っているようだ。可愛い物に囲まれてちょっとドキドキしてしまう。

「コート型がいいですか？　マント型がいいですか？」

「まだ決めていません」

コート型は腕があるタイプで、マント型は腕がないタイプだったよね？　旅をするならコート型のほうが便利かな？

「それでしたら両方のおすすめをご紹介しますね。こちらがコート型で今年のおすすめです。これらは風を完全に防ぎますので人気ですよ」

お店の人が見せてくれたのは、薄い水色で長めのコート。袖の所にファー、襟《えり》には刺繍が施された可愛らしいデザインだ。サイズから見て、どうやら私にすすめてくれているようだ。確かに可愛いけど、似合うのかな？

そういえば、マジックアイテムのコートってこんなに可愛らしいデザインだったかな？　前に見た事があるけど、もっとシンプルで機能面しかいい所がなかった気がする。

「こちらはマント型です。先ほど同様に風を通しません。こちらのマントの特徴はマント自体が熱を発生させるので、冬に洞窟や狩りに行く冒険者から人気です」

次に紹介されたのはマント、先ほどのコートより少し短め。色は薄い緑で全体に刺繍が施されていてかなり凝ったデザインだと思う。首元には大きいファーがあって温かそうだ。しかも熱を発生させるらしい。冬にはかなりうれしい機能だ。ちょっと気になったので、値段を確かめて……手を離した。五ラダル、金貨五枚とか絶対に無理！

「マジックアイテムのコートやマントは見た事があるが、こんなにデザインが良かったか？　もっとシンプルだった気がするが」

「魔物がドロップするコートやマントはシンプルですね。これは魔物がドロップした糸を使用して作った物です」

「糸？」

「はい。糸をドロップする魔物が五年ほど前に発見されまして、その糸を使って作っているんです」

「風を通さないという機能はどうやって付けているんです？」

「糸の特性です。ドロップされる糸には火や水を弾く機能を持った糸があり、それらを生かして作るとこの様なコートやマントになります」

なるほど、魔物からドロップされた糸が材料なんだ。すごいな、糸だったら色々な物が作れそう。

「アイビー、このマントとか可愛いと思わないか？」

さらっと五ラダルのマントをすすめないでほしい。金額を見ておいて良かった。

「高すぎます、駄目です」

なんでそんなに落ち込むんですか。五ラダルとかありえないですから！

「あの」

「はい」

ドルイドさんが何か言う前に、納得いく値段の物を探そう。

「風を通さない機能付きで、値段の安めの物ってありますか？」

「ありますよ」

「可愛い物がいいです」

「ドルイドさん！」

「ふふふ、少しお待ちくださいね」

お店の人に笑われてしまった。

「もう、旅に可愛いは要らないですよ」

「でもアイビー、この店に入ってから楽しそうだぞ」

「えっと、それはそうだけど」

確かに、ワクワクしている。

「楽しい気分にしてくれる物を持つのはいい事だよ」

そうなのかな？

「でも、高い物を持つと落ち着かない」

「それはあるな」

ドルイドさんも私も似た様な金銭感覚だ。やっぱり身の丈に合う金額の物を選ぼう。うん、それが一番だ。

228話　暴走？

疲れた。お店にある椅子を借りて休憩する。どうして外套を買いに来ただけなのに、こんなに疲れなくては駄目なんだ？

「アイビーにはこっちだろ？」

「それもいいですが、この色も似合うと思いますよ」

「それもいいな」

「あっ、これも似合いそうですね」

おかしいな、私の服なのになぜか勝手に決まっていく。一応予算を決めた。そうしないとドルイドさんがお店の人と一緒に暴走するからだ。というか、あれを着て、これを着て。なんでこんなに一杯服を着なくては駄目なのだろう？　服や外套なんて、機能面を重視して決めればいい。ボタンが可愛いとか、刺繍の柄とか……私は気にしないのに。

「アイビー、これはどうだ？」

「ドルイドさん、六着も要らないです。もう充分です」

「いや、でも可愛いぞ」

「だから」

「大丈夫ですよ、予算内ですから」

そうではなくて。というか、本当に予算内に収まっているのかな？

「ドルイドさんの外套は決まったんですか？」

「あぁ、体に合うように少し調整を依頼しておいた。アイビーのも頼んでおいたから」

いつの間にしたんだろう。ずっと私の服を選んでいた様な気がするのだけど。

「私のは少し大きめでお願いしてくれましたか？　背が伸びると思うので」

この頃少し背が高くなった。やはり成長期には、しっかり食べるという事が大切な様だ。

「大きくなったら調整を依頼すればいいから。それでも無理だったら、買い直したらいいだろう」

「もったいないですって」

「この店の服は人気が高いので、他の村や町で売れますよ。だから大丈夫です」

バルーカさんがにこりと笑う。このお店の店長で、店に並ぶすべての服をデザインしているらしい。ちなみに宿の旦那さん、ドラさんと幼馴染で同い年。見た目は旦那さんより一〇歳ぐらい若いけど。同い年と聞いてドルイドさんと一緒に驚いた。

「アイビー、スカー――」

「絶対に要りません！」

「……残念」

なぜかドルイドさんがスカートを何度もすすめて来る。旅にスカートなんて絶対に無理だ。何で無駄な物をすすめるのだろう？

「ドルイドさん、そろそろ終わろうよ」

「あともう少し」

時計を見る。この店に入ってから二時間以上たっている。正直、ドルイドさんを放置して宿に帰ってしまいたい。が、それをすると好き勝手買われてしまう様な気がして、ここから離れられない。

「この会話、もう三回目ですよ」

「あとちょっとだけだから。奥のソファでゆっくり休憩していてもいいからな」

ソファでの休憩に心惹かれるが、二人が持った服のせいでこの場所から離れられなくなる。二人が選んだ服は、どう見ても予算内に収まる様には見えない。じっと見ていると、二人が私を見る。首を横に振ると、二人揃って溜め息をついて服を戻した。やっぱり、ここから離れないほうが良さそうだ。

「しかたがない、今日はこの辺りにして終わるか」

ようやく終わった。長かった。あれ？　今日は？　聞き間違いだよね、きっと。

「残念です。着飾ったら間違いなく可愛くなる素材なのに」

「そうだよな」

恥ずかしい事をさらっと言わないでください。それにしても、ドルイドさん何だかうれしそう。私の服を買うのがそんなにうれしかったのかな？

「どうした？」

「いえ、楽しいですか？」

「ものすごく」

そんないい笑顔で言われたら、どうしたらいいのかわからなくなってしまうのだけど。

「アイビー、最後に持っていたあの服」

「駄目です！」

やっぱり笑顔でも、駄目な物は駄目。バルーカさんの近くにある机を見る。服が数着、積み上がっている。本当に予算内に収まっているのだろうか？　不安だ。

「本当に大丈夫ですか？」

私の視線の先を見たドルイドさんに頭をぽんぽんと撫でられる。

「アイビーも知っているだろう？　値段を一緒に確かめたのだから」

「うん」

確かに最初に思ったより、この店の服は安かった。というか、安い服もあったというほうが正しい。安い理由は刺繍の出来が少し荒い為。まだ高級品として出すには、技術力が足りない人が縫った刺繍らしい。見せてもらいながら説明されたが、私としては安い服の刺繍でも十分に見えた。

「だから大丈夫」

これはドルイドさんを信じるしかないよね。正直にいえば、服を買ってもらえてうれしい。ずっと拾った物だったから。すごくうれしい。

「ドルイドさん、ありがとう」

「ハハハ、どういたしまして」

ドルイドさんに頭を撫でられていると、バルーカさんが来る。最終合計金額を出してくれたようだ。

外套は一人一ラダルとちょっと高め。私は少し迷ったけど、冬の寒さを甘く見たら駄目だという事でこの金額の物になった。確かに今年の冬は寒すぎる。そして服代は色々揉めて、最終的に合計五ギダルまでとなった。これにはドルイドさんの服代も含まれている。ほとんど私の服代になっているけど。

「合計五ギダルと一二〇ダルです」

あっ、予算超えてる。

「まぁ、一二〇ダルぐらい大目にな」

しかたないのかな？

「今回だけですよ」

「ハハハ、支払いはいつまでにしたらいいかな？」

笑って誤魔化された気がするな。

「外套を取りに来ていただいた時でいいですよ？」

「わかった。どれくらいで出来上がる？」

「そうですね。他の手直しも少しありますから、二日後でお願いします」

お店から奥で作業をしているのが少し見えるが、みんな忙しそうだ。

「わかった。今日はいい買い物が出来た、これからもよろしくな」

「はい。春物もよろしくお願いしますね」

「あぁ、もちろん。アイビーの服も必要だしな」

えっ？　私が首を傾げると、ドルイドさんに頭をぽんぽんと撫でられた。撫でられるのはうれしいけど。

二人でお店を出ると、ひゅ～っと風が吹き抜ける。温かいお店にいたので寒い！

「二日後が楽しみだな」

「うん。ところで春物も買うの？」

「あぁ、これから俺の服もアイビーの服もお店で買おうな」

「お金、足りなくなりませんか？」

不意にバッグから振動が伝わる。驚いてソラたちが入っているバッグを見る。

「どうした？」

「いえ、いきなり揺れたから」

「揺れた？」

「うん。どうしたんだろう」

「アイビーがお金の心配をしたから怒っているのかもな」

「えっ？　まさか」

笑おうとすると、プルプルとバッグが振動する。えっ、本当に私がお金の心配をしたから？

「まさか、揺れたのか？」

「うん」

「金稼ぎは任せろって事か」

いや、それはと思ったがまたバッグが揺れる。バッグが揺れた事はドルイドさんにもわかったみたいで、驚いた表情をした。

「すごいな」

「駄目ですよ、頼りきったら私がダメ人間になってしまいます」

「いや、アイビーなら大丈夫だろう」

私なら大丈夫？

「ソラたちがお金を稼いで来ると言っても止めるだろう？」

「もちろんです、自分で出来る事は自分で。お金だってがんばって稼ぎます！」

「だから大丈夫なんだよ」

狩りをがんばるぞって拳を作ると、ドルイドさんが断言した。『だから』の意味がわからない。

そういえば今のドルイドさんは落ち着いている。お店の中では、ちょっと今までに見た事ないほど興奮している様に見えたのだけど。

「ドルイドさん、落ち着きました？」

「あ～、もう大丈夫」

「そうですか、ちょっと驚きました」

「ハハハ、悪い。誰かの為に服を選ぶのって楽しいな」

ドルイドさんを見る。ちょっと恥ずかしげに笑っている。

「次、私にドルイドさんの服を選ばせてくださいね」

ドルイドさんに選んでもらった服、みんな可愛かったな。旅をしているとどうしても、汚れたり破れたりするけどなるべく大切に着よう。

229話　個性？

大通りの道に並んでいる屋台を見ながらギルドに向かう。この村のギルドは、大通りに面した場所に建っているらしい。

屋台を回っているとやたらスープを売っている店が多い。というか半数がスープ屋だ。

「この村はスープ料理が多いですね。スープが有名な村なんですか？」

昨日の宿でもハタウ村の特製スープが出された。

「いや、前に来た時はここまでスープばかりではなかったんだが」

「冬だからでしょうか？」

「そうかもしれないな」

冬は温かい物がほしくなるもんね。それにしても、この村のスープは色んな色に溢れているな。赤色や緑色のスープは何となく食材がわかるのだけど。あっ、橙色のスープも予想はつく。が、紫色のスープは何のスープなんだろう？　というか、ちょっと食べる気が起きないなあの色は。うっ、……青色はもっと遠慮したいかも。

「色がすごいな」

ドルイドさんが青色のスープを見て顔を歪ませた。良かった、おいしそうと言われたら賛同出来なかった。

「うん。匂いはいいのだけど見た目で何と言われるか」

「そうだな。考えた事もなかったが、見た目って重要なんだな」

「うん。そう思う」

それにしても本当に色々な色があるな。食材の色にしては鮮やかすぎるし、食材では出ない色もある。個性を出す為だろうか？

「あの建物だな」

ドルイドさんの視線の先には大きな建物が三つ。それぞれに商業ギルド、冒険者ギルド、自警団の印がある。

「どんな結果が出るのかドキドキしますね」

肩から提げているバッグを軽く叩く。

「あぁ、俺の知らない鉱物が大半だったからな」

洞窟で採掘した鉱物を確認した所、ドルイドさんも知らない物が多く価格の予測がつかなかった。なので今日は、とりあえず洞窟で手に入れた八種類の鉱物を各五個ずつ売りに出す予定にした。もしもの事を考えて、なるべく小さい物を選んだ。ただし、ドルイドさんがレアだと言った黒石《こくせき》は小さめを三個。目標金額は宿代一五ラダルと服代二五ギダルだ。おそらく足りないので、追加で売る物は今日の結果で決まる。八種類各五個に黒石三個で目標金額を達成出来たら、それはそれでバッグの中身が怖くなる。それでなくても光るポーションや透明度の高い魔石が入っているのだ。

「あれの鑑定はここでお願いするの？」

「あぁ、その予定だ。何かわかっていないと使えないからな」

あれというのは、サーペントさんがくれた黒色の球体。どんな力があるのかまったく不明な為、とりあえず鑑定してもらう予定だ。怖ろしい結果が出る可能性もある為、かなり迷ったのだが。何も知らないよりいいだろうという事に落ち着いた。

商業ギルドに入ると、入り口の所に冒険者の格好をした三人と中年の男性一人が立ち話をしていた。横を通ると、どうやら森の奥にハタウ村の守り神が現れたとか何とか。

ハタウ村の守り神？　ドルイドさんも気になったようで、少し離れた所で立ち止まる。

「見た奴がいるのか？」

「いや、痕跡《こんせき》があったらしい」

「痕跡だけか？」

「馬鹿か、守り神は巨大なヘビ。ここらで一番でかいサーペントなんだ。痕跡を見たらすぐにわかる」

巨大なヘビ？　森の奥で見た、体全体に不思議な模様があったサーペントさんを思い出す。何処となく神秘的な存在だった。

「だったら間違いなく守り神って事か」

「あぁ、森の妖精を連れていたかもしれないって」

森の妖精？

「本当か？　妖精のほうは想像の産物とも言われているんだろう？」

「まぁな、でも存在していると信じている者も多い」

「妖精って何の事だ？」

どうやら中年の男性は知らないみたいだ。良かった、知らない人がいたおかげで、もう少し妖精の事を詳しく知る事が出来る。

「何だ、知らないのか？」

「妖精は守り神の遣《つか》いだよ。黒い体の生き物らしい」

黒い体の生き物？　ちらりと森で出会った生き物を思い出す。巨大なサーペントに、黒い生き物……。まさかね？

「文献には黒い球体に変化出来ると書いてあるそうだぞ。ただ、守り神以上に妖精には出会えないがな。あまりにも目撃者がいないから、いつのころからか想像の産物だと言われ出したんだよな」

三人の冒険者たちの話は続いているが、彼らが言った言葉が頭の中を回る。巨大なサーペントに黒い生き物。しかも球体になれる。

ドルイドさんに視線を向けると、彼も私を見ていた様で目が合う。何となく二人とも苦笑い。そっと四人から離れようと足を動かすと。

「俺としては守り神も見たいが、黒の宝珠を一度でいいから見てみたいよ」

冒険者の一人の言葉に、動こうとしていた足がぴたりと止まる。

「一個で王都に城が建てられるって聞いたが、本当か？」

「本当らしいぞ」

「まぁ、伝説の宝珠だからな」

背中を嫌な汗が伝う。止まってしまった足を何とか動かし、ちょっと急ぎ足で彼らから離れる。

二人とも無言だ。誰も周りにいない事を確かめて、大きく息を吐き出す。

「アイビー、もしかしてもしかする？」

「もしかしますよね……」

「「ハハハ」」

人の少ない隅に移動する間にも、守り神の話は耳に入ってきた。どうやら、相当噂になっている様だ。文献では黒い体に白い模様が入っているとか、妖精は一匹だけではなく複数いる可能性があるとか。どの話も、森で出会った巨大なサーペントと黒い子供たちを連想させる物ばかり。ちなみに黒の宝珠の力は、死んだ人を蘇らせる事が出来るらしい。その話を聞いた瞬間、死んだ人が土から出て来る想像をしてしまった。慌てて首を振って想像を追い払う。前の私の記憶で、一番要らない物だ。

「どうした？　顔色が悪いけど大丈夫か？」

「大丈夫です。それにしても黒の宝珠ってすごい力を持っているのですね」

「人を蘇らせるか。そんな物があると聞いた事がないから、ただの噂だと思うぞ」

「そうなんですか？」

「あぁ、そんな力を持っているなら、世界中に黒の宝珠の話が広まっている筈だ」

確かに、ドルイドさんの言うとおり。この村だけでその話が広まっているのはおかしい。

「はぁ～、とりあえず、あれを鑑定に出す前で良かったよ」

「そうですね」

ドルイドさんと同じ様に溜め息をつく。もしも何も知らずに鑑定に出していたら、大変な事になっていただろう。黒の宝珠ではない可能性もあるが、確かめるには危険すぎる。バッグの奥の奥にしまっておこう。

「ここにいてもしかたないから売りに行こうか」

「うん」

しばらく休憩していたが、ずっとここにいてもしかたないのでドルイドさんのあとを追って歩き出す。カウンターを見ると、丁度前の人が終わった様ですぐに対応してもらえそうだ。

「いらっしゃいませ。どうしましたか？」

ギルドのカウンターには、少し釣り目をしたきつい印象の女性がいた。

「洞窟で鉱物を採取出来たので、売りたいのですが大丈夫ですか？」

「大丈夫です。ではここに売る物を入れてください」

ギルドのお姉さんが、小さなカゴを出す。その中に売ると決めていた八種類の鉱物を各五個ずつ。最後に黒石の三個を乗せて、お姉さんに返す。

「ありがとうございます。しばらくお待ちください」

カゴをお姉さんに返すと、番号札の様な物を渡される。それを受け取って、椅子に座って様子を見る。お姉さんも鑑定スキルがあるのか、一つ一つ鉱物を確認してくれている。少しするとバタンと椅子が倒れる音がして、ついでお姉さんが慌てて何処かに走って行く後ろ姿が見えた。

「ドルイドさん」

「あ~レアかな。超レアではないといいな」

「そうですね。五個ではなく二個ずつにしておけば良かったですね」

「そこが問題ではないけどな。でも、確かにどうして五個なんてちょっと多い数にしたんだろうな」

お姉さんがちょっと興奮して顔が赤かったとか、お姉さんに話を聞いた男性が二階に走って行く姿とか見たくないです。

230話　目標達成！

「すみませんね。お呼び立てしてしまって」

今いる場所は、商業ギルドの二階の個室。私たちの前の机にお茶を置くのは、メガネをかけた男性でアジルクさん。とても紳士的な方だ。

「いえ」

もう一人、目の前のソファに座っている人は鑑定をする人たちのまとめ役でドローさん。少しお腹が出た五〇歳ぐらいの男性だ。この人、なぜか先ほどから鼻息が荒い。

「この、この鉱石は何処で手に入れましたか！」

お茶を飲もうと手を伸ばすと、ドローさんが不意に体を前のめりにして大声で訊いて来る。

「ひっ！」

その迫力に口から小さな悲鳴が上がり、隣に座っていたドルイドさんにしがみ付いてしまう。ドルイドさんは、そんな私の頭を優しく撫でて落ち着かせてくれる。彼を見ると、眉間に皺《しわ》を寄せてドローさんを思いっきり睨み付けていた。

「ドロー、怖がらせてどうする！　すみませんね」

アジルクさんが、ドローさんの頭を勢いよく叩く。いい音がしたので、ちょっと痛そう。

「すまん。ちょっと興奮しちまって」

「いえ、それで鉱石とはどれの事ですか？」

目がちょっと血走っている人を前に、冷静に対応出来るドルイドさんはやっぱりすごいな。それにしてもドルイドさんの声がいつにも増して低い。ちょっと怒っているみたい。

「こちらの四種類なんですが」

アジルクさんが机に鉱石を並べる。どの鉱石も森の奥の洞窟で採取した物だ。黄色の鉱石に水色に茶色が混ざり込んだ鉱石、緑の斑点がある鉱石に一見岩にしか見えない鉱石。

「なぜこれらの鉱石の事を聞くのか、説明いただけますか？」

硬い声で質問するドルイドさん。さすが元冒険者だけあって迫力ある声だな。ドローさんもちょっとたじろいでいる様子。

「えっとですね」

「ドローのせいですよ。娘さんを怖がらせるから」

私？　そういえば、まだドルイドさんにしがみ付いたままだった。ちょっと恥ずかしくなって座り直す。

「大丈夫か？」

「うん。ありがとう」

私が座り直すと、なぜかドローさんとアジルクさんがホッとした表情を見せた。

「えっと、鉱石の事ですが、この四種類はハタウ村を守る神の住処にある鉱石だと言われているんです」

うわ～、すごい鉱石を持って来てしまった。というか住処？　もしかして森の奥の洞窟の事？　もしそうなら無断で持って来てしまった事になるな。でも、サーペントさんは怒った様子はなかったけど……。

「すみません。我々はこの村の守り神について詳しくは知らないのですが、住処とは洞窟の事ですか？」

ドルイドさんの質問にアジルクさんが頷く。

「そうです。森の最奥にあると言われています。何度か探したのですが、魔物が多くたどり着けませんでした」

そんなにあの洞窟、森の奥にあったかな？　足元ばかり気にしていたから、覚えていないな。それに魔物？　確かに居るにはいたけど、みんなシエルが追い払っていたからな。どんな魔物がいたのか知らないな。

「なるほど」

ドルイドさんが神妙に相槌《あいづち》を打っている。どうするのだろう。下手な事は言えないよね。

「すみませんが、その洞窟が何処にあるのか私にもわかりません」

「えっ、ですがこの鉱石は」

「途中で道に迷いまして、気が付いたら洞窟に辿りついていました」

んっと、口を挟まないほうがいいだろうな。ドルイドさんが何を言っているのか不明だし。表情が動かない様に注意だけしておこう。私の様子で嘘だとばれたら、大変だ。

「迷った？」

「えぇ、途中で羅針盤《らしんばん》を落としてしまいまして」

羅針盤は、方角を指すアイテムで旅には必需品の一つだ。ただ、私は持っていないけど。ドルイドさんの羅針盤を見せてもらったが、ハタウ村に来る旅では一度も活躍しなかったな。シエルのあとについて行く旅では、出番がない。

「羅針盤を！　それは大変だったでしょう」

「えぇ、途中で村道を外れて少し薬草を採りに行ったのですが、そこで迷ってしまって」

薬草を採ったのは本当。これもシエルが誘導してくれた森の奥なのだけど。珍しい薬草の宝庫で、ついつい時間を忘れて一杯採ったな。採った薬草の半分ぐらいは、乾燥させて調味料として使ってます。あっ、残った薬草をギルドで売る予定にしていたのだけど、すっかり忘れていたな。

「この子が……アイビーがいたので焦りました。六日ほど森をさまよった時に洞窟を見つけたんです」

「六日も！　それは大変心配でしたね」

「えぇ、何処にいるのかまったくわかりませんでしたから」

ドルイドさん、演技が上手いな。

「では見つけた洞窟で鉱石の採掘を？」

「まさか、洞窟の奥になんて怖くていけませんよ。入り口の近くで夜を明かしたんですが、その近くに落ちていたのを拾ったのがそれらの鉱石です」

洞窟の奥にガッツリ入ったよね。シエルが色々誘導してくれたし、途中でソラたちも自由に探検していたし。あとでドルイドさんから聞いたけど、洞窟はかなり危険な場所で絶対に自由行動は駄目らしい。私もソラもシエルも、ドルイドさんの話にちょっと驚いたんだよね。その様子を見たドルイドさんは、項垂《うなだ》れていたけど。

「では、どのようにこの村に！」

ドローさんがまた興奮し始める。やっぱりちょっと怖いな。

「洞窟の近くに大きな動物か魔物が通った痕跡を見つけまして、最後の手段だと思いその痕跡を辿ったら、ハタウ村とオール町の中間あたりに出ました。あの時は本当にホッとしましたよ」

痕跡？　そういえば、冒険者の人たちが守り神の痕跡が見つかったとか言っていたな。それを利用したのか。すごいな。

「洞窟の近くから村道に痕跡が、おい」

「駄目です」

ドローさんが何か言う前にアジルクさんが止めた。それにドローさんの表情が歪《ゆが》む。

「なぜだ？　守り神の住処がわかる可能性があるのに」

「今年の冬は危険すぎます。既にこの寒さで死者が出ているんです」

えっ、死者が？　確かに、異様な寒さだもんね。

「くっ、しかし。痕跡が消えてしまうかもしれない」

「既にないと思いますよ。わかっているでしょう」

アジルクさんが、溜め息をつく。痕跡がない？　ドルイドさんの話が本当なら、まだ痕跡が消えるほど時間がたっていないと思うけどな。木に付いた痕跡だと、数ヶ月残っている事もある。まぁ、話は嘘だからそもそも痕跡はないのだけど。

「なぜ、痕跡がないと？　まだ残っていてもおかしくないですよね？」

ドルイドさんも不思議に思ったようだ。

「守り神の痕跡は二日ぐらいで消えてしまうんですよ」

二日で？　そうなんだ。

「そうでしたか。では俺たちは運が良かったんですね」

「そうなりますね」

「ところでこの鉱石は買い取ってもらえないのでしょうか？」

あっ、守り神の住処の鉱石だったら無理なのかな？　もしそうなら予定が狂うな。

「買い取ります！　というか、もしまだ他にもあるならすべて買い取らせてください」

ドルイドさんの言葉にドローさんがバンと机に手を置いて断言する。そして頭を下げる。何だかドローさんは一つ一つの行動が大げさだな。

「えっと、あと少しならあります」

ドルイドさんはドローさんの迫力にちょっと引いている。先ほどとは反対だな。

「ありがとうございます。あとどれぐらいありますか？　いや〜、またこの鉱石を目にする事が出来るとは、素晴らしい！」

ドローさんの気分が高揚《こうよう》したのか、頬が赤くなっている。

「お渡しする前に、それぞれの金額を教えてもらえますか？」

「ん？　あぁえっとですね。右からそれぞれ一個二ラダル、一ラダル、三ラダルです」

やっぱり五個ずつではなく二個ずつにすべきだった。金額は黄色の鉱石が一個二ラダル。水色に茶色が混ざり込んだ鉱石が一個一ラダル。緑の斑点《はんてん》がある鉱石が一個一ラダル。一見岩にしか見えない鉱石、この中で一番安そうなのに一個三ラダル。すべて五個ずつあるから三五ラダル。目標金額達成、早かったな。

231話　一回で十分

ドルイドさんと旅費を貯めようと作った家族口座の残高を確認する。たった今入金された一一五ラダルに元から入っていた一九〇ラダル。合計金額は三〇五ラダル。……金貨三〇五枚か～。

「さすが仕事が早いな。ん？　どうしたアイビー？」

「いえ。何というか現実味がなくて」

何だか、足元がふわふわしている気がする。もう一度残高を確認する。……三〇五ラダル……。

「大丈夫か？」

「いえ、いや」

返事を返したつもりが、何を言っているのか自分でもわからない言葉が出た。とりあえず落ち着こう。

「ふ〜、大丈夫。大丈夫」

「まぁ、驚くよな。オール町からハタウ村の間で、一〇〇ラダルを貯めたんだから」

こういう時、ドルイドさんと私の金銭感覚の違いを感じるな。ドルイドさんは短い期間で一〇〇ラダル以上のお金が貯まった事を驚いている。私もそれには驚いているけど、それよりも恐怖を感じている。手の中に三〇〇ラダルを動かせるカードがある事に！　バッグの中身も怖かったけど、カードも怖い。まぁ、カードにしたら引き落とせる人が限られているからマシなのかな。絶対にこのカードを落とさない様にしないといけないな。……駄目だ、やっぱり怖い。

ドローさんが金額を提示したあと、少し二人で話す時間をもらった。そこでハタウ村に来るまでに手に入れた、黒石以外の鉱石をすべて売りに出す事にした。理由はポーションや魔石だけでも気が重いのに、そこに確実ではないが黒の宝珠が加わった。これ以上肩から提げているバッグの中身に心労を感じたくなかった為だ。

「確認いただけましたか？」

後ろからアジルクさんの声が掛かる。振り向くと、最初に対応してくれた女性の姿もあった。

「えぇ、仕事が早くて驚きました。ありがとうございます」

「ありがとうございます」

ドルイドさんに続いてお礼を言って軽く頭を下げる。

「こちらこそ、いい取引が出来ました。残りのぶんは値段が確定次第、おしらせしたらよろしいですか？」

今回売りに出した中に、すぐに値段が決まらなかった鉱石が二種類あった。何でも、値段の変動が激しいらしく売り手が決まるまで値段がわからないらしい。

「その事なのですが、値段はいくらでも構いませんので売ってください」

「いいのですか？」

「はい。よろしくお願いします」

アジルクさんは少し驚いた表情をしたが、すぐに了承してくれた。

「では、売れましたら金額は振り込んでおきます。書類関係があるのでお金が振り込まれたら、取りに来てください。彼女に書類は渡しておきますので」

「わかりました。今日はこれで失礼します」

ドルイドさんが頭を下げるので、一緒に下げる。アジルクさんも軽く下げてくれた。隣の女性が何か驚いた表情をしてアジルクさんを見ていたけど、何だったのだろう？

商業ギルドを出てしばらく歩くと、体から力が抜けた。やはり緊張していたようだ。

「なんかすごい事になったが、とりあえず終わったな」

ドルイドさんも疲れているようで、声に張りがない。

「そうですね。これから、知らない物を売る時は一個からにしましょうね」

「あぁ。ただ、こんな事は一回で十分だけどな」

「確かに。それにしても、誓約書なんてよく思いつきましたね」

今回洞窟の鉱石を売るにあたってドルイドさんは、ドローさんとアジルクさんにある事を求めた。それが売った側の情報を秘匿《ひとく》する事。

「この村の冒険者や貴族に知られたら、うるさそうだからな。予防線を張っただけだよ」

ドローさんたちは少し驚いていた。なぜなら、自慢こそすれ隠す必要はまったくないからだ。理由を訊かれたドルイドさんは『騒がしいのが苦手』と笑顔で答えていたけど、納得していない様子だったな。

次に冒険者ギルドに向かう。森の中で見つけた捨て場の報告をする為だ。報告だけなので簡単だったが、対応してくれた人がちょっと切れていて怖かった。やはり無断で捨て場を作るのは相当駄目な事らしい。冒険者ギルドを出ると肩から力が抜けた。

「どうした？」

「いいえ、お腹すきましたね」

「そういえば、お昼まだだったな」

そういえば食べてないな。朝から服屋にいって、予想以上に時間が掛かって。次のギルドでも、思いのほか時間が掛かってしまった。

大通りを宿に向かって歩きながら周りを見る。やはり目に入るのは色とりどりのスープ。

「食欲は失せる色なのに、気になりますよね」

ちらりと見えた青色のスープ。隣には薄桃色のスープまであった。

「確かに。色からは、味の推測がつかないから気になるんだよな」

ドルイドさんも同じ気持ちのようだ。少し立ち止まって、青色のスープ屋さんの様子を見る。

「今日は、ちょっと予想より多くお金が手に入ったし……」

いや、ちょっとではないと思う。あっ、でも、ドルイドさん的にはちょっとなのかな？

「そのお祝いって事で」

えっ。お祝いに、青色のスープとかちょっと嫌だ。

「……試すか？」

ドルイドさんが、私を見る。

「……一個だけ」

やっぱり気になる！

「もちろん」

青色のスープを売っている店は、今確認出来ただけで三つ。味が同じなのかは不明だが、とりあえず目の前のスープ屋で購入してみる事にした。

「いらっしゃい」

「一個、頼む」

「はいよ。器は返しに来てくれよ」

「あぁ、値段は？」

「八〇〇ダル」

お金を渡し、スープの入った器とスプーンを受け取る。近くの椅子に座って、二人でまじまじとスープを覗き込む。

「……じゃんけんを、しないか？」

「うん」

青いスープは、思ったより食欲が湧かないからしかたない。

「あっ」

負けてしまった。ドルイドさんの顔を見ると、口元がにやついている。本気でうれしいようだ。

「どうぞ」

「う〜」

しかたないので、一口スープを口に入れる。

「………どうだ？」

ドルイドさんが心配そうに私を見る。

「ん〜」

何だろう、甘ったるい。まったく推測していなかった味というかすごい甘味。

「えっとですね、甘いです」

「甘い？」

「うん」

「甘いだけ？」

「うん」

具は入っているのにスープが甘すぎて、食材の味を一切感じない。買ったのが一個で良かった。ドルイドさんにスプーンを渡すと、おそるおそるスープを口にした。

「うっ」

口に入れた瞬間ドルイドさんが呻《うめ》いた。どうやら駄目な甘さだったみたいだ。そういえば、ドルイドさんは、甘味の強いお菓子を口にしなかったな。食べてもサッパリ系の甘さの物ばかりだ。

「苦手な甘さでしたか？」

「ちょっとな。しかし、すごい味だな」

何とかがんばって一個のスープを二人で食べ切る。こんなにがんばってスープを口に入れたのは初めてだ。器をお店に返して、大通りを気分転換に歩く。

「あの店のスープが甘かっただけか？」

「どうでしょうか？　あの店のスープ屋さんと同じ匂いのスープ屋さんが多いので、もしかしたら他のお店のスープも甘いかもしれませんよ」

食材が違えば、漂って来る匂いは違う。でも、先ほどのスープ屋さんと似た様な匂いをさせているスープ屋が多い。なので、もしかすると、この町のスープは甘いのが主流なのかもしれない。

「もしそうなら、この村のスープは二度と買えないな」

「そうですね。私もちょっと。あっ、でも宿で出た白いスープは、ほど良い甘さでおいしかったですよね」

「そういえばそうだな、特製スープはうまかった。やはり選んだ店を失敗しただけなのか？」

あの店だけなのだろうか？　もう一度スープを試す勇気はないので、宿の人に確かめよう。あれ？

「ドルイドさんは、前にもこの村に来た事あるんですよね？」

「何度かあるが、毎回二時間ぐらいしかこの村にいないからな。詳しくないんだ」

そうだったのか。

「あっ、そうだ。冒険者のアイテムを売っている店に行きたいが、疲れていないか？」

「大丈夫だけど、何か買うの？」

「あぁ、鍵付のマジックボックスを買おうかと思ってな」

鍵付のマジックボックス？

「大切な物を入れておくのに必要かと思って」

大切な物……見られたら騒がしくなるだろうポーションとかかな？　確かに光っているから間違ってバッグから出してしまうと、目立ってしまう。鍵付なら、防げるのかな？

「他にももう少し機能が付いたマジックバッグも見てみたいし」

機能の付いたマジックバッグ？　何だか面白そうだな。ワクワクしてきた！

232話　宝探し

大通りから横道に入って二本目の角を右に曲がって、すぐのお店。見回りをしていた自警団の人に聞いた、マジックアイテム等を販売しているおすすめのお店。

「ここだな」

「大きいですね。楽しみ！」

「服を選ぶ時より楽しそうだな」

「うん」

「……ん～、それはどうなんだ？」

ドルイドさんが、項垂れているのに気付く事なくワクワクしながらお店に入る。テントを買ったお店でも思ったが、本当に多種多様なアイテムがある。しかもごちゃごちゃとしていて、気分は宝探しだ。

お店の奥を見ると、珍しい事に女性の姿。こちらを向いたので一度頭を下げる。

「お邪魔します。見て回っていいでしょうか？」

「あぁ、いいよ。気になる物があったら声をかけてくれ」

「はい。ありがとうございます！」

良かった、ちょっと冷たい印象があったから怖かったけど、普通だ。

「アイビー？」

「お店の人には許可をもらえたので、自由に宝を探しましょう！」

私の様子を見てドルイドさんが笑った。

「宝探しか、確かにそうだな」

お店の棚にはこれでもかとアイテムが押し込まれている。棚と棚の通路にもアイテムが積み上がっていて、何が置いてあるのかまったくもって不明だ。この中から必要な物を探すのだが、これが結構面白い。しかも知らないアイテムなど、手に取って見る事が出来るので本当に楽しい。

「よし、探すのはアイテムボックスと機能付きマジックバッグな」

「がんばって探すね！」

二人で別々の通路に入ってそれぞれアイテムを確認して行く。

「マジックボックスって箱型だよね？　箱を探せばいいのかな？」

棚から箱型のアイテムを一つ一つ取り出して確認して行く。こういうお店には、棚にアイテムの機能を読み取るマジックアイテムが置いてある。この店にもちゃんと用意されているので、それを使って手に取ったアイテムが何かを調べていく。

「ないな」

手に持っているアイテムを読み取ると『ゴミ箱　無臭』と表示される。捨てたゴミが臭わなくなるのかな？　よくわからないな。それにしてもないな～。

「困った」

「アイビー、あったか？」

「いえ、ドルイドさんは？」

「二個見つけたよ」

見せてもらったのは三センチぐらいの箱と、それより一回り大きい箱。機能を読み取るマジックアイテムを小さい箱に近付けると『マジックボックス三〇リットル　時間停止、鍵付　登録二』。もう一つの大きい箱は『マジックボックス三〇リットル　鍵付　登録三』。

「この登録ってなんですか？」

「開けられる人を、ボックスに覚えさせておく事が出来るんだ」

すごい、そんな機能があるんだ。

「このボックスの鍵はどれですか？」

「このタイプは登録した人の掌が鍵になるんだ。だから鍵を落として大変な目に遭《あ》う事もない」

経験があるのか、ちょっと遠い目をするドルイドさん。

「経験ありですか？」

「あぁ、師匠が鍵を落としてな。あの時は本当に大変だったよ」

さすが師匠だな、色々やっている。そういえば、鍵をなくしたマジックボックスってどうなるんだろう？

「鍵をなくしてしまったら、どうなるのですか？」

「諦めるしかないな」

「それは悲しいですね」

「あぁ。そうだ、もしもの時を考えてギルドに登録する予定だから」

「もしも？」

「この手の鍵のボックスを盗む奴はほとんどいない。開けられないからな。でもたまに馬鹿がいるんだよ。挑戦しようとする奴が。でも、実際は開けられないから最後には捨てられる。そういう持ち主不明のボックスになった時にギルドに登録しておけば、返って来るから」

なるほど、確かにもしもの為に登録は必要だな。

「で、どっちがいいと思う？」

「そうですね。どっちがいいんだろう？」

大きさは違うけど、入る容量は三〇リットルと同じみたいだな。違いは登録数と時間停止。ポーションを入れるなら時間停止は必要かな？

「小さいほうでしょうか？」

「容量が一緒だから、やはり小さいほうでいいよな」

「時間停止が大きいほうにはないので」

「ん？　あっそうかアレがあるから時間停止は必要か」

ドルイドさんは、どうやらポーションの事を忘れていたようだ。劣化版ポーションほど早くはないが、正規品ポーションでも時間と共に劣化していく。その為ポーションを長期間持ち歩く場合は、時間停止のバッグなどにポーションを入れておくのが常識だ。これで正規品のポーションは劣化しない。ただし、時間停止に入れても速度は遅くなるが劣化版は劣化し続ける。

「ならこの小さいほうだな。三〇リットルもあれば重要な物はすべて入るよな？」

「大丈夫だと思う」

バッグの中にあるのはソラのポーションとフレムの魔石。それに黒の宝珠に黒石が一二個。

「あとは、機能付きのマジックバッグか」

マジックバッグならこちらの棚に積み上がっていたな。

「ドルイドさん、あそこの棚に詰め込まれてますよ」

私が指した棚には、くるくると巻かれて棚に突っ込まれているマジックバッグ多数。

「よし、一つ一つ確かめていくか」

「うん」

「何を探しているんだい？」

棚に近づこうとすると、後ろから声が掛かる。それが思いのほか近かったので、驚いて振り返る。

少し離れた後ろに佇《たたず》む女性の姿があった。

「マジックバッグです。機能が付いた物はないかと思いまして」

不意に現れた女性にドルイドさんも驚いたようで、少し声が上ずっている。

「機能付きのマジックバッグか？」

「はい。ありますか？」

「あぁ、そこにあるのはそこそこの物だ」

そこそこ？

「どんな機能がほしいんだい？」

「そうですね。偽装機能の付いたバッグってありますか？」

偽装機能？

「確かあった筈だが、何に使うんだい？」

「貴重品を宿に置いておくのに使いたいんですよ。宿の人はいい人なんですが、人の出入りがありますからね」

「なるほどな。ちょっと待っとけ」

女性はそう言うと、店の奥へと戻って行く。

「持ち歩かないんですか？」

「冬は犯罪が増える時季だから、持ち歩くのは危ないと思ってな」

聞いた事がある。冬は、冬を越す為に犯罪を犯す人が増えるって。この村でもそうなのかな？

「といっても、貴重品の入ったバッグをそのまま部屋に置いておくのは怖いからな」

それは怖すぎる。

「だから対策として、マジックボックスに入れて開けられる人間を制限して、偽装機能の付いたマジックバッグで特定の人以外の目に見えない様にしようと思ってな」

「偽装機能の付いたマジックバッグなんてあるんですね。驚きました」

「知らなかった？」

「うん」

「そうか。マジックバッグについている機能は面白いぞ。使い道がよくわからない機能もあったりするから」

どんな機能なんだろう？

「あったよ。ベル機能がついている物もあるが、どうする？」

「ベル機能？」

「あぁ、マジックアイテムの機能を止める前に動かそうとすれば、ベルが鳴るんだよ。お兄さんたちの求める物はベル付きのほうがいいかと思ってな」

ん？　マジックバッグの機能って動かしたり停止する事が出来るの？　あとでドルイドさんにしっかりと確認しておこう。

「こっちはベルの代わりに、毒針が仕込めるタイプの物だ」

毒針？　それはちょっと、部屋に入ったら人が死んでいるとか駄目でしょう。

「毒針は必要ないな。ただベルはほしいな」

「あと、これ」

女性の手には木箱。綺麗な彫り物がしてあって、とても綺麗だ。

「今持っているボックスと容量や機能は同じなんだが、これには追跡機能がついている」

追跡機能？

「追跡機能とは、何ですか？」

ドルイドさんも知らないんだ。

「ボックスが盗まれたら……これ」

女性がボックスの中から取り出したのは透明のプレート。そのプレートに『追跡』と言葉をかけると光が点滅し始める。

「この光がボックスの場所だ。少し離れた場所にある時は、透明プレートに矢印が表示される。その矢印を辿って行けば、ボックスに辿り着ける様になっているんだ」

女性がボックスから少し離れるので付いて行くと、プレートにはボックスがある方向へ向かって矢印が表示される。

「盗まれた時の対策機能って事ですね」

「あぁ、どうだい？」

「いくらですか？　ちょっと高そうですが」

ドルイドさんの言葉に女性は満足げに頷く。

「マジックバッグとマジックボックス。この二つで一ラダルだよ」

「えっ、安いですね」

ドルイドさんの反応に『安いのか？』と首を傾げる。一ラダルは高いと思うのだけど。

「あぁ、これは表に出てなかった物だからね。安くしておくよ」

233話　照れちゃいます

女性はローズさんといい、お店の店主さん。こういうアイテムのお店の店主は、今まで男性しか見た事がなかったので驚いた。

「はい。毎度あり。整備はしっかりしてあるから無茶な使い方をしないかぎり、長持ちする筈だよ」

店主さんからマジックボックスと機能付きのマジックバッグを受け取る。使うのが楽しみだな。

ドルイドさんは、お金を払ったら他のアイテムを見に行ってしまった。特にほしい物はないらしいが、見て回るのが楽しくなったようだ。

「ありがとうございます。大切に使いますね」

「ハハハ、それはいい心がけだね。そうだ、面白いバッグを紹介してやろう」

店主さんが奥の部屋から持ってきたマジックバッグ。今持っている物より小ぶりで容量も少ないが、時間が倍速になるらしい。

「時間が早くなるのですか？」

「あぁ」

時間停止は知っているけど、時間を早めるのは初めてだな。

「あっ、でも、何に使うんですか？」

「知らん」

えっ、知らないの？

「このバッグに物を入れたらすぐに壊れるし腐るからな。使い道など思いつかんよ」

おかしいなさっきおすすめのバッグって……ん？　あっ、面白いバッグだと言われて紹介されたんだった。それにしても壊れやすくなって腐りやすい、いい所がまったくないバッグだな。

「で、次がこっちだ。通称『怖いバッグ』だ」

怖いバッグ？　おかしな名前。店主さんが、バッグに手を入れて機能を動かすスイッチを入れる。マジックバッグに付いている機能の動かし方は、すべて取っ手の内に付いているスイッチらしい。

「ほら」

「ひっ」

店主さんがバッグから腕を出すと、腕がちぎれて血が出ている。

「何をしているんだ！　早く医者に」

棚のアイテムを物色していたドルイドさんが、私の悲鳴を聞いて駆けつけてくれた。そして店主さんの怪我を見てバッグから布を取り出そうとする。

「落ち着け、大丈夫だから。怪我をしている様に見えるだけなんだよ」

店主さんが、笑いながら声を上げる。

「「はっ？」」

話を聞けば、実際に切れているわけではなくそう見える様になるだけらしい。切れていないので、まったく痛くないと言われた。しばらくすると、見えなくなっていた腕がすーっと現れ血に見えた所も綺麗に消えていく。本当に何もなかった様な状態に戻っている。

「使い道はないが、面白いと思わないか？　人を驚かせるには十分だろう？」

人を驚かせるにはって。ドルイドさんと溜め息をついた。それを見て大笑いの店主さん。最初の印象とかなり違うな。冷たい印象は何処へ行ってしまったんだろう？　それにしても機能付きのマジックバッグって使い道がない物も多いのかな？

「珍しいな、ローズがそんなに楽しそうなのは」

何だかとても落ち着いた声が聞こえた。声の主を探すと、店の奥から何とも温和そうな男性がお店に出て来る所だった。

「そうかい？　私にだって楽しい事の一つや二つは毎日あるよ」

「だが、そんなに大笑いするのは珍しいよ」

「まぁ、久々に面白い客が来たからね～。掘り出し物だよ」

掘り出し物って、もしかして私たちの事？　何だろう、これは気に入られたって事でいいのかな？　でも面白い客って、喜んでいいのかな？

「本当に珍しい事だ。見ない顔だが旅の者か？」

「はい、旅をしている者です。この村には冬の間お世話になる予定です」

「そうか。私はローズの旦那でデロースという。よろしくな」

旦那さんだったのか。何だろうすごくホッとする雰囲気の人だな。

「すみません」

「何だい？」

「これ買いたいんですが」

店にいた客が、店主さんを呼ぶ声が聞こえる。どうやら何かを購入したいらしい。

「面倒くさいね～。お金だけ置いて出て行ってくれればいいのに」

店主さんは大きな溜め息をついて、客の対応に向かった。それを見て笑っている旦那のデロースさん。何だか不思議な二人だな。

店主さんを見ると、棚を指さして何か話をしている。どうやら商品の場所を教えているようだ。

そういえば、私たちが購入した物は、両方とも店の奥にあった物だな。何か違いがあるのだろうか？　店主さんは、棚にある商品はほどほどの物だと言っていたけど。近くの棚からアイテムを取り出す。いい作りをしていると思う。

「この店の棚にある物は、ローズにとっては『まぁ、それほど悪い物ではないから売ってもいいか』程度なんだよ」

私がアイテムを見て首を傾げているからなのか、デロースさんが教えてくれた。というか、それほど悪い物ではない？　私の目から見たら、棚にあるアイテムはどれも整備されているしっかりとした商品だ。ドルイドさんも不思議そうにアイテムを手に取って見ている。

「本当にローズがいいと思った物は、棚には置いていない。すべて奥の部屋に置いてあるよ」

購入した二つは奥から持って来てくれた物、つまり店主さんの目にかなったアイテムって事か。

何だかうれしいな。

「めんどくさいな～。そんなもん自分でやりな！」

不意に店主さんの怒鳴り声が店に響き渡る。見ると、冒険者の人が怒られている。

「どうしたんでしょうか？」

「何かあったのか？」

店主さんの怒鳴り声に、ドルイドさんが私をかばう様に立つ。

「ローズはお気に入り以外には冷たいからね～。人によってコロコロ態度を変えるから困ったものだよ」

と言いながら、店の奥で会計をしているローズさんを温かく見つめるデロースさん。何だか二人を見ていると背中がムズムズして来る。

「店主さんは、かなり目が肥《こ》えているんですね。俺から見たら棚にあるアイテムも相当いい物です」

ドルイドさんが棚にあるアイテムを見て言う。

「ローズは目利きスキルを持っていましてね」

目利きスキル？　そんなスキルがあるんだ。

「まったくやっていられないね」

「ローズ、お客に当たり散らしたら駄目だよ」

「わかっているよ。まったく」

店主さんの怒りが、デロースさんと話す事でスッと消えていくのがわかった。仲がいいな。

「アイビー、そろそろ戻ろうか」

「うん、あっボックスの登録はいつするの？」

「明日にしようか。服屋にも行く予定があるし。そうだ、ボックスの登録はどちらのギルドでも出来ますか？」

「あぁ、冒険者、商業どちらでも問題なく出来るよ。登録しておくのかい？　推奨されているけど面倒だってあんまり登録する奴はいないだろう？」

「不人気ではありますが、もしもの事がありますから」

「確かにね」

「この村の冬はどうですか？」

「今年の冬は予測がつかないね」

ローズさんが窓から外を見て溜め息をつく。

「そのせいなのかな。犯罪者がいつもより多い気がするよ。とても残念だ」

デロースさんが困った表情をする。ドルイドさんと話していたとおり、やはり犯罪に走る人が増えているみたいだ。

「この時期、自警団が見回りを強化しているから、ほとんどすぐ捕まるのに馬鹿だよね」

ローズさんは呆れ顔だ。

「この村の自警団は、優秀なんですね」

「少し前に、犯罪者集団に手を貸した者が多数出て大騒ぎになったが、まぁそこそこ優秀だね」

その犯罪者集団って、私が関わった事件の組織の事かな？　本当に広い範囲で被害が出たんだな。

「そこそこではないだろう？　今の団長は本当に優秀だと言われているだろう？」

「はっ、そうだったかな？」

デロースさんは、自警団の団長をかなり評価しているようだ。ローズさんは批判ではなく反対でもなく……照れ？　ている様に見える。少し頬も赤い様な？

「私たちの息子なんですよ」

「そうなのですか？　すごいですね」

「ふん」

だから店主さんに照れが見られるのか。あっ、デロースさんの目がものすごく優しくなって店主さんを見つめている。……って、見てるこっちが照れるんですが！

「何だか二人を見ていると照れるな」

ドルイドさんも二人を見て照れている様で、気まずそう。

「うん。何だかこそばゆいです」

ローズさんを見ると照れていた顔が、すっと引き締まる。不思議に思い見つめていると、小さく溜め息をついたのがわかった。

「だが、これからはどうかな？」

「ローズ」

デロースさんの表情が少し陰る。何かあるのだろうか？　二人の様子を見ていると、ローズさんが苦笑を浮かべた。

「本当に優秀なのかは、問題が起きた時こそわかるものだからの」

なんとも言えない空気が流れる。もしかしたら大きな問題でも持ち上がっているのだろうか？

234話　はずれだったのか

「お帰りなさい」

「ただいま」

「ただいま帰りました」

宿に戻ると店主のサリファさんが出迎えてくれた。

「お店はどうだった？」

「えぇ、とてもいいお店を紹介していただきました。色々買えたので大満足です」

ドルイドさんがうれしそうに話す様子に、サリファさんもうれしそうに笑顔になる。

「そうでしょ？　ドラってこの町のおすすめのお店に詳しいから何かあったら聞いてね」

あっ、スープの事を聞いてもいいかな？

「あの、この村の屋台はスープが多いのですが昔からですか？」

「いいえ。数年前にスープ専用のソースが販売されてね。それから増えたのよ」

スープ専用のソース？　という事は、みんなあの甘い味のスープ？

「もしかして食べたの？　最近は、はずれのお店が増えたってドラが言っていたんだけど、大丈夫だった？」

はずれの店？　もしかして、ばっちりそれに当たったのかな？

「えっと、独特の味でした」

「はずれでした」

ちょっと濁《にご》して言ったのに、ドルイドさんが正直に言ってしまった。彼はスープを食べたあと、顔色が悪かったもんね。はずれだと言いたい気持ちはわかる。

「あらら、はずれは相当だと聞いているけど、大丈夫？」

「えぇ、とりあえず」

「そう良かった。あっ、今日から一週間の夕飯は要らないとドラに聞いたけど間違いない？」

「はい」

今日の朝、一週間夕飯は要らないと伝えておいた。あっ、色々あって食材を見に行くのを忘れてしまった。まだマジックバッグの中に食材があるからいいけど、雪が降る前にある程度確保しておかないとな。

「あのね、ちょっとお願いがあるのだけど」

「何ですか？」

サリファさんのお願いに、ドルイドさんが首を傾げる。

「分量を間違ってパンを大量に作りすぎちゃったの、要らないかしら？　安くしておくから、お願い！」

パン？

「白パンですか？」

「あっ、今日は木の実を混ぜ込んだパンなのだけど」

白パンではないのか、それは残念。でも木の実を混ぜ込んだパンもおいしそう。

「ドルイドさん、買ってもいい？」

パン好きなのでほしい！　ドルイドさんも私のパン好きは知っているので、笑って頷いてくれた。

「では、いただきます」

「ありがとう。何を思ったのか三〇人分作っちゃって」

三〇人分？　宿にはたしかお客が一四人で店主さんたち二人、私たちを入れても一八人だよね。

「他の事を考えながら作っていたら、またやってしまって。ドラにばれたら怒られちゃうわ」

また？　少しおっちょこちょいな所があると思ったけど、少しではなく結構なのかな？　何だか可愛らしい人だな。

「サリファさん」

「はい？」

「夕飯は自分たちで作りたいのですが、パンだけを毎日お願いする事は出来ますか？」

えっ、パンだけ？　それが出来たらすごく幸せ。ドルイドさんの提案に、ワクワクしながらサリファさんを見つめてしまう。

「もちろん、いいわよ」

やった！　パンが毎日楽しめる！

「では、お願いします」

サリファさんと別れて部屋に戻る。気分は最高にいい。

「ドルイドさん、ありがとう」

「ん？　あぁ、パンの事？」

「うん。毎日とか贅沢すぎる」

「『こめ』も食べたいから忘れずに」

「それはもちろん」

部屋に戻り、ソラたちをバッグから出す。

「ごめんね、遅くなって。ポーションを置いておくから食べてね」

ソラたちのポーションを用意している間、ドルイドさんが色々なアイテムを部屋に設置していく。声が外に洩れないアイテム、部屋に誰かが侵入しようとしたら音がなるアイテム。そして、購入してきたマジックボックスを開けてバッグからポーションなどを移動する。

「アイビー、登録するからおいで」

「は～い。ゆっくり食べるんだよ」

ソラたちのポーションを並べ終えてから、ドルイドさんの傍に寄る。マジックボックスの蓋の内側がうっすらと光っている。

「この光に掌をかざしてくれる？」

「うん。何だかドキドキする」

「ハハハ、痛くないから大丈夫」

光りに掌をかざすと、光の線がスーッと右から左に移動する。

「はい、完了」

「これで？」

「そう、登録完了」

特に何かを期待したわけではないけど、もう少し何かがあっても良かった様な。

「アイビー、俺も登録していいか？」

「えっ？」

ドルイドさんがおかしな事を言ったので首を傾げる。そんな事は私に聞く必要などまったくないのに。

「いや、このポーションや魔石はアイビーがもらった物だから」

「違いますよ、二人がもらった物です。だからドルイドさんが自由に使っても問題ありません」

「そうか」

彼はおかしな所で遠慮をするな。どうしてこの遠慮が服を選ぶ時には、まったく出てこなかったんだろう。不思議だ。

「よし、あとここに入れたい物はあるか？」

「ないよ」

ボックスの中を見る。光り輝いているポーション一〇本。そして黒光りしているおそらく黒の宝珠。そして黒石が多数。透明度の高い赤い魔石。何だか、すごい迫力だな。スッと視線をずらして静かに蓋を閉める。

「かちっという音がしたら鍵が掛かった音だから」

蓋を閉めただけでは音がしないので、そっと蓋を押してみる。カチッと音が耳に聞こえたので、これで鍵が作動したようだ。

「問題はこれだな」

そう言ってドルイドさんが持ったのは偽装機能付きのマジックバッグ。私が首を傾けると。

「何処に置いておこうか？」

「あっ、置く場所か」

偽装機能が付いているので、見た目は誤魔化す事が出来る。が、触ったり上に乗ったりするとばれてしまうらしい。

「触らせない為にも、本棚かなやっぱり」

部屋の中には空っぽの本棚がある。細身で高い棚なので、バッグを入れておくには最適だ。

「偽装機能があるならだれでも考える場所だから、何かあったらすぐに調べられませんか？」

「……確かに、それは言えるな」

といっても他にいい場所はないのだけど。部屋に備え付けられている棚の扉を開ける。シーツやタオルなどが綺麗に並んでいる。

「ドルイドさん、こっちにしませんか？」

「そっちの棚か？」

「はい、詰め込まれているわけではないので、バッグなら余裕で入ります」

でも、この棚もありきたりかな？　気持ち的には扉があるから備え付けの棚のほうがいいのだけど。

「あっ、そうだ」

ドルイドさんが何か思いついたのか、ソラたちのほうへ視線を向ける。

「ソラ、フレム、シエル、偽装機能の付いたバッグは何処に置いておくのがいいと思う？」

食事が終わって伸びをしていたソラ。なぜか一緒に伸びをしていたシエル。既に半分寝かかっているフレム。それぞれがドルイドさんの手に持っているバッグに視線を向ける。そして、三匹それぞれが二個あるベッドの間にある棚を主張する。

「そこ？」

ドルイドさんの言葉に、三匹がそれぞれ揺れる。今までまったく候補に挙がっていなかった場所なのでちょっと困惑してしまうが。

「三対二なのでその棚だね」

「だな」

マジックボックスをバッグに入れて、三匹が指定した棚に置く。棚には小さな灯りがあったので

少し移動させる。

「さて、機能を作動させるからバッグに手を置いてくれるか？」

マジックバッグの機能を動かす場合、ボタンを押す時にバッグに触れていた者は除外となると聞いた。なので、バッグに手を当ててドルイドさんが機能のスイッチを押すのを待つ。初めてなのでワクワクする。

「よしっ」

えっ、終わり？　ドルイドさんの言葉に首を傾げる。でも、彼の様子から機能は動いた様だ。ただ、目の前のバッグに変化は見られない。

「これって本当に他の人には見られないんですか？」

バッグから手を離して少し離れた所から見てみるが、しっかり見えている。まぁ、触った状態でスイッチを入れたのだから当然なのだけど。

「ん？　ちょっと止めるな」

ドルイドさんがスイッチをもう一度押して機能を止める。

「アイビーはそこにいて、スイッチ入れるからどうなったか教えて」

「うん」

バッグに触っていないので、この状態で機能を発動させれば見えなくなる筈。ドルイドさんがスイッチを押した瞬間、スーッとバッグが視界から消える。

「うわ～、すごい！　ドルイドさん、本当に消えた！」

「見えなくなった？」

「まったく見えない」

「なら大丈夫だな」

バッグが置いてある棚に近づいて手をバッグがあったあたりに置いてみる。見えないのに何かが手に触れる感触。『お～』と感動すると、ドルイドさんに笑われてしまった。

235話　ご褒美

「終わった～」

「お疲れ様、すごい量だな」

宿の裏にある少し広い場所を借りて洗濯物を干したのだが、その量はちょっとすごい。

「ずっと洗えてなかったですからね。宿のベッドシーツもあったし。それにしても腕がやばい」

ドルイドさんはクリーン魔法が使える。ただ、彼はクリーン魔法が体に合わないのか使うとすごい量の魔力を失うらしい。その為、洗濯は私と一緒で手作業。といっても、彼は片腕なので洗う事や絞る事は出来ない。だから私が一緒に洗った。彼は汚れた水を換えたり、洗い終わった洗濯物を干したりなど出来る事をしてくれたのだが。

「悪いな」

ドルイドさんの声が沈んでいる。ものすごく沈んでしまっている。

「大丈夫ですって」

片腕を失ってからオール町では、町にあった洗濯屋に出していたらしい。洗濯屋はクリーン魔法が得意な人が開いているお店。お金が必要になるが、お世話になっていたらしい。というのも、旅の途中で洗濯をしようとした時にドルイドさんがクリーン魔法を使わない事を知った。そこから、洗濯はどうしていたのか訊いて初めて洗濯屋という店がある事を知ったのだ。

この村にも洗濯屋はあったが、ドラさんに訊いたらやめたほうがいいと言われた。服が破れて返って来るなど、かなり評判が悪いらしい。それでも洗濯物の量を見て私が洗うのは申し訳ないと、彼は洗濯屋に出そうとした。が、やめた。私は洗濯がそれほど苦ではないからだ。というか、汚れが綺麗になるのは見ていて気持ちがいい。それに、破れて返ってきたら悔しすぎる。とはいえ、作業はそれなりに大変だったのでドルイドさんが落ち込んでしまった。私としては、この干してある光景を見て気持ちがすっきりしているのだが。だってものすごく『達成感』がある。

でもドルイドさんは、私に洗濯をすべて任せた事を後悔している。あまり負の感情を表情に出さないドルイドさんが、パッと見ただけでわかるほど落ち込んでいる。次は、知らない間に洗濯屋に行っちゃいそう。ん～、どうしたらいいのかな？　……あっ、ご褒美！

「ドルイドさん、ドラさんがおすすめしたお菓子のお店に連れて行ってください！」

「えっ、あぁ確かドーナツの店だったたか？」

私の急な話にちょっと困惑気味だけど、気にしない、気にしない。

「そうですドーナツです。今日のご褒美にドーナツ！」

「ご褒美？」

「私、がんばりましたよ！」

大丈夫と言っても気にするなら、ここはお礼をもらう作戦に変えよう。そのほうが、ドルイドさんの気が紛れるかもしれない。たぶん、きっと紛れてくれるだろう。

「わかった、おいしいとドラが言っていたからな」

あっ、笑った。良かった。ドラさん曰く、この店のお菓子は他より少し高めらしい。……ものすごく高いとは言っていなかったから大丈夫の筈。ドラさんに金額を聞いておけば良かったな。

「二五種類あると言っていたな」

「はい。何を食べようか楽しみです！」

「よし、ご褒美なら二五種類すべて買おう」

「へっ？　二五種類？」

「あぁ」

少し高いお菓子を二五個？　思っていたより、豪華なご褒美になってしまった。ドルイドさんを見ると、さっきまでのちょっと暗い雰囲気がなく楽しそうに笑っている。まぁ、いいか。

「一緒に食べようね」

「アイビーのご褒美だよ？」

「一緒に食べたほうがおいしいですよ、きっと。それに、二五種類の制覇は次の機会でも十分だし」

「そうだな、別に今日ではなくてもいつでも買えるからな」

「いつでもは、駄目ですよ。ご褒美なんですから、何かがんばったあとでないと」

「そっか。……次もよろしくな」

「任せてください」

ちょっと胸を反らしてどんと叩く。と、タイミングよくお腹が鳴く。恥ずかしい〜、でも。

「ドーナツを想像してたらお腹が空きました」

朝ごはんを食べて休憩したあとからずっと洗濯物と格闘していた。たぶん一時間以上。お昼には早いかもしれないけど、運動量からいえばお腹が空いてもしかたないと思う。

「ぷっ、ハハハ。今から行くか？」

「なら、すぐに行きましょう。ドルイドさん、ドーナツが私たちを待ってるよ」

うれしい、久々のお菓子！　がんばった時など、自分へのご褒美としてお菓子を買う事があった。もちろんその時は、安いお菓子だったけどそれでも十分幸せで。でも旅に出てからは甘味と言えば果物。それも贅沢なのだけど、やっぱりお菓子が食べたくなる。なのに、ハタウ村に着いてからまだお菓子を食べられていない。甘味と言えば、昨日の甘いスープ。あれはお菓子ではないし、甘味はあったがおいしくはなかった。なので正直、お菓子に飢えていた。だからいつもよりうれしい。

ドラさんのおすすめの服屋は当たりだったし、ドーナツ屋も期待出来そう。

ソラたちを部屋に迎えに行ってから、ドーナツ屋に向かう。

「洗濯は終わったのか？」

宿を出ると、ドラさんが玄関を掃除中だった。

「はい、だからドーナツです」

「ドーナツ？」

あっ、気分が高揚しすぎておかしな受け応えになってしまった。

「俺の洗濯物もすべてやってくれたのでご褒美です」

「なるほど。確かにあそこのドーナツは褒美にいいと思うぞ」

「今から楽しみです」

あ〜、本当に楽しみだ。

「今日はいつ頃戻って来る？　パンは食堂に置いておけばいいか？」

「ドーナツ屋に行って、ギルドに行って服屋で服を受けとるだけなので、夕食の時間帯には戻ってきます。パンは食堂でお願いします」

「了解。アイビー、『ここら』というドーナツが俺の一番のおすすめだ」

「『ここら』ですね。ありがとうございます」

仕事に戻るドラさんにお礼を言って、大通りに向かって歩く。ドラさんの説明では少し奥まった所にあるお店だそうだ。

「えっと、大通りを三つ……二つ目？」

「門に向かって二つ目の角を右だよ」

ドラさんに聞いた道順を思い出していると、ドルイドさんが答えてくれる。彼はしっかりと道順を覚えていた様だ。良かった。これで迷子にならずにお店に辿り着ける。

「で、角を曲がって三つめの角を左」

「了解！」

ドラさんがお菓子の話をしている時、一緒に道順を聞いたのだけど想像以上に覚えていなかった。それにちょっと動揺しながら、ドルイドさんを頼りに道を進む。

「どうした？」

「いいえ、道順を覚えていなかった事にちょっと衝撃を受けて」

「珍しいな。あっ、道順よりドーナツのほうに意識がいっていたとか？」

道順よりドーナツ？　そういえば、どんなドーナツがあるのか、今まで見てきたドーナツを思い出していたな。……えっ、本当にドーナツのほうに意識がいっていたの？　幾らお菓子に飢えていたからって……。

「……えっ、当たり？」

「へへっ」

あ〜、何かがばれた様な心境でものすごく恥ずかしい。

236話　ドーナツに串肉

「この店みたいだな」

お店に着いて少し驚いた。甘いお菓子のお店なので、可愛らしい外観を想像したが装飾などがない素朴な造り。周辺にはドーナツの甘い香りが漂っていて、食欲が刺激される。

「いい匂い」

ただ、お腹が空いている今はちょっとつらい。それにしても、まだお昼前だというのに既にお客が並んでいる。人気店だとは聞いていたけど、すごいな。

「楽しみだな」

「うん。すごく楽しみ！」

最後尾に並んで、ワクワクしながら順番を待っていると一分もしないうちに後ろに人が並ぶ気配を感じた。本当に絶えずお客が増えている。

しばらく待つと、お店の中に入る事は出来たがお店の中も人が並んでいた。店は外観同様に素朴な印象で、装飾品は少ない。商品を探すと、最前列の人の前にずらーっとドーナツが綺麗に並んでいるのが見えた。見ていると、商品を自分で取るのではなく、お店の人に取ってもらうのがこのお店の決まりらしいとわかる。

「ドーナツの生地に七種類の味があるみたいだぞ」

ドルイドさんが壁に貼られている商品の説明書を指す。

「七種類もあるんですか？」

教えてくれた説明書を読むと、生地だけでなく上のクリーム一つ一つにもこだわりがある様だ。

「いらっしゃいませ、ご注文をどうぞ」

ゆっくり進み、商品の前まで来ると可愛らしい女性が声をかけてくれた。

「ご注文はお決まりですか？」

「全種類を一個ずついただけますか？」

ドルイドさんが注文してくれたが、それを聞いた目の前の女性が困惑した表情をする。

「えっ、全種類ですか？」

「はい」

「ちょっとお待ちくださいね」

少し慌てた様子で女性がお店の奥へ行ってしまう。それを不思議に見ていると、中から男性を連れて出てきた。

「すみません。本日既に三種類が売り切れでして」

まだお昼前なのに売り切れがあるのか。本当に人気があるんだな。

「あ〜、では売り切れ以外を一個ずつでお願いします」

「すみませんね」

「いえ、人気店なのだからしかたありません」

少し待つと、女性がドーナツを詰め布を載せたカゴを渡してくれる。受け取ると、ドルイドさんがお金を渡す。

あっ、並んでいるドーナツに気を取られていて値段を見てなかった。お店に貼られている値段表を見る。一個八〇ダル。……高いな。えっと、二二個購入したから一七六〇ダル。思いのほか高価なご褒美になってしまった。

「行こうか」

「うん。ご褒美、ありがとう」

「俺のほうこそ、ありがとうな」

ドルイドさんは、私がどうしてご褒美を求めたのかわかっているんだろうな。私の気持ちを尊重してくれて、こちらこそ『ありがとう』だ。

「少し歩くと公園がある、今日は少し寒さがましだからそこで食べようか」

「うん」

久々に太陽が顔を出した。そのお蔭でここ数日続いていた寒さが少し緩和されている。太陽の力はすごいな。と、思ったけどやはり寒いので途中で温かい飲み物を購入した。太陽の光は温かいが、やはり風は冷たかった。サリファさんが、私たちの格好を見かねて貸してくれた冬用の外套は温かいが頬に当たる風までは防いでくれないようだ。

ちょうど日が当たっている場所に椅子があるのでそこに座る。ドルイドさんと私の間にカゴを置いて、載せてある布を取る。

「こんなに種類があると迷うね」

カゴの中には綺麗に並べられた様々なドーナツ。見ただけでは味の想像がつかない物ばかりだ。でも、どれもおいしそう。

「ドラがおすすめしていたのはこれだと思うぞ」

ドルイドさんがカゴの中の一つを指す。確か『ここら』という名前だったかな。見ると、こげ茶のクリームが塗られたドーナツで上に木の実を砕いた物がのっている。

「もらっていいですか？」

「もちろん。はい」

ドルイドさんがタオルを水で濡らして渡してくれる。こういう時、水魔法が使えると便利だなっと思う。

「ただし、絞ってから使ってくれ」

タオルを受け取ると少し水分が多いようで、水が滴っている。それを絞って手を拭く。次にドルイドさんの手を取って拭く。

「ありがとう」

「いえいえ。私は『ここら』をもらうけど、ドルイドさんは？」

「ん〜」

ドルイドさんは甘すぎるのは苦手だからな。

「酸味のある果物が載っているドーナツなら、大丈夫じゃないかな？」

酸味で甘さもスッキリする筈だし。迷っているドルイドさんを横目に見ながら、手に持っていた『ここら』に齧り付く。口に広がるほろ苦い甘さ。しかも木の実がいい。

「おいしい。ドルイドさんこれ、ほろ苦くておいしいよ」

「ほろ苦いの？」

「うん。このクリームが甘さを抑えてくれているから、食べやすい」

「他のも同じ味かな？」

「どうだろう？　でも、このクリームなら、ドルイドさんでもおいしく食べられるかも」

私の言葉に手に持っているドーナツを見てカゴの中から一つのドーナツを取り出す。そして、そのまま彼はドーナツを口に入れる。口に合わない甘さだったらどうしようと、ちょっと不安になって彼を見つめてしまう。が、次に見せた表情でホッと体から力が抜ける。

「口に合った？」

「あぁ、このクリーム想像以上にうまいな。上のソースみたいなのは少し甘めだけど、大丈夫だ」

良かった。それぞれ順番に取っていって、食べ進める。さすがドラさんがおすすめするだけあっておいしい。ただ、やはり二個は多かった。

「無理はせずに残して、次のおやつにしようか」

「うん。ドルイドさんは足りた？」

「ん？　あぁ、大丈夫」

本当かな？　私と同じ量しか食べていないのに。もしかして甘い物だから、それほど入らないのかな。でも、量的には絶対に足りてないと思う。

「あっ、ドルイドさん、あそこでスープじゃなくて、隣のお肉とかどうですか？」

寒い時季はスープがうれしいけど、当分この村のスープは遠慮したいかな。あっ、でも、とりあえずドラさんにはおすすめのスープ屋さんだけ聞いておこうかな。ドラさんのおすすめなら、外れないだろうし。

「肉か。確かに、ちょっと甘味以外の物がほしいかな」

やはりドルイドさんには甘味だけというのは無理みたいだな、覚えておこう。そういえば、スープ屋の多さと色に目を奪われて、他の屋台を確認していないな。どんな肉が売られているのか、ちょっと楽しみになってきたな。

「行こう」

公園を出て肉屋に向かう。店の看板には串肉焼きとあり、『ほるす』と『たいん』という二種類のお肉があるらしい。

「聞いた事がないお肉だ」

「『ほるす』と『たいん』は、確か酪農で育てているモウの種類だと聞いた事がある。この村は酪農が盛んだから」

そうなんだ。それにしても『ほるす』と『たいん』？　何だか何処かで聞いた事がある様な気がするのだけど。

「アイビーも少しは食べるか？」

「味は気になるけど、お腹に余裕がないです」

ちょっと、余裕を残しておけば良かった。屋台の前に来たら香ばしいかおりが食欲を刺激するが、残念ながらお腹は一杯だ。あ～、でもおいしそう。

「そうか。一口だけでも駄目か？」

そんなに物ほしそうな目で、お肉を凝視していたかな？　でも、一口と言われるとものすごく惹かれてしまう。

「いいの？」

「もちろん。一緒に食べたほうがおいしいだろ？」

あっ、ふふ。

「うん」

ドルイドさんは串肉の二種類をそれぞれ三本ずつ購入。串肉は結構な大きさなので、ちょっと驚いてしまう。やはり甘味だけでは、相当足りなかったんだ。

「ドルイドさん、足りない時は足りないってちゃんと言ってくださいよ」

「いや、さっきまでは本当に足りていると思ったんだが、肉の焼ける匂いで何だかお腹が空いて」

甘さに、お腹一杯だと錯覚する事とかあるのかな？　まぁでも、この香ばしいかおりはお腹が一杯の私でも、ちょっとふらふらしちゃうな。肉を受け取り、先ほどまで座っていた椅子に戻る。

「どっちを食べる？」

「ん？」

「『ほるす』と『たいん』。軟らかいのは『たいん』らしい」

「えっと、『たいん』のほうを」

串を受け取って肉に齧り付く。肉の旨味とタレの旨味が、甘じょっぱくておいしい。

「ドルイドさん、これおいしい」

「良かった。もういいのか？」

「うん。本当にお腹一杯で」

「そうか」

串を私から受け取ると、おいしそうに食べ出すドルイドさん。やはり少しお腹に余裕を残しておくべきだったたな。

237話　上級様？

お腹が重い。ドーナツを沢山食べたあとに串肉を我慢出来ずにもう一口もらったのだけど、完全に食べすぎた。でも、おいしかったので気持ち的には大満足。ただ体がどーんとしている。

「ちょっと食べすぎたな」

ドルイドさんはちょっとではないと思うけどな。ドーナツを同じ量食べて、そのあと二口もらったとはいえ串肉を六本完食しているのだから。あの串肉、塊肉が三つずつ刺さっていたからね！

彼の体を見る。筋肉質でがっしりしていて、頼もしい。女性なのでこうはなれないが、私はどうも筋肉がつきにくいようで全体的に細い。もう少しがんばって食べたら、筋肉は増えるだろうか？

最近はちゃんと食べられる様になって、少し身長も伸びたのだけど。

ギルドに着くと、前に対応してくれた女性を探す。私たちが見つけたのと同時ぐらいに、女性がこちらに気が付いてくれた。

「いらっしゃいませ。何かお手伝いする事はありますか？」

あれ？　何だか昨日とは対応が違う気がする。ドルイドさんを見るが、特に気にしている様子はない。気のせいかな？

「マジックボックスの登録をお願いしたいのですが、出来ますか？」

「もちろんです、少しお待ちください。でも珍しいですね、ボックスの登録はなかなかしていただけなくて」

「手間が少し掛かりますからね」

わざわざギルドにボックスを持って来る必要があるからね。手間といえば手間かな。

「確かにそうですね。でも、何かあった時は役立つんですけどね」

「何かあってから、それに気が付くのでしょうね」

あとから後悔しても遅いけどね。

「ふふふ、そうですね。でも、その時では遅いのですが。はい、登録が終わりました」

えっ、もう？　黒い板の上に載っけただけなんだけど。

「あっ、残っていた二つの鉱物の金額が朝方確定しましたので、振込をさせていただきました。こちらが書類となります。ご確認いただけますか？」

ドルイドさんが書類を受け取って確認するとサインした。

「ありがとうございました」

「こちらこそ、お手数おかけして」

「いえ。ではまた何かありましたら、よろしくお願いします」

丁寧に一つ大きく頭を下げる女性に首を傾げる。やっぱり違う。

「ありがとう」

「ありがとうございます」

女性から離れて入金の確認と記帳をしに、ギルドの隅にある個室へ向かう。

「あの女性の対応が、昨日より丁寧になってない？」

「たぶん、上級の取引相手という事になったんだろう」

上級の取引相手？

「もう、取引する物もないのに？」

「それをギルド側の者たちは知らないし、この冬に何もないとも限らないからな」

何もないほうをお願いしたいけどな。冬ぐらいはゆっくりと落ち着きたい。

ドルイドさんが金額の確認と服代と宿代を引き出してくれた。昨日すっかり宿代を引き出すのを忘れてしまっていたのだ。宿に帰ってから二人してそれに気が付いて、苦笑いしてしまった。

「無事にすべて売れたな」

「うん、良かった。残りの二つはどれくらいだった？」

「白いほうは思ったより安かったが、もう一つのほうが高かったからほぼ予想していたとおりの金額だったよ」

良かった。まぁ、一つぐらい大きく外しても今なら問題ないけど。

「さて、次は服屋だな」

「はい。外套楽しみです。借りてきたこのコートも温かいですが、ちょっと短くて」

私の体に合う外套がなかったので、着られるコートを借りてきたが少し私には小さかった。その為、少し窮屈だ。腕も短いしね。

大通りを歩いていると、出ていた太陽が雲に覆われていた。先ほどまであった温かさが消えて、風が先ほどよりかなり冷たく感じる。

「いらっしゃいませ」

足早に進んでいたら、いつの間にか服屋に着いていたようだ。

「先に服代を払ってもいいか？」

「はい。ありがとうございます」

バルーカさんが奥に声をかけると、大きな箱を持って一人の男性が出て来る。

小さく頭を下げると、うれしそうに挨拶してくれた。

「はい、確かに。商品はこちらです」

バルーカさんが一つ一つ、商品を見せながら直した個所の説明をしていく。その辺りはすべてドルイドさんに任せてしまったので、何を話しているのかわからない。でも、ドルイドさんの反応を見て満足している事はわかった。

「今から着ていきますか？」

「えぇ、お願いします。アイビー、上のコートを脱いで買ったこっちのコートを着ていこう」

「うん」

ドルイドさんから手渡されたコートを見て、ちょっと固まってしまった。あれ？　私は真っ黒のコートをお願いしたけど、これは薄めの青。森の中では少し目立ちそうだったから、気に入ったけどやめた色だ。

「ドルイドさん？」

「気に入った物を買わないと」

「でも、森で目立ちますよ」

「冬だから大丈夫だと思うぞ」

そうかな？　雪に紛れるって事？

「もし目立ってどうしても気になるなら、二着目を買える様に狩りをがんばろうな」

「もう」

でも、この色やっぱり可愛い。

「ありがとう」

腕を通すと、ピタッと体にフィットしてとても着やすい。首元にある毛皮も毛足はそれほど長い物ではないが、首元をしっかり守ってくれている。

「似合ってますよ。すごく可愛いです」

バルーカさんの言葉にちょっと頬が赤くなる。恥ずかしい。

「おっ、いい感じだな。体にぴったり合っているし、さすが腕がいいな」

「ありがとうございます」

ドルイドさんも借りていたコートを脱いで、買ったコートを着て見せてくれた。何だかすごくかっこいい。さすがドルイドさんだ。

着てきたコートなどを綺麗に畳んでもらい、マジックバッグに仕舞う。購入した他の服もバッグに入れる。あれ、昨日確認した枚数より一枚増えている様な気がする。バッグの中の服の枚数を数える。やっぱり多い、それにこれ……。ドルイドさんを見ると肩をすくめた。

「ありがとう」

「良かった。怒られるかと思ったよ」

正直『あ～』とは思ったけど、増えた一枚が何か判明したので怒れなくなってしまった。それは、襟元と袖にとても可愛い花の刺繍がしてあり、ついつい手に取ってしまったシャツだ。でも、森の中を歩くには不向きなデザイン。だからそっと元に戻した。棚に戻す時、ちょっとがっかりしたのを覚えている。その服が、バッグの中にあった。見られていないと思ったのに、しっかり見られていたようだ。

「町や村に入ったら、一回はおしゃれしてお父さんとデートしよう」

「デート？」

「そう」

楽しそうに話すドルイドさん。

「ドルイドさん、あっ、お父さんとデート。ふふっ、楽しみ！」

そっか。ドルイドさんはお父さんだ。へへっ。

「可愛い」

「はい？」

ドルイドさんが何か言ったようだが、声が小さすぎた。もう一度言ってほしいと聞き返すが、首を横に振られた。よくわからないが、重要な事ではないのかな。

バルーカさんにお礼を言って店を出る。とその前に。

「春物はこの寒さが一段落する少し前から店に並びますので、よろしくお願いします」

宣伝されてしまった。そしてその言葉にドルイドさんが食いついている。冬もがんばって狩りをしよう。

今度は私がお父さんにプレゼントしたいな。

238話　ハタウ村の自警団　団長さん

宿に帰るのだと思っていたら、なぜか着いた場所はローズさんのお店。

「ドルイドさん、まだ何か必要な物がありましたっけ？」

色々考えるが、何も思い浮かばない。

「洗濯を楽にするアイテムがないかと思って」

やっぱり気にしているのかな？　今日みたいに、大量の洗濯物を一気に洗う事なんてそうそうないのに。

「ん？　ボックスに何か問題でもあったかい？」

カウンター奥の椅子に座っていたローズさんが、ドルイドさんを見て眉間に皺を寄せる。

「いえ、問題なく使えました」

「そうか。だったら何か探し物か？」

本当にローズさんは人によって対応が違うな。昨日の人には自分で捜せって怒鳴っていたのに。

「洗濯を楽にするアイテムとかありませんか？　俺がこれだから、アイビーに負担が掛かっていて」

ドルイドさんがなくしたほうの腕を指す。

「いや、負担なんて掛かってませんからね！」

即、否定する私をローズさんが笑う。

「仲がいいね」

そう言うと、何か書類の様な大量の束を出して見始める。

「洗濯用のアイテムだね〜。あったかな？」

どうやら見ている書類は、この店のアイテムを書き込んだ物らしい。次々とめくられていくが、探している様な物はないようだ。

「洗濯を補助するアイテムなら、汚れを落とすクリーン魔法もしくは脱水魔法？」

「そうですね。どちらかありますか？」

「ん〜、何処かで見た様な気はするんだけどね〜」

二人の様子を見て、長くなりそうだと感じたのでお店のアイテムを見て回る事にする。昨日は鍵付のボックスを探しながらだった為、見て回る事が出来なかったのだ。棚に詰め込んであるアイテムを手に取る。場所によっては少し埃《ほこり》がかぶっているが、どのアイテムもきっちりと整備されている。ローズさんから見ると棚にあるアイテムはそこそこの物らしいが、私からすれば十分な物だ。

「色々あるな。これは『捏《こ》ねる　最適な捏ね具合』？」

何を捏ねるのかは一切不明。首を傾げながら棚に戻す。きっと誰かの役には立つアイテムの筈だ。

次に気になったアイテムには、小さな四角い凸凹が並んでいる。読み取ったアイテムの説明には
『凍らせる　水分全般』と出た。

「凍らせる？　水を凍らせる事が出来るのなら、夏の暑さ対策にほしいな」

これがあれば、夏の暑い日に冷たい水が飲める様になる。しかも水分全般という事はこの四角の凸凹に小さく切った果物を入れたら凍らせる事が出来る筈。これはちょっとほしいかも。今年の夏は、例年に比べると暑さがましだと言われていたけど、私からしたら十分暑かった。ドルイドさんに相談してみようかな？

「何かあった？」

じっとアイテムを見つめている私の元に、ドルイドさんが来る。

「ちょっと気になったアイテムがあって」

手に持っているアイテムを見せると、ドルイドさんがアイテムの機能を読んで頷く。

「夏にいいなこれ」

どうやらドルイドさんも賛成の様だ。

「王都周辺の夏はここより暑い。こういうアイテムは役立つだろう」

王都周辺は暑いのか。初めて知ったな。旅をしていて気が付いたのだが、私は暑さに少し弱い気がする。だからなのか、その情報にちょっとうんざりしてしまった。

「買って帰ろうか？」

「えっ、もう買うんですか？　この村を離れる時でも大丈夫だと思うけど」

「この店は人気店だから、次に来た時には売れてしまっている可能性がある」

あっ、そうか。

「とりあえずローズに『凍らせる』機能付きのアイテムが他にもあるか訊いてみるか？」

「うん」

アイテムを持ってローズさんのもとへ向かう。その途中でも色々なアイテムを見るが、ほしい機能は特になかった。

「そういえば、探し物はありました？」

洗濯に役立つ機能付きアイテム。

「残念ながら、なかったよ」

「そうですか」

脱水魔法とか、面白そうだったからちょっと期待していた。なのでちょっと残念だ。

「あれ？　いないな。何処だろう」

ローズさんが座っていた場所まで来るが、姿がない。

「奥かな？」

視線を奥へと続く扉へ向けると、丁度ローズさんが出て来る所だった。

「やっぱりこの店にはないね。知り合いの店に聞いてみるから、もう少し待ってくれ」

「お手数おかけしてすみません。ありがとうございます」

ドルイドさんの言葉に首を横に振るローズさん。

「ん？　それは？」

「あぁ、夏の暑さ対策にいいかと思って」

ドルイドさんが持っていた『凍らせるアイテム』を渡す。彼女はしばらくアイテムを見てから、一つ頷く。

「この機能のアイテムは夏には売り切れてしまう事が多い。よく見つけたね」

確かに夏には絶対に売れるアイテムだろうな。

「アイビーが見つけてくれたのですよ。他にも似た様な機能の付いたアイテムってありますか?」

「残念ながら、ないね」

「そうですか。では、それをください」

「最後にチェックだけしておくね」

「ありがとうございます」

今は冬なので氷は必要ないが、ちょっと使ってみたいな。どんな氷が出来るんだろう。

「はい、問題ないよ」

「代金は?」

「二ギダル」

宿に戻ったら、一回使ってみよう。

お礼を言って店を出ようとすると。入り口で一人の男性とぶつかりそうになる。

「すみません」

「いや、こっちこそ悪かった。怪我はないか?」

視線を向けると、ハタウ村の自警団の服を着た、ドルイドさんよりかなりがっしりした身体つきの男性がいた。

「あぁ、お帰り。今日は早いね」

「早いって……家に帰るの、二日ぶりなんだけど。ただいま」

「あっ？　そうだったか？」

話しぶりから、息子さんかな？　あっ、ローズさんの息子さんってこの村の自警団の団長だった筈。ならこの男性がこの村の自警団の団長さん。じっと見ていると、不意に男性の視線と合う。ちょっと驚いたが、軽く頭を下げて挨拶をする。

「お邪魔しています」

「ん？　いらっしゃい。母さんの相手は大変だろう？」

「へっ？　いいえ？」

「良くしてもらってますよ」

ドルイドさんと私の態度に、ちょっと驚いた様に目を見開く団長さん。そんな驚かれる事は言っていないが。

「珍しいな、母さんが子供を気に入るなんて」

子供を気に入る？　これは間違いなく私の事だよね。

「その子と話していると、子供という雰囲気がなくてね。それにいい子なんだよ」

ローズさんから褒められて少し頬が赤くなる。不意に褒められるとものすごく照れるな。

「本当に珍しい。あっ、俺はこの村の自警団の団長をしているタブローだ。よろしく」

「ドルイドです、よろしく」

ドルイドさんと軽く手を握ると、すっと私にも手を差し出す。あまりこういう挨拶をした事がないので、ちょっとドキドキする。

「アイビーです。よろしくお願いします」

軽くタブローさんの手を握ると。握っている手とは反対の手で頭を軽くぽんぽんされる。

「なんかこう、構いたくなる可愛さがあるな」

構いたくなる可愛さ？

「でしょ？」

ドルイドさんの答えに、ローズさん、タブローさんが頷く。何だろう、ものすごく羞恥を感じるんだけど。絶対さっきより顔が赤いだろうな。

239話　呼び方は大切です

赤くなった頬を押さえながら。

「ドルイドさん、変な事言わないで！」

彼に、注意しておく事にする。どうも、最近おちょくられている様な気がする。

「別におちょくってないぞ」

「嘘だ！」

「本心から言っているから、おちょくってはいない。本気で可愛いと思っているからな」

本当にやめてほしい。視線を彷徨《さまよ》わせると、タブローさんがちょっと複雑な顔をしている事に気が付いた。どうしたのだろう？

「言いたくなければいいのだが、何処からこの村へ？　それと二人の関係は？」

何でそんな事を聞くの？

「俺たちはオール町からです。アイビーは命の恩人で、今は旅の仲間です。詳しい事はオール町のギルドに確認してください。ギルマスとは二人とも知り合いなので」

命の恩人は言いすぎだけどな。

「恩人？」

タブローさんはドルイドさんと私を交互に見て何かを考えている。ドルイドさんは肩をすくめて、私はよくわからないのでタブローさんをじっと見つめる。

「……すまない。俺の思い違いの様だ、嫌な気分にさせてしまった」

えっと？　何事？　首を傾げてドルイドさんを見る。

「タブロー団長。アイビーは嫌な気分の前に、まったく意味を理解していませんよ」

ドルイドさん、タブローさんに団長を付けて呼んでいる。私もタブロー団長さんと呼んだほうがいいのかな？

それより二人の話がまったく理解出来ない。ちゃんと確認したほうがいいよね。あとで変な誤解を生まない為にも。

「あの～、何の事ですか？」

私にも関係があるみたいだけど、二人でいったい何の話をしているの？

「えっと、どう言えば……」

タブロー団長さんは、困った表情をしている。しかたないのでドルイドさんを見る。

「アイビーと俺って親子に見えるだろ？」

「うん」

それは旅の途中で出会った人に言われた事がある。『仲がいい親子ですね』と。あれはうれしかった。

「でも、アイビーは俺を父さんとは呼ばず名前で呼んでいるから、周りから見たら関係がわからない。親戚関係なら叔父さんだしな。友人関係にしては年が離れすぎている」

あっ、そっか。本当の親子だったら名前では呼ばないか。そうなると、私たちってどう見えているんだろう。

「見方によっては、俺がアイビーを無理やり連れ回しているように見えるかな」

まさか、そんな事あるわけないのに。

「少し考えた」

「え～！　どうしてそんな」

驚いた。そんな風に見られていたなんて。ドルイドさんの呼び方を『お父さん』にしたら問題はないのかな？

「今年の夏に大きな犯罪組織が潰れたんだ。被害者たちは保護されたと情報で流れたが、内密に連れ去られた被害者がいる可能性もあるらしい。だから関係性がわからない旅人がいたら、確認するようにと通達がきているんだ」

あ〜、あの組織か。

「アイビー？　えっとすまない」

タブロー団長さんになぜか謝られる。あれ？　もしかしてあの組織の事を思い出していたから、嫌悪感でも表情に出てしまったかな。

「いえ、あのですね〜」

説明したほうがいいのかな？　でも、あまり話したくないな。

「タブロー団長、アイビーは別に不快に思っているわけではないですよ」

「えっ、そうなのか？」

「はい」

タブロー団長さんを不快に感じる事はない。もしもの事を思って聞いてくれたのだし、確認は大切だ。

「そうか」

「馬鹿息子が悪いね〜」

ローズさんの呆れた声が聞こえた。それにタブロー団長さんが、ちょっと眉間に皺を寄せる。

「母さん。これは仕事だ」

「間違っていたじゃないか」

「………………」

タブロー団長さんはローズさんに絶対口では勝てないだろうな。そんな気がする。たぶん。

「あれ？　でも門の所でその辺りも確認しているのでは？」

ギルドカードと持ち主については、マジックアイテムでしっかり調べられている筈だ。

「そうなんだけど、たまにそれをくぐり抜ける奴らがいるんだよ」

ドルイドさんが、私の頭をポンと軽く撫でる。そうなのか、万全ではないって事か。

「他にも何か聞きたい事があるなら、奥の部屋を使ったらどうだい？」

そういえば、ここはお店の出入り口だった。商売の邪魔をしてしまったな。

「いや。そういえばオール町？」

「んっ？　あぁ、少し前まで魔物騒動で騒がしかったオール町だよ」

「大変だったと聞いたよ。食糧支援が必要かと思っていたんだが、大丈夫だったのか？」

「あぁ、『こめ』を食料として広める事が出来たから、問題なかった」

面白いぐらいに一気に広まったのは、食料への不安があったからだろうな。

「『こめ』？　家畜のえさのか？」

タブロー団長さんが驚いた表情をしている。まぁ、これが普通の反応なんだろうな。

「あぁ、おいしいが食べるか？」

「えっと、いや」

無理かな。

「気になるね。どうやって食べるんだい？」

まさかのローズさんが食いつくとは。

「炊いて『こめ』の中に具を入れて握って食べるんです」

ドルイドさんの説明は簡潔だけど、それで想像は出来るのかな？

「ん？　まったく想像がつかないね」

おにぎりを知っている人でないと無理だよね。あっ、それなら。

「作って持ってきましょうか？」

米を食べる仲間が増えるのはうれしい。この村だけの具も作れるかもしれない。そういえばこの村のソースの特徴も知りたいな。

「いいのかい？」

「はい、おにぎりという名前なんですが、一緒に楽しめる人が増えるのはうれしいです」

「なら、お願いしようかね。私たち夫婦と息子のぶんを」

あれ？　タブロー団長さんは断っていたけど。ちらりと視線を向けると、嫌そうな表情。

「何だいタブロー。文句でも？」

「いや、俺は遠慮しておくよ」

無理ならしかたないな。

「数年前に雨が続いたせいで不作になって、冬に食料が底を突いた事があっただろう？　あの時

『こめ』が食べられるとわかっていたら、子供たちがあれほど被害に遭う事もなかった。違うかい？」

ローズさんの悲しみと悔しさの滲《にじ》んだ声が痛い。

「『こめ』は育てやすい、少し手を掛けてやるだけで豊作だ。あの雨の被害が出た年だって『こめ』はしっかり取れていたからね。まぁ、そのお蔭でモウたちが死なかったから、この村は継続出来たんだけどね」

「そうだな、あの時の二の舞を演じるのはごめんだ。アイビー、頼んでいいか？」

「もちろんです」

もしもの時の食料として考えるなら、作って来るより一緒に作ったほうがいいかもしれない。米は水加減でかなり変わる。それに炊くのに火の調整が必要になる。

「タブロー団長さん、ローズさん。一緒に作りませんか？」

「「えっ？」」

「そうだな、『こめ』は炊くのに少しコツが必要だ。もしもの事を考えてるなら作り方も見ておいたほうがいいだろう」

ドルイドさんも一緒の考えになった様だ。

「確かにそうだね。食べられるとわかっても、調理方法がわからないようでは意味ないからね」

ローズさんは納得してくれた様だ。タブロー団長さんを見ると。

「えっと、あの……」

ん？

「あぁ、タブローは器用なのに料理だけはさっぱりなんだよ。何度教えても不味い物が出来る」

ローズさんの言葉に視線を泳がせるタブロー団長さん。料理下手ってラットルアさんみたいだな。

そういえば、いつも作ってもらって悪いからってラットルアさんがスープを作った事があったんだよね。でも、あの一回だけでやめてもらった。何というか……気持ちだけで十分な味だったから。

あのスープ、修正するの大変だったな～。

「難しくなければ、大丈夫の筈だ……きっと」

えっと何だかすごい不安を感じる。

「えっと、ちょっと難しいので無理はしないほうがいいと思います。誰か得意な人を連れて来るとか」

「ぷっ」

「あはははっ」

上手くかばえなかったみたいだ。ドルイドさんは吹き出すし、ローズさんは大笑い。タブロー団長さん、ごめんなさい。悪気はまったくないです。

240話　久しぶりの米！

笑いが収まったあと、二人の時間がある時におにぎりを一緒に作る事を約束した。タブロー団長さんは、結婚を約束している人がいるらしくその人を誘う事にしたみたいだ。でも『こめ』料理を作ってほしいなんて誘って、嫌われたりしないかな？　ちょっと心配になる。二人の関係に何かあると嫌なので訊いてみたら、ちょっと複雑な表情をしたタブロー団長さん。首を傾げると、ローズさんが彼女は好奇心の塊だから問題ないだろうと教えてくれた。その言葉に溜め息をつくタブロー団長さん。もしかして彼女さんのその好奇心に、振り回されているのだろうか？

「がんばってくださいね」

言葉をかけると、大笑いしたローズさんに背中をバンバンと叩かれた。ローズさんの笑いのツボがわからない。

タブロー団長さんに宿の場所を知らせ、お店をあとにする。ローズさんは機嫌がいいのか、他の客の接客を楽しそうにやっていた。時々、機能付きマジックバッグでいたずらする様で叫び声が聞こえたが……。

宿に戻る前に買い物に行く。夕飯に必要な野菜や、米、肉などの確保だ。

「『こめ』も買うのか？　一杯もらっただろう？」

「育てる場所が違うので、炊き方とか違うと思うの。だから確認したいと思って」

オール町を出る前、米を育てている農家の人から大量に米をもらった。米の使い道を広げてくれたお礼だと言っていたけど、その量は二人なら冬が軽く越せるぐらい。なので買う必要はないが、この村の米がどんな物なのか確認したい。

「そうか、わかった。じゃぁ、順番に店を見ていくか」

「うん」

大通りを歩いて、最初に見えてきたのは野菜を売っている店。さすがに大通りに面しているだけあって、大きな店だ。品ぞろえは、一般的な野菜の他にこの村の特産品が並んでいる。煮込み料理におすすめの野菜と生で食べられる野菜等をお店の人に確認しながら購入する。お肉屋さんではモウの二種類、『ほるす』と『たいん』の切り落としを買う事が出来た。最後に米を見に、穀物屋へと足を運ぶ。米はやはりエサ扱いなので、安い。店主に不思議な顔をされたが、目的の物を購入。旅人がエサを購入するのはかなり珍しいのか、三回も本当に購入するのか確認された。

宿に戻ると、パンのいい香りが漂って来る。あんなに食べたのに、また食べたくなる香りだ。部屋に戻って、ソラたちをバッグから出す。ドルイドさんは、三匹の声が外に洩れない様にアイテムの起動ボタンを押してくれた。

「もう声を出しても大丈夫だぞ」

ドルイドさんの許可の言葉に三匹がうれしそうに飛び跳ねる。まぁ、フレムは跳ぶ事なくコロコロ転がっているが。

「ぷっぷぷ～」

「てっりゅりゅ～」

「にゃうん」

やはりバッグの中に半日とはいえ、面白くないんだろうな。

「明日は捨て場かな？」

「はい。ソラ、フレム、シエル、明日は森へ行くから少しだけ思いっきり遊べるよ」

私の言葉に三匹が、うれしそうにプルプルと揺れる。三匹それぞれ揺れ方が違うので見ていて可愛い。

「そういえば、おにぎりで良かったの？　ドルイドさん、焼きおにぎりのほうが好きだよね？」

ドルイドさんは味がしっかりついている焼きおにぎりのほうが好きだった筈。なのに説明したのがおにぎりだったので少し驚いていたのだ。

「あ〜。旅の途中で作ってくれたおにぎりあるだろ？　甘辛く煮たお肉が混ぜ込んである奴」

甘辛く煮たお肉のおにぎり？　それって、主食にするには量が少なかったから、甘辛く煮てご飯に混ぜておにぎりにした奴の事かな？　確かに、あれは味がしっかりついていてドルイドさんもおかわりしていたっけ。

「『こめ』の話をしていたらあれを思い出して、食べたくなったんだよ」

そうなのか。何だかまた食べたくなるって言ってくれるのはうれしいな。

「なら、今度一緒に作るおにぎりはそれにするね」

とはいえ一種類では駄目だよね。他にどんな味のおにぎりを作ればいいかな？

「『こめ』の話をしていたら食べたくなったな。久々に『こめ』にしないか？」

「確かに食べたくなったかも」

ご飯か〜。何にしようかな。ドルイドさんの米料理はおそらく丼物だよね。あっ、モウがある。この名前とお肉の見た目が、前の私の記憶を揺さぶるんだよね。

「丼物にしますね」

あっ、言葉が……。ドルイドさんを見ると笑っていた。時々まだ出ちゃうな。

「いいね、楽しみだ」

ドルイドさんのうれしそうな表情に、こっちまで笑顔になる。って、ほのぼのしていたら駄目だった。

「ドルイドさん」

「どうした？」

「お父さんと呼んだほうがいいですか？」

呼び方で不信感を持たれるなら、変えたほうがいいよね。

「呼びたいように呼んだらいいよ」

「えっ？」

「別に何か訊かれたとしても問題ないから、どーんと構えていたらいいんだ」

そっか。別に悪い事をしているわけではないもんね。でも、いちいち確認取られるのは私としてはちょっと不服。だからといって、すぐにドルイドさんをお父さんと呼ぶのは……恥ずかしい。いや、時々お父さんと呼んでいたけどあれは何というか勢いというか。

「ははっ、無理はしなくていいからな」

「うん。ありがとう」

「さて、夕飯を作ろうか？」

「そうだね」

ご飯を炊きながら、モウのお肉を切る。野菜も切って、甘辛く煮る。ご飯が炊けたら、煮ておいた具に溶いた卵を全体的にかける。卵といっても、ここでは六の実だけど。卵が半熟になる所で火を止めて、余熱で完成させる。茶碗にご飯をよそっていると、ドラさんが二階にやってきた。

「それは？」

私が作った丼物が珍しいのか、それとも米が珍しいのか不思議そうに訊いて来る。

「米料理で牛丼という物です。米の上にこの具をのせて完成なんです」

「『こめ』？」

ドラさんは微かに驚いた表情をする。

「はい、米です」

じーっと茶碗の中の米を見つめるドラさん。えっと、そろそろ牛丼を完成させたいな。

「あの、少し食べますか？」

ドルイドさんがおかわりする可能性を考えて、少し多めに作ってある。なのでドラさんに少し分ける事は出来る。

「サリファにもあるかな？」

「えっと、少しずつならあるかな？」

おかわり用だから全部は駄目だけど、少し多めにしてドルイドさんには謝ろう。

「なら、もらえるか？」

部屋から茶碗を持って来て、米を入れて上に具をのせる。

「はい、どうぞ」

「ありがとう」

ドラさんはうれしそうに、一階に下りて行った。何をしに来たんだろう？

「どうした？　さっき茶碗を取りにきただろう？」

明日、捨て場に行く為の準備をしてくれていたドルイドさんが来る。

「ドラさんが来て、おかわり用の牛丼を分けてしまいました」

「あぁ、いいよ別に。大丈夫」

不思議に思いながらも、自分たちの牛丼を完成させる。

「「いただきます」」

食べて米の状態を確認する。ちょっと固めに炊けてしまったな。まぁ、これぐらいなら大丈夫かな？

「今日の『こめ』は、どっち？」

「この村のです」

「そうか、いつもの『こめ』と少し違うな。でも、相変わらずうまい」

おいしいと言って、食べてくれる人がいるのはいいよね。ドルイドさんのおかわりもいつもより少ないが完食。

「ご馳走様」

「お粗末様でした」

食器などを洗い、片づけをドルイドさんにお願いすると、部屋で飲むお茶の用意をする。部屋に戻ろうとすると、慌てた様子のドラさんが二階に来る。

「すまない」

「えっ？」

「パンが焼けた事を言いに来たのに、忘れていた」

あっ、さっき二階に来たのはそれだったのか。

「私たちも忘れていました。すぐ取りに行きます」

「それは何時でもいいが。『こめ』のどん？　うまかった」

「口に合って良かったです」

「今度、俺とサリファに『こめ』料理を教えてもらえないだろうか？」

「いいですよ」

「ありがとう」

ドラさんは急いで一階へ下りて行く。この時間は忙しい筈、大変だな。

部屋に戻ってパンの話をすると、ドルイドさんが一階へ取りに行ってくれた。その間に、お茶と果物を用意する。ソラたちは食後の運動中。

あれ？　何か忘れている様な……。

「ただいま」

「あ～！　洗濯物！」

「あっ！」

急いで二人で洗濯物を取りに行く。寒さの為、洗濯物はどれも冷たく、乾いているのかいまいち不明だが、すべてを取り込んで部屋に戻った。とりあえず、すべて乾いていたので良かった。

241話　食料確保！

「寒いので気を付けてくださいね。それと雨が降り出したら必ず雨宿りをしてください。この寒さの場合は、急激に体温を奪われて命に関わりますから」

「はい」

門番さんから注意をもらい、森へ出る。今日はソラたちを思いっきり遊ばせたい。ハタウ村に着いてから昨日まで、冬の装備の準備やギルドの用事で我慢をさせてしまったから。それにしても寒い。

「顔が寒いです」

「確かに、顔の寒さ対策って何かあるかな？」

ドルイドさんの質問に。

「顔を布でぐるぐる巻きにするとか？」

真剣に言ってみたが。

「顔を隠したら、村から追い出されるからやめような」

「あっ、そうですね」

忘れてた。顔を隠す事は禁止されている、だから顔を覆う事は出来ない。もし隠したら村には入れなくなる。そして不審者扱い間違いなしだ。

「まぁ、あまりに寒くなったら口元ぐらいは隠しても大丈夫だから。といっても、この寒さだと駄目だけど」

結構寒いけど、まだ駄目なんだ。つらい。

後ろを振り返って門から随分離れた所まで来た事を確認する。周りの気配から人がいない事も確認済み。

「お待たせ～」

バッグを開けると、ぴょんとソラが飛び出す。次にシエル。ソラより綺麗な着地を見せる。そしてフレム。いつもの如くバッグから落ちそうなので、抱き上げて地面に。

「ぷっぷぷ～」

ソラが気持ちよさそうに飛び跳ねている。シエルも久々にアダンダラの姿に戻って伸びをしている。

「ごめんね。窮屈な思いをさせてしまって」

やっぱりソラとシエルは、森が似合うな。フレムは……毛布の上が似合うかな。シエルを先頭にゆっくり森の奥を目指しながら、三匹の様子を窺う。本来の姿に戻ったシエルは、最近貫録が出てきた様な気がする。体つきが前よりガッシリしたからかな？　ソラは相変わらずシエルが大好きだ。シエルが本来の姿に戻ると、体に体当たりしては転がっているソラ。フレムは、シエルの背中に乗ってご満悦な表情だ。とりあえず、ソラとフレムは自由すぎる。

「何処に行くんだろう？」

「まぁ、大丈夫だろう」

ドルイドさんと動物や魔物の痕跡を確認しながら、シエルのあとを追う。

「村の周辺に大きな動物や魔物の痕跡はほとんどないな」

「そうだね。ほとんど野ネズミか野兎の痕跡ばかり」

しばらくすると、甘い香りがする場所に到着する。

「こんな季節に花？」

「でも、花なんて何処にもないけど」

ドルイドさんと周りを見渡すが、花は何処にもない。不思議に思ってシエルを見ると、シエルも周りを見渡している。

「シエル？」

何かあるのかと気配を細かく探る。動く気配はない。

「にゃうん」

「「どうしたの？」」

ドルイドさんと声が重なって少し驚く。何となくちょっと恥ずかしい気分になりながらシエルに近づく。ソラもシエルの近くに来て、何かを見つめている。視線の先を見ると、そこには白い小さな花。何だかとても可愛らしい花がある。

「ぅわっ！」

私は可愛いと思ったが、ドルイドさんは違う様で嫌そうな表情をしている。もしかして毒でもあるのだろうか？

「ドルイドさん、この花を知っているのですか？」

「あぁ、『死者を呼ぶ花』と言われている」

使者？　死者？　私の考えている事がわかったのか『死ぬほうのだよ』と教えてくれる。

死者を呼ぶ花。何とも物騒な名前だけど、それは花の名前なのかな？

「それが、この花の名前なんですか？」

「いや、花の名前はスノー」

随分と可愛らしい名前。でも、死者を呼ぶ花？　見た目は地面から一五センチほどの所で五枚の白い花びらが揺れている。花自体もとても小さい。

「どうして死者を呼ぶ花と呼ばれているんですか？」

「この花が咲く年は雪が多くて、死者が増えるんだ」

だから死者を呼ぶか。

「どうしてそうなったんでしょうね？」

「えっ？」

「だって、このスノーはわざわざ教えてくれているんですよ。今年は雪が多いから気を付けろって」

「気を付けろ？」

「うん。この花を見た年は、雪が多くなるから対策をしろよって事でしょ？」

「あっ、そういえばもう一つ呼び名があったな、確か『知らせの花』だった筈だ」

「私はそっちのほうが好きだな」

死者なんて呼び名は嫌だ。こんなに可愛い花なのに。

「強く印象に残るほうが広がったんだろうな」

確かに死者のほうが印象は強い。しかたないのかな。それにしても、この花が咲いているという事は今年の冬は雪が多く厳しくなるのか。

「今の対策で問題ないですかね？」

「宿に戻ってとりあえず確認してみよう。あと、ギルドにこの花を見かけた事を報告だな」

ギルドに報告をしておけば、対策をしっかりしてくれるかな？　まぁ、それはこの村のギルマスさん次第か。

「シエル、教えてくれてありがとう」

「にゃうん」

ドルイドさんが花の咲いている場所を確認してから、今日の目的の捨て場へ向かう。しばらくすると、捨て場が見える。

「あれ？　この村の捨て場は他に比べて小さいですね」

「そうだな。村の規模から見ると二倍ぐらいあってもいいと思うが。村お抱えのテイマーでもいるのかな？」

想像していたより比較的小さな捨て場。ポーションがあるか不安に思うが、パッと見た印象では問題なく捨てられている。良かった。

「ソラとシエルはあまり離れて遊ばないでね。あとポーションも魔石も今は必要ないからね！　フレムもお願いね」

三匹にお願いしてから、必要な物を拾って行く。

「剣はどれくらい必要になる？」

ドルイドさんの言葉に昨日の夜、確認した剣の数を思い出す。一日に二本あげているのであと一〇日ほどは問題ないが、どれだけ拾えば安心だろう。

「宿には一〇日分があります。雪が降らなければ特に問題ないけど」

「雪が降ったら、埋もれてしまって拾えないからな」

そう、捨て場にも雪が降り積もる為、雪の量にもよるが拾えなくなる可能性が出て来る。

「拾えるだけ拾って行くか？　無駄になる事はないだろう」

確かに、ソラが剣を無駄にする事はないか。

「うん、そうする」

剣はドルイドさんに任せてポーションを拾って行く。バッグの中身が一杯になったので終了。あと一回、雪が積もる前に拾いに来れば冬を越せるぐらいにはなるかな？　宿に戻ったら数を確認しなくちゃ。

「お待たせ、とりあえず三〇本以上は拾えたと思う」

「ありがとう」

ドルイドさんが持っているマジックバッグも一杯のようだ。

「さて、今日は大人しくしてるかな？」

「大丈夫だよ。お願いしてきたし」

ドキドキしながらソラたちのもとへ向かう。

「お待たせ、みんなのご飯拾ってきたよ」

ソラとフレムの周りに視線を走らせるが、何も落ちていない。それにホッと体から力が抜ける。

良かったボックスの中身が増えなくて。

「にゃうん」

「ん？　どうしたの？」

シエルが近づいて来て、頭に顔をすりすりと擦り付ける。これは『少し離れるよ』という合図。

「ご飯を食べに行くの？」

「にゃうん」

「気を付けてね。この辺りにどんな魔物がいるかわからないから」

頭を撫でると目を細めて気持ち良さそうな表情を見せる。

「アダンダラより強い魔物の情報はなかったが、気を付けろ」

ドルイドさんは軽くポンと頭を撫でて手を挙げた。

「にゃうん」

私たちの言葉に尻尾を楽しそうに振ってから、颯爽と森の奥へと走り去った。

「速いよな～」

思わずドルイドさんが言ってしまうほど、シエルが本気で走るとあっという間に見えなくなる。

さて、シエルが戻って来るまで森を探検しようかな。ソラはさっきからうずうずしているみたいだし。

「ソラ、森を探検しようか？」

「ぷっぷぷ～」

「……りゅ～」

フレムはもう充分という態度で不服そうに鳴く。

「フレムってものぐさだよな」

ドルイドさんの言葉にフレムは体を縦にグーッと伸ばす。もしかして抗議？　そうだとしたら、可愛らしい抗議だな。

「ぷっぷぷぷぷぷ～」

「わかってるから待って！」

フレムを抱き上げてソラの元へ向かう。シエルが帰って来るまで、何か見つけられるかな？

242話　迷子？

「ぷっぷぷ～」

森にソラの鳴き声が響く。いつもより少しだけ大きい鳴き声。久々の森での自由に、そうとう機嫌がいいようだ。

「ソラ、あまり森の奥へ行くのは駄目だよ」

先頭切って飛び跳ねるソラを追いかけているが、どうも森の奥へ行こうとしている気がする。

「ぷ～？」

ソラは立ち止まって、後ろにいる私たちを見る。

「危ない魔物とか動物がいる可能性があるからね」

そう言ってみたが、少し首を傾げる。今いる周辺の気配を先ほどから調べているが、おかしいのだ。

「どうした？」

「えっと、この周辺の気配に動きがなくて」

「ん？」

「寒さに弱い動物は冬眠に入っている可能性があるから動きがないのはわかるけど、寒さに強い魔物も動いていないから不思議で」

普通森の中では色々な物が動き回っている気配がする。その中で危ない気配か、安全な気配なのかを見極めて行動する。この森に入った時は、確かに色々な物が動き回っていた。シエルの気配を感じたのか、逃げて行く気配も多かったが、今はなぜかまったく動いていない。気配は感じる。だけど動かない。これは何かがおかしい。

「何かあるのか？　そういえば静かすぎるな」

お父さんの言葉に耳を澄ませば、風の音や木々がこすれる音がするが動物が起こす音は聞こえない。やはり気配と同じで動きがない。

「ちょっと怖いですね」

「そうだな」

シエルは大丈夫かな？　不安になって周りを見渡す。

「ぷっぷぷ～」

ソラのうれしそうな声に視線を向ける。不思議に思って近づくと、ソラの前に黒の球体が転がっている。

「あっ、これって守り神の子供だっけ？」

ドルイドさんの言うとおり、少し前に見かけたおそらく森の守り神、サーペントさんの子供だ。

「どうしたの？　サーペントさんはいないの？」

黒の球体に話しかけるが、動きがない。不安に思って、黒の球体にそっと触れる。触れた瞬間ビクンと震える体。

「良かった、生きてた」

動かないから死んでいるのかと不安だったが、大丈夫のようだ。もしかして怖がっているのだろうか？　そういえば、前に会った子も怖がりだったな。ん～、触るのは失敗だったかもしれない。手を離して、ゆっくりと落ち着いた声を意識して話しかけてみる。

「ごめんね。少し前に会ったんだけど、覚えてないかな？」

「ぷっぷぷ～」

ソラも球体の周りを小さく飛び跳ねて鳴いているが、話しかけているのかな？　しばらくじっと様子を見ていると、おもむろに球体の中からぴょこんともう一つ球体が出てきた。

「おっ、顔だ」

「何だか、可愛いですね」

前回会った時は、サーペントさんのほうが強烈だったので子供たちを詳しく見られなかった。その為気付かなかったが、黒の球体の顔はもう一つ小さ目の球体らしい。何とも可愛い。

「えっ、可愛い？　いやいや、それはちょっと」

ドルイドさんはどうやら可愛く見えないようだ。残念。可愛いと思うのだけど、もしかしてこれって私だけの感覚とか？　それはちょっと嫌だな。

黒の球体は小さな球体部分をキョロキョロ動かして周りを見ている。その様子は必死そうだ。もしかして、サーペントさんとはぐれたのだろうか？

「サーペントさんが何処にいるかわかる？」

私たちになれてくれたのか、声をかけると首を思いっきり伸ばして私を見てから顔を横に振る。首があった事に驚いたが、見ているとホッとする。何だろう、思いっきりがんばっている姿に癒される って感じだろうか？

「わからないって事は迷子か」

ドルイドさんの言葉にまた首を横に振る？　迷子ではないらしい。

「ここが何処かわかってるのか？」

もう一度ドルイドさんが声をかけると、ピタリと固まった様に動かなくなった黒の球体。これはどう見ても迷子ではないだろうか？　そっとドルイドさんを窺うと苦笑いしていた。

「どうしましょう？」

「そうだな。ソラ、サーペントの居場所が何処かわかるか？」

「ぷっ」

ソラは首を傾げるように体を横に傾ける。残念ながらわからないようだ。

「しかたない、シエルが帰って来るまで待つか」

それしか方法がないかな？　周辺に動く気配はないが、危ない場所だから私たちだけで捜し回るのは得策でない。って既にソラを追いかけて動き回っているので説得力がないな〜。と思わなくもないが、これ以上危ない事はしないほうがいいだろう。サーペントさんの居場所がわかっていない今は。

「シエルにお願いするしかないみたいですね」

シエルの仕事が増えるのは申し訳ないが、妖精と言われているサーペントさんの子供をここに置いておくわけにもいかない。悪い人に見つかってしまったら、大変な事になる可能性がある。

「それにしても、不思議な生き物だよな」

ドルイドさんが黒の球体をツンツンと指でつつくと、顔をひっこめる事はないがピクリと震えている。まだ少し怖いのだろう、動きがぎくしゃくしていて何とも可愛い。

「ドルイドさん、可哀想ですよ」

「アイビーも笑ってるくせに」

「だって反応が可愛くて」

二人で笑っていると、こちらに駆けて来る気配がある。少し緊張してしまうが、その気配がよく知っている気配だと気付くと体から力が抜けた。ソラもシエルの気配に気付いたのか、気配を感じるほうを向いてピョンピョンと飛び跳ねている。

「シエルか？」

ソラの様子を見てドルイドさんも気付いたようだ。

「うん。今こっちにすごい速さで戻ってきてる」

本当に速いなと感心している間に、シエルが颯爽《さっそう》と走り込んできた。

「にゃうん」

「お帰り、怪我とかしていない？」

そう聞くと、私の頭に顔をすりすりと擦り付けるシエル。その力が今日はいつもより強い。どうやら狩りが上手くいって、かなり機嫌がいいらしい。ぐいぐい押されて、体がのけ反りそうだ。

「お腹、一杯になったか？」

ドルイドさんがそっと背中を支えてくれたので、何とかシエルを受け止める事が出来た。良かった。

「にゃうん」

彼が、シエルの頭を撫でるとグルルと喉を鳴らして甘えている。あっそういえばと、黒の球体に視線を向けると最初に会った時の状態に戻っている。どうやらシエルに驚いて、顔をひっこめたようだ。

「シエル、お願いがあるの」

シエルの目をじっと見る。シエルも私をじっと見返してくれる。

「あのね、この子。この村に来る前に会った大きなヘビ、サーペントさんの子供だと思うのだけど迷子みたいなの。ごめんねちょっと持ち上げるね」

そっと黒の球体を持ち上げてシエルに見せる。

「サーペントさんの所に連れて行ってあげたいのだけど、何処にいるのか知ってる？」

「にゃうん」

シエルはサーペントさんの居場所を知っているのか、迷いなく返事をしてくれた。

「何処に行けば会えるかな？」

私の質問にシエルは、今戻って来た道へ歩き出す。

「案内してくれるの？」

「にゃうん」

ちらりと後ろを振り返り鳴くと、すぐにゆっくり歩き出す。

「ありがとう」

黒の球体を地面に下ろそうかと考えたが、以前見た球体の歩く速さを思い出しこのまま抱き上げて行く事にした。この子の速さで歩いていたら、きっと夜になってしまう。

「サーペントさんの所に行こうね」

腕の中の球体にそっと話しかけると、ぴょんと顔が飛び出したので驚いた。さすがに不意にだと少し怖いな。

243話　ちょっと安心

シエルのあとを追って、森の奥へと突き進む。周りの気配を調べると、あちこちに魔物の気配を感じる。でも、やはり動きはないようだ。

「ここまで来ても静かだな」

ドルイドさんの言葉に頷くと、もしもの事を考えて警戒を強めておく。

それにしても寒い。長時間外にいる為、思ったより末端が冷えてしまったみたいだ。手先と足先がジンジンしている。帰ったら、温かいお風呂だな。ドルイドさんがお風呂付きの宿に拘った理由が、理解出来た気がする。

「ん？　寒いのか？　大丈夫か？」

指をこすり合わせているのを見たのか、ドルイドさんが心配そうに顔を覗き込んで来る。

「大丈夫」

「本当に？」

ドルイドさんの、この心配する表情は苦手だな。意地を張っていると、悪い事をしている気分になる。まぁ、意地を張る必要もないのだけど……。

「えっと、コートがあるから体は大丈夫なんだけど、手先とか足先が冷えちゃって。でも、宿に帰ったらゆっくりお風呂に入るから、だから大丈夫」

何だか言い訳みたいになってしまったな。

「そうか。確かに手先とか冷えるよな。お風呂が恋しいな」

「ものすごく」

腕の中でごそごそ動く気配に黒の球体を見る。顔の部分がキョロキョロと動き、周辺を見ている。もしかしてサーペントさんが近くにいるのかな？

「ぷっぷぷ～」

シエルの後ろで大人しく飛び跳ねていたソラが、いきなり大きな声を出す。視線を向けると、勢いよく飛び跳ねる姿が飛び込んできた。驚いて見ていると、どうやら大きな黒い岩に向かっている様だ。

「すごい大きな岩ですね。あれ？　模様？」

近づくと黒い岩だと思っていた物に白い模様がある事に気が付く。しかもこの模様は見た事がある。

「もしかしてサーペントさん？」

岩に見えたのは大きな胴体だったようだ。

「どっち側が顔だと思う？」

ドルイドさんの質問に左右を見比べる。まったく違いがない。

「えっと」

サーペントさんに出会う事が出来たが、胴体部分の様なので顔があるほうへ行く必要がある。が、胴体は少し曲がっていて、左右を見比べても同じに見えてどちらに行けばいいかわからない。本当に、よくここまで大きくなったと感心してしまうほど大きいサーペントさん。どちらに進むべきかと悩んでいると、頭の上に影が出来る。上を向くと、サーペントさんが見下ろしていた。視線が合った瞬間、怖いという気持ちは一切なく顔が見えた事に安心してしまった。

「お久しぶりです。覚えていますか？」

少し声を張り上げて、片手を振る。ドルイドさんも軽く手をあげている。じっと見つめていた目が少し細まったと思ったら、スッと顔が下に降りてきた。

「良かった。覚えてたみたい。今日はね、この子が迷子になっていたから連れてきたよ」

腕の中の黒の球体を見せると、サーペントさんが溜め息をつく。それに腕の中の黒の球体がびくりと震えた。もしかして、あとで怒られたりするのかな？　がんばれ！

「はい。今度は気を付けてね」

黒の球体を足元に置くと、足が出て来てちょこちょことサーペントさんに向かって歩き出す。が、すぐに小さな石に躓《つまず》いて、そのままサーペントさんがいる場所とは逆の方向に転がって行く。ドルイドさんが慌ててあとを追って抱き上げると、今度はサーペントさんの胴体の上に置いた。

「ごめんね、最初からそうすれば良かったね」

そういえば、サーペントさんの上からは落ちないな。不思議に思って黒の球体の足を見る。黒の球体の足先には爪があり、それがサーペントさんの鱗の縁にしっかりと引っ掛かる。なるほど、これで落ちないんだ。

感心していると、シエルがスライムになってサーペントさんの上に飛び乗る。それを見たソラも。そして黒の球体を巻き込んで、どうも遊んでいる様子。

「ソラとシエルがごめんね。体の上で遊んでいるけど大丈夫?」

サーペントさんはちらりと視線を向けるが、特に反応はしない。たぶん、大丈夫という事だろう。まったくあの二匹は!

「ククククッ」

不思議な音がしたので周りを見るが、私たち以外に動く気配はない。ドルイドさんも森を見回しているが、見つけられないようだ。

「ククククッ」

もう一度、その音は頭の上から聞こえた。

「えっ、サーペントさん鳴けるの?」

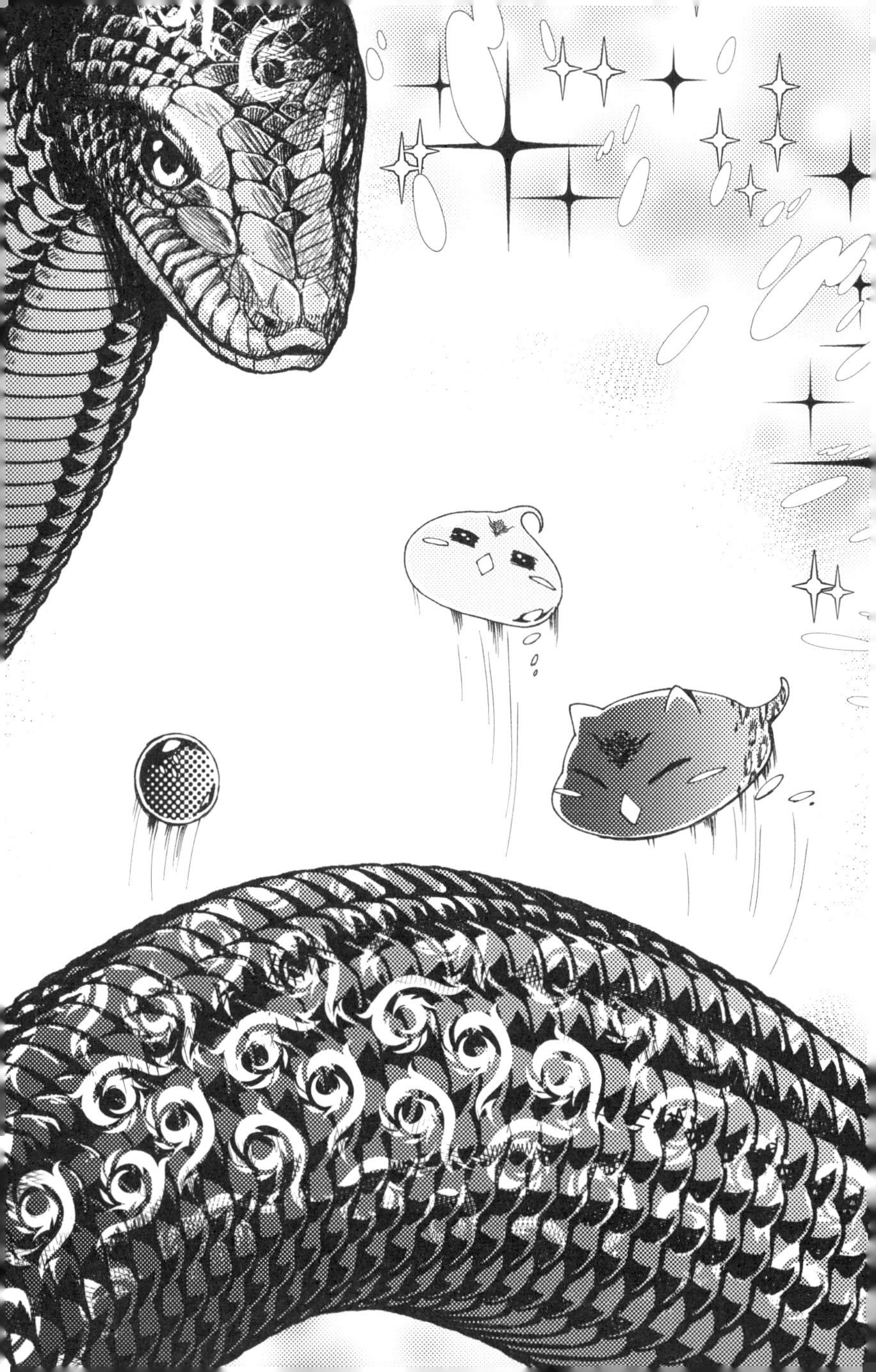

「クククッ」

あれ？　口が開いてない……喉で鳴いてるのかな？　というか、へビって鳴けるのか！　しかも巨大な体を持つサーペントにはちょっと不釣り合いな、可愛い鳴き声。見た目と声が一致しない。

じっとサーペントさんを見つめていると、近かった顔がもっと近づく。それに驚いていると、口から舌が出てきた。視線を向けると、舌の上には黒の球体。

「あっ、いや、もう充分だから」

お礼の為に渡そうとしてくれたのだろうけど、表に出せない魔石が増えてしまう。やんわり拒否をしたのだが、ぐっと押し付けられてしまった。慌てて返そうとするが、顔は既に遠く。返す機会を逃してしまった。それにサーペントさんの表情は何処か満足げに見えて、返しづらい。

「あ～、ありがとう」

お礼を言えば、眼を細めて一度頷いてくれた。そういえば、この魔石の力を私たちは知らないのだよね。訊いたら教えてくれるかな？

「サーペントさん、この魔石ってどんな力があるの？」

「クククックククッ」

しまった、へビ語がわからない。何となく説明してくれている様な気がするのだけど。上を見るとじっと見つめ返して来るサーペントさん。

「ごめん、何を言っているのかわからなかった」

「……クククッ」

サーペントさんの声から元気がなくなる。やはり説明をしてくれていたのか。

「えっと、そうだ！　死んだ人を蘇らせられるって本当？」

その質問に、サーペントさんが首を横にする。どうやら違うらしい。やっぱりドルイドさんの言うとおりだった。でも、違うという返事に安心する。そんな恐ろしい魔石は要らない。

「ありがとう」

もらった魔石がちょっとだけ軽く感じる。ほんの気持ち程度だけど。

「そろそろ戻るか。暗くなりかけている」

周りを見ると、森の中に入ってきていた光が弱まっている。

「うん。サーペントさん、またね。ソラ！　シエル！　帰るよ」

私の言葉に、サーペントさんの上で揺れる二匹。

「置いて行くぞ～」

と言う、ドルイドさんの言葉で慌てている。まったく。戻って来たソラとシエルの頭を一回軽く撫でる。

「クククッ」

サーペントさんは挨拶なのか一回鳴いて、移動を始めた。

「ぷっぷぷ～」

「にゃうん」

ソラとシエルも挨拶？　をしている。

気が付くと、シエルがアダンダラに戻っていた。以前より滑らかに変化出来るようになって、シエルは変化を楽しんでいるようだ。

「戻ろっか」

村へ戻っている途中、森にすむ魔物たちの気配が動いている事に気が付いた。さっきまでまったく動きがなかったのに。周りの気配を調べると、動物もまだいるようだ。

「どうした？」

「動いていなかった気配が動き出したので」

「……もしかしてサーペントがいたから動けなかったのかもしれないな」

「ん？」

「森の守り神と言われるほどの力を持っているから、怖がられているのかもな」

怖がられている？　あんなにやさしいのに？　まだまだサーペントさんの事を知らないな。また会えるかな？

244話　冷えすぎ注意

門番に挨拶をして村に入る。太陽が陰ったのか、寒さが増している。昨日よりかなり寒い様な気がするけど、気のせいかな？

「このままギルドに行くの？」

「いや、今日は宿に戻って体を温めよう。冷えすぎだ」

確かに指先と足先の感覚はない。宿に戻ると、ドラさんが迎えてくれた。なぜか安堵の表情を見せる。

「おかえりなさい」

「ただいま戻りました。何かありましたか？」

「先ほどギルドから、今夜はかなり冷え込む可能性があると連絡がありまして」

「そうなんですか。そういえば、今日の寒さは体に堪えますね」

私の気のせいではなく、本当に昨日より寒いのか。

「そうなんですよ、まだこの寒さになるには早いんです。だから心配で」

「もしかして、まだ誰か帰って来ていないのですか？」

「ドルイドさんの隣の部屋の、お子さん連れの旅の方たちがまだなんです」

ドラさんが扉の外に視線を向ける。確か隣は、ご夫婦に私と同じ歳ぐらいの男の子と少し大きい男の子の四人家族だった筈。大丈夫かな？

「あぁ、引き止めてしまってすみません、お風呂に入って体を温めてください。風邪をひいてしまう」

ドラさんに挨拶をして、部屋に戻ってお風呂の準備をするとすぐにお風呂に向かう。足先と指先から冷えが伝わって、今では体全体が寒い。

「ゆっくり体を温めて来る事」

「了解！」

ドルイドさんと別れて女風呂に向かう。ボタンをはずそうと動かすが、困った。指がかじかんで動かない。悪戦苦闘していると、

「大丈夫？」

柔らかい女性の声が聞こえた。視線を向けると、お風呂から上がってきたのか湯気をまとった四〇代ぐらいの女性が私の手元を見ている。

「ボタン、手伝いましょうか？」

「えっと、大丈夫です」

「遠慮しないで。そんな状態だと風邪をひいてしまうわよ」

スッと伸ばされる手に、緊張で背筋が伸びる。それに気が付いた女性はちょっと躊躇したが、さっとボタンをはずしてくれた。

「はい、これで大丈夫」

「ありがとうございます」

「どういたしまして。私は三階に泊まっているルーシャ。よろしくね」

「二階に泊まっているアイビーです。よろしくお願いします」

頭を軽く下げて挨拶する。それをうれしそうに笑ってルーシャさんも頭を下げてくれた。

「ささっ、お風呂に入ってらっしゃい。風邪をひいてしまうから」

「はい」

ボタンが外れてしまえば、指が少し動かしづらくても脱ぐ事は出来る。タオルや石けんを持ってお風呂に入る時、後ろを確認すると脱衣所から出て行くルーシャさんの後ろ姿が目に入った。

「いい人だったな」

冷えすぎるとお湯が痛いという経験をしながら、しっかりお湯に浸かって体を温める。寒さで固まっていた筋肉が、ゆっくりほぐれていくのが気持ちいい。

ぐ〜……。

「お腹空いた」

体も温まったし、もういいかな。

ぐ〜……。

よし、上がろう！　体を拭いて、脱衣所から出るとパンの香りが漂って来る。この宿に泊まっているると、太りそうだな。

二階に上がる時、ドラさんがまだ宿の玄関にいるのが見えた。まだ最後のお客さんが戻ってきていないようだ。

「おかえり」

「ただいま」

部屋に戻ると既にドルイドさんがソラとシエル、二匹と遊んでいた。……いや、二匹の玩具になっていたかな？　ベッドにうつ伏せに寝ているドルイドさんの腰の上で、ソラとシエルが体をぶつけ合っている。

「痛くないの？」

「ん？　全然、振動が気持ちいいんだよ」

……これが持ちつ持たれつ？　ちょっと違うかな。それにしても、気持ちいいのかな？

「ソラたちの体は拭いておいたから、フレムは拭いてベッドの上な」

「ありがとう」

私のベッドを見るとフレムが寝ている。そっと様子を窺って、すぐにタオルを準備してそちらに移動させる。フレムは相変わらず口が緩い。あと少しで布団によだれが染み込む所だった。

「あっ、三階に泊まっているルーシャさんにちょっとお世話になったんだ」

「ん？　何かあったの？」

「指がかじかんでボタンが外せなかったから、外してもらっちゃった」

「そうだったのか、少し温めてからお風呂に入れば良かったな」

「ドルイドさんは大丈夫だったの？」

「ボタンのない服を着てたから、大丈夫だった」

そういえば、なかったな。森に行く寒い日は、ボタンがある服を着ない様にしよう。

「そうだ、少し温めるってどうやるの？」

「ん～、手をこすり合わせたり、宿で蒸しタオルをもらってもいいな」

蒸しタオルはいいかもしれないな。今日の寒さでは、手をこすり合わせるぐらいでは追いつかなかったからな。

ぐ～……。

「「……」」

私のお腹が鳴った瞬間、ドルイドさんと視線が合う。は、恥ずかしい。顔に熱が集まっているのがわかる。

「えっと、夕飯作ってきますね」

あっ、ソラたちのご飯もまだだった。先に用意しよう。

「くくっ、手伝うよ。この寒さの中を歩き回ったから、お腹が空いてしかたないんだ」

「ドルイドさんも？」

ドルイドさんが、ちらっと私を見て笑みを見せると頷いた。

「あぁ。風呂に入ってる最中にお腹が鳴って、一緒に入っている人がいたから恥ずかしかったよ」

ドルイドさんの話に笑いながら、ソラたちのポーションをマジックバッグから出す。それに気が付いたのか、ドルイドさんの腰から勢いよく飛び跳ねるソラ。

「ぐっ、ソラ今のは駄目だ」

痛かった様だ。フレムもポーションに気が付いたのか、ベッドからコロコロとポーションのもとへ転がって来る。横着だな～。

「夕飯作って来るね。ソラ、フレムはゆっくり食べてね。シエル、遊ぶのはご飯を食べ終わるまで待っててあげてね。じゃ、行ってきます」

「ぷっぷ～」

「りゅ〜」

「にゃうん」

二階の調理スペースを借りて、夕飯作りに取り掛かる。今日は森へ行く予定にしていたので、朝のうちにスープを準備しておいた。なので温めるだけ。簡単にサラダを作って、あとは宿で焼きたてのパンをもらって完成。今日はゆっくり食べたかったので、部屋に移動。ベッドを見ると三匹が並んで寝ていた。フレムだけタオルの上に移動させておいた。

「「いただきます」」

寒い日は、やはりスープがおいしい。大き目のお肉も入れてあるので食べごたえも抜群だ。

「森へ行く日はスープを作っていくのがいいな、帰って来て温めたらすぐに食べられる」

「そうだね」

ヒュ〜、ガタガタガタ。

「わっ！」

風の音が大きくなったかと思ったら、窓が大きく揺さぶられたので驚いた。

「風が強くなってきたな」

「うん」

窓が、風で煽られてガタガタ言うのを聞きながら夕飯を食べる。おいしいのに、ちょっと落ち着かない時間が過ぎた。

245話　睡眠不足

「ねむい……」

昨日の夜はずっと風が鳴り響いていて、窓もガタガタとうるさくて、正直怖くて寝られなかった。ヒュ～ッという音は、何処か不安を掻き立てられてしまう。

「おはよう。大丈夫か？　昨日あまり寝られてなかったみたいだけど」

「大丈夫です。朝方には寝られたので」

「今日はギルドにスノーの報告だけして、ゆっくりしようか」

「うん」

少しだるく感じる体を軽く運動する事で誤魔化し、朝食をもらいに一階に行く。食堂に入ると、宿に泊まっている人たちが集まって話をしている姿が目に入る。

「「おはようございます」」

隣を通る時に挨拶すると、それぞれが挨拶を返してくれた。私はそのまま席に向かうが、ドルイドさんは集まっている輪に参加する。宿に泊まっている冒険者たちは、朝の挨拶時にそれぞれ持っている情報を交換する。私はまだ子供という事で参加が出来ない。なので、朝の情報交換はドルイドさんの朝のお仕事になってしまった。

「おはようございます」

朝食を配っているドラさんに挨拶をして椅子に座る。数日もすれば客の座る位置も決まって来るのか、みんないつも同じ場所だ。

「おはよう、昨日の夜はすごかったけど寝られたかい？　ん？　あぁ、その顔は、無理だったみたいだね」

ドラさんが私の顔を見て、苦笑いした。そんなにひどい顔をしているのかな？　朝、鏡を見た時はうっすらと隈が出来ていたぐらいだったけど。

「そんなにひどい顔をしてますか？」

ちょっと心配になって訊いてみる。

「目の下に隈があって、顔色もいつもよりかなり悪い。心配な状態だぞ？」

そういえば、いつもより顔色が悪かったな。そうか、そんなに見た目が悪いのか。

「本当に大丈夫か？　喉の痛みとか、寒気がするとかあるか？」

少し考えるが、特に問題ないので首を横に振る。

「少しでも体調が悪かったら言ってくれ」

「はい。ありがとうございます」

フレムのポーションを飲んでおいたほうがいいかな？　ドルイドさんに相談してみよう。

「どうした？」

「顔色が悪いらしくて、風邪を引いてないか心配されちゃいました」

「ああ、その顔色の事か」

ドルイドさんも気付いていたのか。

「気にはなっていたんだが。元気そうに見えたから、少し様子を見る事にしたんだ。でも、朝より少し顔色が悪くなっている気がするな。あとでポ……あとで話そう」

何となくドルイドさんもフレムのポーションを思い出したのかなっと思ったが、ここで話せる内容ではないと気が付いたのか、ドルイドさんが肩をすくめた。

朝食を食べながら、何か情報があったのか聞く。

「この村では一月に四回、他の村や町にお肉を届ける冒険者がいるらしい。二日前に戻って来る予定だった冒険者からの連絡が途絶えているそうだ。寒さ対策はある程度はしていたそうなんだが、ここまでの寒さは考えられていなかったみたいでな。捜索隊が出るそうだ」

「そうですか」

昨日の冷え込みを思い出す。部屋の中は赤の魔石を使った暖炉があって温かい筈なのに、いつもより寒かった。

「今日は、お昼から冒険者ギルドへ行こうか。朝方は忙しいだろうし」

「うん」

そういえば、帰って来ていなかった人たちは戻って来たのだろうか？　食堂を見渡すと、一番離れた場所にその家族を見つけた。子供たちはかなり疲れた表情をしている。でも、無事だったようだ。

部屋に戻ると、ソラとフレムも食事は終わっていた。

「お昼から冒険者ギルドに行くけど、一緒に行ってくれる？」

私の言葉に三匹がプルプルと反応を返してくれる。可愛いな～。

「お茶を飲もうか」

ドルイドさんがいないと思っていたら、お茶の準備をしてくれていたらしい。

「ありがとう」

「あっ、さっきの話だけど」

「ん？」

「もしかしたら風邪の引き始めかもしれないから、フレムのポーションを飲んでおこう」

倒れたりしたら心配かけるし、予定も変わってしまう。ここは予防の為にも、もらっておこう。

「うん。フレム、ポーションもらうね」

ベッドの上でうつらうつらしていたフレムがふっと目を開ける。相変わらず目つきが悪いのに可愛く見える不思議。

「てりゅ～」

……寝ぼけた感じで鳴かれたんだけど、これは『いいよ』という事かな？　じっとフレムを見ると、一生懸命開けていた目がどんどん閉じていく。

「はい」

フレムを見ている間にドルイドさんが、ポーションをボックスから取ってきてくれた。それを小さいコップに一口分入れてグッと飲み込む。体にスーッと染み込む様な感覚がする。やはり、風邪の引き始めだったのかな？

「大丈夫か？」

「うん。フレムのポーションは優秀だから大丈夫」

「なら、お昼までゆっくりするか。アイビーは寝るんだったら寝ておけ。寝不足は体に悪いぞ」

「ありがとう」

お腹が一杯になった為、睡魔が押し寄せてきている。ここでがんばっても意味はない。

「少し寝るね」

「あぁ、お休み」

ベッドに入って寝る体勢になると、ドルイドさんが頭を軽く撫でてくれる。その気持ち良さに目を閉じる。


意識がふっと浮上する。寝ていた体を起こし、腕を伸ばしながら部屋を見渡す。ドルイドさんはいない。ドルイドさんのベッドの上を見ると、ソラたち三匹がかたまって寝ていた。窓から外を見ると、温かな光が部屋に入り込んでいる。寒さは落ち着いたのかな？

ガチャリッ。

「おはよう」

「おはよう」

ドルイドさんが入って来るとパンの香ばしいかおりが部屋に広がる。やっぱりこの匂いはお腹が空くな。

「体の調子はどうだ？　顔色は良くなったけど」

「もう大丈夫」

感じていた重さはないし、寝不足も解消されている。

「良かった。お昼、昨日のパンが残っていたからそれでいいか？」

「うん、いただきます」

ベッドから降りて皺がついてしまった服をパンパンと軽く叩く。ん～、皺ってとれない物なんだな。着替えてから寝れば良かったかも。

「「いただきます」」

お昼を食べながら、これからの予定を話し合う。といっても、冒険者ギルドに行くだけなんだけど。

「疲れているなら宿に残っていてもいいぞ？」

「大丈夫。もう元気だよ」

かなり心配されたが、何とか説得して一緒に行ける事になった。ソラたちを見ると、ボーっと目を開けてこちらを見ているシエルと目が合った。寝ぼけているのかな？

「眠いの？　宿に残っていてもいいよ？」

一緒に行く事にはしていたが、かなり眠そうだ。少し心配だが、この子たちは頭がいいので誰かが来たらちゃんと隠れてくれるだろう。

「にゃっ！」

ちょっと不機嫌な声を出すシエル。

「一緒に行く？　大丈夫？」

「にゃうん」

「ぷっぷぷ～」

何とも眠そうなソラの声。でも一緒に行く様だ。フレムは……爆睡中。何だかいつもより、眠りが深い気がする。

「昨日は三匹とも、あまり寝られてなかったみたいだから」

「そうなの？」

「風の音が気になったみたいだ。風が強く吹くたびに、起きて周りを見ていたな。アイビーと一緒だな」

ドルイドさんの言葉に頷く。強い風で目が覚めていたなら、私と一緒だ。それで、今日は何処か眠そうで元気がなかったのか。

「フレムも連れて行ったほうがいいだろう。今日のフレムは、誰かが部屋に入ってきても対応出来ない可能性がある」

確かに、かなり眠りが深い。この状態では見つかってしまうかもしれない。

「じゃぁ、みんな一緒にギルドに行こうね」

「ぷっぷぷ～」

「にゃうん」

246話　スノーの報告

宿の玄関から出ると、昨日に比べるとかなり寒い。一瞬、宿に戻りそうになってしまった。

ソラたちが入っているバッグを見る。寒くないかな？　ふわふわのタオルを買って寒さ対策は施してあるけど、ここまでの寒さは考えていない。

「どうした？」

バッグをじっと見つめる私を、心配そうに見るドルイドさん。何かあったのかと思わせてしまったかもしれない。

「バッグの中を温かくする方法ってあるのかな？」

ドルイドさんは少し考えて、私のやりたい事がわかったみたいで一つ頷いてくれた。

「帰りにローズのお店によって相談してみようか？」

「うん。ありがとう」

「大切な仲間の事だからな」

ドルイドさんの言葉が聞こえたんだろう、バッグが振動を伝えて来る。ソラかな？　シエルかな？

いつもの様に大通りに出るが、人が少ない。この寒さで多くの人が家に籠っているようだ。

「人が少ないな」

「お店も閉まっている所があるみたい」

屋台を見渡すが、半分ぐらいが閉まっている。この寒さは人の生活を変えるようだ。

「行こう」

いつもは周りを見ながら歩くのだが、今日は寒すぎる。その為、自然とギルドに向かう足が速くなる。急いできた冒険者ギルドの中は、閑散としていた。こんなギルドは初めてだ。

「さすがにこんな日は人が少ないな。あそこでいいか」

カウンターに座っている、ギルド職員の男性。何か作業をしていた様だが、眠そうな目をしている。

「失礼」

「あっ、いらっしゃいませ。ご用件は、何でしょうか」

ドルイドさんの声にハッとした表情を見せて、慌てて取り繕う男性。目は開いていたけど寝てたのかな？

「森の中でスノーを見かけたので、その報告を」

「ありがとうございます。詳しくお願いします」

スノーは一日で急成長し花が咲き、そして一日で枯れて消えてしまうのだとドルイドさんに教えてもらった。なので見つけた日が違うと同じ場所に咲いていたとしても、違う花らしい。そして、スノーの目撃情報が多いほど、その冬は厳しい年になるそうだ。今年どれだけの目撃情報が集まってきているかはわからないが、スノーの情報だと知った時の職員の表情。見間違いでなければ、少し顔色が悪くなった様に見えた。もしかしたら、かなりの目撃情報が集まっているのだろうか？

「ありがとうございました」

「いや、報告は多いのか？」

ドルイドさんが聞くと、一つ小さく頷く。その表情は苦渋に苛まれていた。

冒険者ギルドを出る。これからローズさんのお店に行くのだが、太陽が少し雲で隠されてしまった。太陽の温かさがなくなると、本当に凍える様な寒さだ。

「本格的な冬になったら、森へ行くのは危ないかもしれないな」

「宿でのんびりするしかないね」

「そうだな」

命を危険にさらしてまで森へ行く必要はない。シエルが森の中で生活をするなら、ちょっと無理をしてでも行くが。今は一緒にいる。本当に変化の魔石を作り出したフレムには感謝だ。

足早にローズさんのお店に行く。いつもより早足なのに、いつもより店が遠く感じた。人の感覚って当てにならないな～。

「いらっしゃい。すぐに扉を閉めておくれ寒いからって、アイビーたちじゃないか」

ローズさんのお店の扉を開けると、すぐに声が掛かる。ちょっと不機嫌そうな声だったけど、私たちとわかった瞬間から雰囲気が変わる。それに少し苦笑してしまう。

「ローズさんに相談がありまして」

「何だい？」

この店に来る前に、私がテイマーでスライムをテイムしている事までは話すと決めておいた。

「テイムしたスライムがバッグにいるのですが、この子たちが寒くない様にバッグに入れられる防寒アイテムか暖房アイテムなど、ありませんか？」

「アイビーはテイマーだったのかい？」

「はい」

ローズさんが私が肩から提げているバッグを見る。一つだけマジックバッグではないので、すぐにソラたちが何処にいるのかわかったようだ。

「バッグの中を温めるグッズ……ん〜、何処かで見た様な……」

アイテムが載っている書類を次々とめくっていくローズさん。

「あった！　やっぱりあった。これはどうだい？」

ローズさんは少しうれしそうに、見つけた書類を差し出す。受け取って説明文を読んでいく。

『火魔法の魔石を使用し、バッグの内側を温める暖房アイテム。専用バッグと一緒に使えば寒さ対策効果がなんと二倍〜三倍。だから使うなら一緒に使うほうが断然お得！』

んっ？　何だろう、このちょっと独特なおすすめというか販売の常套句《じょうとうく》というか。まぁ、わかりやすいと言えばわかりやすいのだけど。

「すみません、この実物を見たいのですが……あれ？」

読み終わってローズさんを見ると、目の前に居る筈なのに居なかった。

「あれ？　ローズさん？」

「機嫌よく奥に行ったぞ。たぶん探してくれているのだろう」

動きが早いな。

「あったよ。これだ、これだ」

持って来てもらったアイテムを見ると一部分に穴の開いた厚めの木の板。今使っているバッグより少し大きめ。

「これで本当に温かくなるのか？」

ドルイドさんが不思議そうに木の板を見ている。

「説明ではそうなる。で、こっちがアイテムの効果を倍にする専用バッグだよ」

ローズさんが持っているバッグを見る。

アイテムが底にすっぽり入る大きさなので、今のバッグより大きめになる。

「試しにアイテムを動かしてみたらどうだい？　どれくらい温かくなるかは書類からではわからなかったからね」

ローズさんが火魔法を強化する赤の魔石を一つ貸してくれたので、書類から起動方法を探す。起動には、木の板にある穴に魔石を入れてバッグの底に敷き、板の側面にある出っ張りを一回押す。これだけ。使う魔石は、それほど大きい物やレベルの高い物は必要がないみたいだ。しばらくすると、じんわりとバッグの中が温まって来る。

「すごい、結構温かくなるんですね」

バッグの中に腕を入れて温かさを確かめる。続いて、ドルイドさんとローズさんもアイテムの効果を実際に手を入れて確かめている。

「確かに温かいな、これでいいんじゃないか？　あっ、バッグを替える事になるのか……」

ドルイドさんがソラたちが入っているバッグを見る。そういえば、前に大切な人にもらったバッグだと説明した事がある。なのでバッグを替える事を迷っていると思ったのかもしれない。確かに少し迷ったけど、ソラたちと安心して一緒にいる為ならバッグを替える事に迷いはない。

「夏用のバッグと冬用のバッグですね。何だか贅沢ですが」

ドルイドさんに安い贅沢と笑われた。それほど安いとは思わない金額だったけど。

「ここは私が払います！」

「いや、旅に必要な物なのだから共同口座のお金を使うべきだ」

「いえ、これは私が支払います。ソラたちの物なので」

「「…………」」

睨み合っていると、なぜか大きな溜め息をつくドルイドさん。

「アイビーは頑固者だからな」

「え〜、ドルイドさんだって頑固ですよ！」

私たちのやり取りを見て、ローズさんが笑い出した。

「本当に仲がいいね。アイビー、買ってもらったらどうだ？」

「ローズさんまで。あの、買ってもらうのに慣れてしまうと、見境なくなって我が儘放題になってしまうかも」

「『それはない』」

なぜか二人同時に同じ言葉を言われた。

「……ソラたちにはお世話になっているから、何かしてあげたいんです」

ソラやフレム、シエルには本当にお世話になっている。だから彼らの環境を良くする為の物は、私が買ってプレゼントしたい。この言葉が効いたのか、ドルイドさんが引いてくれた。ただし、次にソラたちの物を購入する時はドルイドさんが支払う事になった。

247話　フレムのよだれ問題

宿に戻ると、じんわりと体に染み込む温かさ。その温かさに寒さで固まっていた体がゆっくりとほぐれていく。

「おかえりなさい」

二階に上がろうと階段に足をかけると、後ろから声が掛かる。

「ただいま戻りました……えっ！」

振り向くと、全身が濡れているサリファさん。

「どうしたんですか？」

ドルイドさんが、玄関横に置いてあるタオルを急いで取ってきて彼女に渡す。このタオルは、宿に泊まっている者ならだれでも使っていいと聞いている。

「えへっ、ちょっとお風呂場で転んじゃって」

恥ずかしそうに笑っているが、大丈夫なのか心配になる。

「大丈夫ですか？　怪我とかしてませんか？」

「アイビーさんは優しいわね。大丈夫よ、よくある事だし。転び方には自信があるわ」

えっと、転び方に自信？

「それよりも！　寒かったでしょう。お風呂は何時でも使えますからね」

「ありがとうございます。でもまずはサリファさんが入ってください。風邪引きますよ」

「大丈夫よ」

「駄目です。ドラさんが心配しますよ」

「確かに心配かけちゃいそうね。わかった、お風呂に入るわ。あっ、ドルイドさんとアイビーさん。今日も夕飯は別だったわよね？」

「はい。それが何か？」

ドルイドさんが不思議そうに首を傾げる。

「ちょっと皆さんに話があって、今日の夕飯の時にしようかと思っていたのですけれど」

全員に話？

「それでしたら、話をする時間に食堂に行きますよ」

「お願い出来るかしら？」

「はい。アイビーもいい？」

「もちろん」

みんながいる時という事は、何か重要な事だろう。私たちにも関係しているのだから、協力は当たり前。

時間を聞いてから部屋に戻る。ソラたちをバッグから出して、ローズさんの所で購入したバッグを取り出す。

「ぷっぷぷ～」

「にゃうん」

「てっりゅりゅ～」

どうやら話を聞いていた様で、新しいバッグに興味津々だ。

「寒くても、このバッグなら暖かく過ごせるよ。外に出るとバッグの中も寒かったでしょ」

「ぷ～」

私の言葉に、プルプルといつもより小刻みに揺れるソラ。寒くて震えているという事かな？　もしそうなら、このバッグを購入して正解だな。

「先にお風呂に行こうか？」

「うん！　あっ、でもその前にソラたちの体を拭いちゃいますね」

タオルをお湯で濡らしに行こうとすると、ドルイドさんに止められる。

「今日は外で遊ばせていないし、綺麗じゃないか？」

「いえ、あの」

「何？」

「フレムのよだれがみんなに……」

「ぷ～！」

「にゃ！」

「………………てりゅ」

毎回思うけど、フレムの口はもう少ししまりが良くならないかな？　バッグにみんなを入れていると、全員に被害が出てしまう。

「なるほど。俺が拭くよ」

「ありがとう」

濡らしたタオルをドルイドさんに渡して、私は使っていたバッグを整理する。フレムのよだれを吸ったタオルを、洗い物を入れてあるカゴに入れ、バッグの内側を丁寧に拭いて干しておく。新しいバッグの暖房アイテムの上によだれ対策のタオルを敷く。

「よし」

「こっちも終わったよ」

三匹を拭いたタオルを洗い物のカゴに入れるドルイドさん。

「ありがとう。バッグの準備も完了です」

ろよ」

「じゃ、風呂な。三匹は大人しくな。音は防いでいるけど、誰かが部屋に入って来たらすぐに隠れろよ」

「ぷっぷぷ～」

「にゃうん」

「てりゅ」

いつもと違う短い挨拶をしたフレムを見る。じっと見ると、ちょっとふてくされている様な雰囲気。もしかしてよだれの事を言ったから拗《す》ねたのだろうか？　そっと頭を撫でると、ぷいっと横を向いた。……拗ねているフレム、可愛い。

「お風呂に行って来るね。帰って来たらご飯にするね」

お風呂をあがって部屋に戻ると、入り口前に何かが置かれている。周りを見ると、他の部屋の前にも同じ様な物が置かれている。これは各自使っていいという事だろうか？　とりあえず、部屋に入れておこう。扉を開けて、置いてある物を入れているとドルイドさんが帰って来た。

「それは？」

「部屋の入り口の前に置いてあったので、使っていいものかと。何かわかりますか？」

「あぁ、それは暖房アイテムだよ。赤の魔石を使って部屋全体を暖めるんだ」

「？　部屋は既に暖かいですよね？」

「あぁ。夜はこれの説明かな？」

そういえば、今日は話があると夕飯時に食堂へ行く事になっていたな。なるほど、このアイテムの説明か。

「どうする？　約束の時間までに夕飯をすませておくか？」

「うん。時間的に夕飯が食べ終わるころだから、先に食べちゃおう」

集まってほしいと言われた時間は、いつもだったら食後にゆっくりとくつろいでいる時間。なので、少し早めに夕飯を食べておく必要がある。時計を見ると、少し早いけどゆっくり休憩していたら、すぐに時間になるだろう。

部屋に戻ると、マジックバッグからお肉を取り出す。今日のお肉はピリ辛ダレに朝から漬け込んだ物。あとは野菜と、米！　今日は炊き立てのご飯です。ほかほかのご飯にピリッと辛みの効いたお肉、最高。

二階の調理場に必要な物を持って行き料理開始。まずは何と言っても米を研《と》ぐ事から。次に、火にかけて炊き始めたら他の料理に取り掛かる。米の火加減はドルイドさんが見てくれているので安心。今日の野菜は、辛めのお肉に合わせて少し薄味。野菜スープに蒸し野菜の付け合せ。あとはタレ漬けのお肉を焼く。お肉を焼いている間に米は炊けているので、お肉が焼けたら完成。

「うまそうだな」

「ふふっ、食べましょう」

今日は調理場にある机を借りて夕飯。

「「いただきます」」

蒸した野菜はどれも甘味があっておいしい。そこにピリッと辛いお肉。で、炊き立てご飯。うん、おいしい。

「アイビー、この肉うまい」

良かった、口に合ったみたい。

「ここだ～」

食べ進めていると、調理場に顔を出す一人の男の子。たぶん同じ階に泊まっている子供だ。

「どうした坊主」

「お腹が空く匂いがして気になって……それ？」

男の子が指すのは、ドルイドさんがフォークで刺しているお肉。ものすごく凝視している。

「ぷっ、もう少ししたら夕飯の時間だろう？　この時間に食べたら怒られるんじゃないか？」

「そうなんだけど……」

かなりお腹が空いているのか、お肉をじっと見ている。これにはドルイドさんも少し困った表情だ。

「こらっ！　グッティ」

「げっ、兄ちゃん」

どうやらお兄ちゃんが、迎えに来てくれたようだ。それにドルイドさんと一緒にホッとする。別にグッティ君におすそ分けする事は問題ないのだが、親の許可が必要だろう。

「すみません。弟が」

「いや、大丈夫だよ」

「あの同じ階に泊まっている、ルイディです。こっちが弟のグッティです」

「ありがとう、ドルイドだ」

「アイビーです。よろしくお願いします」

挨拶すると、グッティ君が手を振ってくれる。ルイディ君は大きな溜め息をついて、邪魔をした事を詫びて弟を引きずって帰っていった。

「なんか、やんちゃそうな弟君だな」

ドルイドさんが苦笑を浮かべている。確かに、そういう印象だった。お兄ちゃんは、大変そうだったな。

248話　寒い冬の対策

食堂に入ると、多くの人は既に食べ終わったのかゆっくり談笑をしていた。いつもの席に座ると、ドラさんがお茶を持って来てくれる。

「ありがとうございます」

温かいお茶をゆっくりと楽しむ。この宿のお茶は、私がいつも飲んでいるお茶より少し甘さがある。今度どんなお茶なのか訊いてみよう。

視界の隅に揺れている何かが映る。そちらに視線を向けると、先ほど出会ったグッティ君が手を振っていた。それに手を振り返すと、ものすごい笑顔で手の振りが激しくなった。同い歳ぐらいだと思っていたけれど、もしかして私より下なのかな？　しばらくするとサリファさんが、食堂に姿を見せた。

「今日は集まってくれて、ありがとうございます」

彼女は食堂を見渡して小さく深呼吸をした様に見えた。そして、

「本日ギルドからこの冬に対しての注意事項が来ました。皆さんは既に気が付いているでしょうが、今年の冬は既に異様な寒さとなっております。またギルドには、多くの冒険者から『スノー発見』の報告が寄せられています」

スノーの話が出た時、食堂が少しざわついた。

「スノーが多く見られる年は、異常な寒さとなる冬の到来を意味します。過去の経験から、この村では出来る範囲での準備を行って来ました。ですが、実際にどれだけの対処が出来るか不明です」

食堂が静寂に包まれる。

「今使用している宿の暖房アイテムは過去の経験を踏まえ、強化されています。ですが、これから訪れるであろう寒さに対応出来る保証はありません。この村の過去の出来事ですが、異常な寒さが訪れた年、暖房を点けた建物内にも拘らず凍死者が出たという記録が残っています」

建物の中で凍死？　暖房では、寒さを防げなかったという事？　どんな寒さなんだろう、怖いな。

「命を守る為に、皆さんに協力を仰ぎたいです。夕方、各部屋の前に暖房アイテムを置いておきました。それは赤い魔石を使い部屋を暖める物です。使い方がわからない場合は、あとで個別に説明いたします。そのアイテムを各部屋で使い、宿全体を暖める手助けをしていただきたいのです」

宿全体を暖めるお手伝い？

「ただ申し訳ないのですが、皆様の暖房アイテムを動かすだけの魔石は用意出来ておりません」

サリファさんの言葉に、一気にざわつきが大きくなる。

「魔石が採れていた洞窟が崩れ落ちてしまい、確保出来なかったんです。すみません」

そういえば、初めてこの宿にきた時に聞いた。魔石が大量に採れていた洞窟が崩れて、価格が高騰しているって。

「あの～、魔石はどれくらい必要になるんですか？」

一人の男性が手をあげる。

「レベル六の魔石の場合は最低五個。寒さによって変わりますが、文献に残されている最低の寒さが来た場合は、二〇個ほど必要になる可能性があります」

サリファさんの言葉に、食堂にいた冒険者たちが息を呑む。そしてそれぞれがひそひそと話を始めた。彼女は小さく溜め息をついて、何ともやるせない表情をしている。

「レベル六の赤い魔石が二〇個か」

レベル六の魔石は、持っていなかった気がするな。ドルイドさん宅で見つかったレベル五より低いレベルの魔石はすべて売ってきたから。フレムがくれた魔石は、詳しいレベルはわからないけど透明感から比較するとレベル五以上だと思う。おそらくレベル五か四辺りが一番多いとドルイドさんと予想している。

「レベル五以上だと問題あるの？」

「いや、問題なく動くし魔石の数は二〇個も要らなくなる」

使えるのなら問題ないな。残った魔石を宿に提供する事も出来る。これは部屋に戻ってから相談しよう。

「何か質問があれば、どうぞ」

「魔石が足りない場合はどうしたらいい？」

「それは……購入をお願いしたいのですが、この問題が出る前から魔石は高騰しています。なので無理にお願いは出来ません」

サリファさんが黙り込んでしまう。

「そうか。何とか安く手に入れられる方法を探してみるよ」

「すみません」

それから少し質問などが飛び交ったが、やはりどの冒険者も二〇個も魔石を持っていない様で、一番の問題は魔石の確保にある様だった。

「部屋に戻ろうか」

「うん」

席を立ち、食堂を出ようとするとドラさんに止められた。

「暖房アイテムの使い方は大丈夫ですか？」

「えぇ、使った事があるので問題ないですよ」

「そうですか。申し訳ありませんが協力をお願いします」

ドラさんが深く頭を下げる。彼はサリファさん同様、やり場のない気持ちを抑え込んでいる様な、苦しそうな表情をしている。

「俺たちは大丈夫です。魔石にも余裕がありますから」

「そうなんですか？」

「はい」

「良かった。では、失礼します」

ドルイドさんの言葉に、ドラさんはホッとした表情を見せる。部屋に戻ってとりあえず魔石を確かめてみる事にした。魔石を入れているマジックバッグから、赤の魔石が入っている袋を数個取り出す。

「レベル五だとわかっているのはこの袋だな」

袋を開けて机に出すと、数は全部で一八個。

「この数があれば、問題ないだろう」

「あの、魔石に余裕があれば宿に提供しませんか？」

「俺も同じ事考えてたよ」

良かった。

「ただし、レベルが高すぎる物はやめておこうな」

ボックスのほうに入れた、魔石の事かな？　確かにあれは、目立ちすぎるだろうな。

「で、こっちがフレムが生み出した魔石なんだが、レベルは不明だ」

フレムが捨て場で生み出した魔石。鑑定してくれる人がいないので、レベルは不明。だが、ドルイドさん宅で見つかったレベル五の魔石より透明感がある様に見える。

「レベルがわかっているほうを宿に提供して、俺たちはこちらを使うか」

「数はどれだけあるの？」

「えっと、全部で三三個だ」

透明感から見てレベル五より上の魔石。これだと、もっと少ない数で大丈夫なのかな。

「こっちは提供しないの？」

「レベルがわからないからな」

レベルがわからない物を提供するのは駄目なのだろうか？

「自分の持っている魔石のレベルを調べないのは、ちょっと違和感を持たれるだろうな。かといって、こんな高レベルの魔石を三三個も鑑定してもらうのも目立つし。だからといってここで提供しないと後味が悪くなるし」

ドルイドさんが頭を抱える。なるほど、確かにお金になる魔石のレベルを調べない冒険者なんていないよね。魔石を一つ持ち光にかざす。しかも、少し濁ってはいるが、透明度の高い魔石。これ、一つでも確実に目立つよね。

「誰かをこちら側に引き込むか？」

えっ？　何だろう、ドルイドさんから何か恐ろしい言葉が聞こえた様な気がするのだけど。

「ドルイドさん？」

「といっても、この村には知り合いはいないし。誰でもいいというわけではないし」

えっと……ドルイドさんの目が本気だ。でも、確かに協力してくれる人が必要だとは思う。そうなれば、フレムにお願いして魔石をもっと生み出してもらう事も出来るかもしれない。

「てりゅ～」

悩んでいると、フレムの鳴き声が耳に届く。見ると、珍しい事に他の二匹は寝ているのにフレムは起きてこちらを見ている。

「フレム、赤い魔石をもう少し頂戴って言ったら、生み出してくれる？」

「てっりゅりゅ～」

フレムはプルプルと震えて、うれしそうだ。どうやら協力してくれるみたい。私の仲間たちはみんな、優しいな～っとちょっとほっこりしてしまう。

「よしっ、団長にしよう」

色々考えている間に、ドルイドさんが恐ろしい決定をしてしまった。

「あの、ドルイドさん」

「ん？」

「えっと、あの……あっ！　ローズさんの所で魔石のレベルを調べられるアイテムがないか探しましょう」

そうだ、そういうアイテムがあるかもしれない。

「なるほど、その手があったか」

何とか物騒な発想をやめる事が出来たみたいだ。ローズさんの所にアイテムがなかったらどうしようかな。

249話　厄介なアイテム

太陽が出ている時は少しだけ寒さが緩和する。その時をねらって、ローズさんのお店に向かう。

「いらっしゃい」

「失礼します」

「おや？　まだ何か必要な物でもあったのかい？」

連日訪れる私たちに不思議そうなローズさん。それに苦笑いで答える。

「ちょっと、どうしてもほしいアイテムが出来てしまって」

「何だい？」

「魔石のレベルを調べられるアイテムは、ありませんか？」

ローズさんが驚いて目を見開く。

「魔石のレベル？　ギルドに行けば簡単に調べてもらえるだろう」

そのとおりなんだけど、やはり駄目かな？

「少し個人的に調べたいのです。ありませんか？」

ドルイドさんがにこりと笑い説明しているが、ローズさんの眉がちょっと上がった。これは疑われている？

「……犯罪関係ではないね？」

「もちろんです」

ローズさんとドルイドさんを交互に見る。二人とも真剣に向き合っている。異様な緊張感があって、心臓がドキドキとうるさい。

「ふ〜、まぁいいだろう」

「ありがとうございます。で、ありますか？」

「ある事はある。だが、鑑定スキルのように細かい所まではわからないよ、それに問題がある」

問題？

「見せてもらえますか？」

「あぁ、少しお待ち」

ローズさんが奥の部屋に行くのを見送ると、ドルイドさんが溜め息をつく。

「緊張した〜」

「お疲れ様です」

そういえば、アイテムの機能を読み取るマジックアイテムがあるけれど、あれで魔石のレベルは見られないのかな？

「あの、これでは魔石のレベルは見られないのですか？」

近くにあった、機能を読み取るマジックアイテムを手に取る。

「それでは魔石のレベルは調べられないんだ。それに出来たとしても俺たちでは買えないぞ」

「買えない？」

「そのマジックアイテムは試験を受けて資格を取った者で、なおかつアイテムを売っている店を持っている者だけに所持が許されているんだよ」

「試験？　資格？」

「アイテムの中には、扱い方によっては危険な物もある。だから知識が必要となるんだが、しっかり管理しないとその知識に偏りが出来るだろう？」

確かに。

「その為、ある一定以上の知識を全員が持っている事を調べる為の試験がある。確か五回落ちると、一生資格はもらえないんじゃなかったかな」

すごく厳しい世界だな。そういえば試験と聞いた瞬間、すごい拒否感を感じた。私は試験という物が大変とは理解しているけど、実際にどんな物かわかっていない。たぶん、前の私の感覚が蘇ったんだろうな。最近は静かだったから、ちょっと驚いた。

「待たせたな。これだ」

ローズさんが手に黒い板を持って戻って来る。

「これなんだが、魔石を置くとレベルが表示される筈だ。たぶんな」

いつも自信のあるローズさんなのに、このアイテムの説明は少しいつもと違う。不思議に思いつつ黒い板を見ていると、ローズさんが魔石を一つその黒い板に載せた。レベルが表示されるのを待つが、変化がない。

「「?」」

「えっ?」

「あ～、駄目か」

ローズさんの言葉に視線を向けると、眉間に深い皺。

「どういう事ですか?」

「見てのとおりだよ。この鑑定スキル系のアイテムは本当に厄介なんだ」

「壊れやすいという事ですか?」

「いや、これは壊れているわけではない。ただ、反応しないだけだ」

壊れていないのに反応しない? えっと、それは壊れていると言うのでは?

「このアイテムは気分屋で、動く時と動かない時があるんだよ。原因は不明。私も色々調べているが、まったくわからない」

ローズさんが、黒い板に載っている魔石を他の魔石に替える。が、無反応。何度か違う魔石を使用して調べてくれているが、反応はない。やっぱり壊れているのでは?

「ここまで反応がないと、壊れていると思われそうだね」

ちょっと視線が彷徨ってしまった。

「それにしても、今日はまた本当に反応しないね～」

ローズさんが大きな溜め息をついた。

「とりあえず、これが魔石のレベルを調べるアイテムだよ。私からしたらおすすめ出来ないアイテムの代表さ」

ドルイドさんと視線を交わす。確かにこれでは役に立たない。全部調べ終わるのにどれだけの時間が掛かるかわかったものではない。……本当に動くのかも不安だし。

「ローズさんの言うとおりだね。これはちょっと」

「そうだな。無理だな」

「すみません、ローズさん。せっかく出していただいたのに」

私が謝ると、ニヤッと笑って頭をちょっと強い力で撫でられる。

「気にする必要はないよ。それよりどうしてこんな物をほしがったんだい？　ギルドに立ち入り禁止にでもなっているのかい？」

「いいえ、それはないです」

「だったら問題ないだろう。魔石のレベルを調べるならギルドが一番だよ」

確かにそれはわかっている。でも、調べる魔石のほうに問題が……。ん～どうしようかな。

「アイビー」

「はい？」

ドルイドさんを見ると、何か真剣に考えている様で表情が険しい。

「どうしたのですか？」

その表情を見て、少し気持ちを引き締める。

「ローズさんに相談をしてみないか？　顔が広そうだし、それに俺たちの事を信用してくれた」

そういえば、さっき詳しい話を何もしていないのに信じてくれた。ローズさんを見ると、肩をすくめた。そして、黒い板の周りに転がっている魔石を板に載せては降ろすを繰り返している。どうやらローズさんはまだ諦めていないようだ。

「そうですね。それに今のドルイドさんの言葉に反応しましたから。話していい、みんな？」

肩から提げているバッグが、振動を伝えてきた。それに笑ってしまう。いつもより振動が大きい。私たちの会話を聞いていたローズさんが首を傾げている。周りから見たら意味がわからないのは当たり前だろうな。

「えっと、ちょっと内緒の話がありまして」

「それを聞いた上で、協力をしていただけるか判断してほしいのですが」

ドルイドさんと私の顔を見て、ローズさんは笑って頷いてくれた。

「ちょっと待ってな、店を閉めるから」

「えっ、いいのですか？」

「誰かに聞かれるのは嫌なんだろう？　それに話の途中で邪魔が入るのは、私が嫌だね」

えっと、いいのかな？　ドルイドさんを見ると『俺たちでは止められないな』と苦笑を浮かべた。

確かに無理だ。お店を閉めている彼女の顔が、ものすごく楽しそうだから。

「よし！　あとは音を遮断しておくか」

さすがアイテムには精通しているだけあって、あっという間に準備が整った。

「で、私は何を協力すればいいんだい？」

「話を聞いてからの判断でいいのですが？」

「私は楽しそうな事が好きだからね」

そんな感じでいいのだろうか？　何かに巻き込まれて大変な目に遭ったりしないのかな？

「アイビー、そう心配そうな顔をしなくても大丈夫だよ。色々な人間を見てきたからね、人を見る目は肥えているさ」

「はぁ」

ローズさんにすすめられてドルイドさんと並んで椅子に座る。前の席は彼女なのだが、机の上には黒い板と魔石。まだ、諦めていないようだ。

「あっ、出たよ！」

「「えっ！」」

黒い板が淡く光るとローズさんがうれしそうな表情を浮かべた。しばらくすると黒い板には『魔法強化？　赤の魔石　レベル七〜八』と表示されていた。壊れていなかったのか。それにしても何とも微妙な説明だな。

「相変わらず煮え切らない説明だよね」

ローズさんの言葉に笑ってしまう。確かに火魔法の強化とは説明していないし、レベル七〜八って随分大雑把だな。魔石ってレベルが一つ違うだけでかなり溜まっている魔力量が違うって聞いたけど。

「これではちょっと無理だな」

ドルイドさんも、表示された説明に首を横に振った。

「言っておくが、このアイテムはまだレベルの高いほうだからな。この下のアイテムなんてもっと大雑把だ」

アイテムって奥が深いな。色々な意味で。

250話　紹介

「えっと、私はテイマーだと先日言ったのですが」

他人に自分の事や仲間の事を話すのは緊張する。

「言える事だけでいいよ。アイビーはどうも、正直すぎる」

「えっ？」

「冒険者や旅人には、少しぐらいあざとさが必要なんだよ」

あざとさ？

「自分が有利になるように、少しくらい貪欲になってもいいって事。酷いのは駄目だけどね」

……えっと。ドルイドさんを見ると、苦笑いを浮かべられた。これって彼もそう思っているという事かな？

「だから、すべてを正直に話す必要はないよ。言っただろう？　私は人を見る目があると信じているし、そして楽しい事が好きだって」


ん～、つまり、私を信じてくれているから細かい説明は要らないって事かな？　楽しい事が好きというのは……わからない。難しいよ。

「で、鑑定系のアイテムがほしい理由は？」

……あざといってよくわからない。余計に説明が難しくなった。

「ローズさん、アイビーが考え込んでしまって逆効果です」

考え込んではいないと思うけど。

「そうみたいだね。もっと気軽に考えてって意味もあったんだけど」

気軽に、気軽に。

「鑑定系アイテムがほしい理由は、魔石を復活させるスライムをテイムしていて。えっと、提供するにはレベルを知る必要があったからです」

これで、伝わるのかな？　間違った事は言っていないから大丈夫だよね？　ローズさんを見ると、何とも言えない表情をしていた。あれ？　間違えた？

「とりあえず了解した。つまりレベルのわからない魔石があるから調べたいんだね」

「そうです！」

良かったちゃんと伝わっている。

「二人の間に大きな溝がありますよね？」

ドルイドさんの言葉に首を傾げる。溝ってどんな？

「アイビーは可愛いね。これから悪い男には気を付けるんだよ」

えっと、何処からそんな話になったんだろう？

「大丈夫です。近づく男にはしっかり目を光らせますから」

ドルイドさん、ちょっと怖いです。それに、何でそんな話になっているの？

「えっと、仲間を紹介していいですか？」

みんなと顔合わせしておいたほうがいいよね。協力してもらうんだし。

「本当にいい子だね」

ローズさんが、ものすごい温かな視線を向けて来る。その視線は何だか背中がムズムズする。恥ずかしいと言うか、照れくさいと言うか。

「アイビー」

声に視線を向けると、笑いを耐えているドルイドさん。

「ローズさんは、レベルのわからない魔石を持っている理由は、言う必要ないって言いたかったんだよ」

「えっ？」

でも、ギルドで調べられない魔石を持っているなんて、疑われるだけだと思うけど。

「『提供したい魔石があるけれど、レベルがわからないから、レベルを調べたかった』とだけ言えば良かったんだよ」

「それだけ？」

ドルイドさんの言葉に驚いて、ローズさんに視線を向けると笑いながら頷いた。

「ギルドで簡単に調べられる魔石を、個人で調べたいなんてあまり聞かないからね。魔石を持った経緯に何か理由があるんだろうとはわかる。でも、アイビーやドルイドさんの態度などを見ていると、悪人には見えない。私はそれを信じると決めたから、持っている経緯なんてどうでも良かったんだよ」

そうなんだ。

「ローズさんって、かっこいいですね」

考える前に、頭に浮かんだ言葉が口から出る。それを聞いたローズさんは、大きな声で笑い出した。

「うれしい言葉だね」

「あの、私はローズさんに仲間を紹介したいです。みんな、良い子なので」

お願い事とかすべて抜きにして、ソラたちにローズさんを紹介したい。そしてローズさんにソラたちを知ってもらいたい。

「ありがとう。ただし約束」

「はい」

ローズさんの真剣な表情にスッと背を伸ばす。

「人を信じすぎない事。私なんてまだどんな人間かなんて理解出来ていないだろう？　なのに魔石を復活させられるレアスライムをテイムしているなんて。襲われたらどうするんだい？　しかも簡単に紹介しようとするなんて、奪われてしまったら悲しいだろ？　いいかい？　『人は疑って掛かれ』これは重要だからね」

あれ？　何処かで似た様な事を言われた様な。何処だっけ？　あれは……師匠さんの言葉だ。そう、師匠さんにも似た様な事を言われた。

「あの、ローズさんに話したのは間違いではないです。仲間とも相談して大丈夫と判断しました」

そんな説教をしてくれる人が、悪い人なわけない。私はそう判断する。

「アイビーの気持ちはすごくうれしいよ。でも、不安が残るね～。アイビー、笑って近づく人間こそ注意が必要だからね！」

「はい、でも私のテイムしたソラというスライムは人を判断出来る能力のある子でして」

「アイビー、言っている傍から！」

「でも、ソラはローズさんの事大丈夫って」

さっきから紹介してほしいのか振動が激しくなってバッグから出ようとしているし。

「はぁ、そう言ってくれるのは本当にうれしいんだよ。でもね～」

ローズさんが何だか疲れた表情でドルイドさんに視線を向けると、ドルイドさんが噴き出した。

「とりあえず、みんなをバッグから出しますね」

バッグからソラとシエル、それにフレムを出す。

「ぷっぷぷ～」

「にゃうん」

「てっりゅりゅ〜」

三匹が机の上で、それぞれローズさんに挨拶する。

「何と言うか、アイビーのテイムしたスライムって感じだね」

どういう印象なんだろう？　三匹を見るけど、特におかしな所はない。いつもどおりだ。

「とりあえず、お茶でも飲んで落ち着きましょう」

ドルイドさんが場を収めてくれたので、椅子に座ってお茶を飲む。それからソラの事、シエルの事、フレムの事を説明していく。ポーションを作れると言うと、ローズさんはかなり驚いていた。色々な経験をしているローズさんを驚かせるって、やはりすごい事なんだな。もう一つ、シエルは本来の姿がアダンダラなんですと説明すると、シエルを見て首を傾げている。

「アダンダラがどうしてスライムに」

「変化する力がある魔石をフレムが作ってくれて、それでスライムになっているんです」

ローズさんは、私の頭に手を伸ばして優しく撫でてくれる。

「話してくれてありがとう」

その言葉にホッと体の力が抜ける。大丈夫とわかっていても、仲間の紹介は緊張するな。

「よし！　話を進めるかい」

「はい」

「アイビーたちは『極秘に魔石のレベルを調べたい』という事でいいんだね？」

「そうです。誰かいますか？」

調べるとなると鑑定スキルを持った人物となる。ローズさんを見ると、複雑な表情をして首を横に振った。

「そうですか」

「この村は洞窟から色々な魔石が採れていたから、鑑定スキル持ちは他の町や村より多いと思う。だが全員がギルドに登録していた筈だ。旅をしている鑑定士はちょっと信用出来ないしな」

そうなんだ。

「あのローズさん、お願いがあるのですが」

ドルイドさんが真剣にローズさんを見つめる。それに頷いて先を進める彼女の目も真剣だ。

「自警団の団長、息子さんを紹介していただけませんか？」

そういえば、ドルイドさんの目的はそれだったな。

「それは構わないけど、ギルマスのほうがいいのでは？」

紹介してくれるんだ。そんな簡単でいいのかな？　でも、ギルマスのほうがいいってどういう事だろう？

「ギルマスのほうが魔石の扱いは上手いだろう。元々扱っているのだから」

「そうなんですが、知らないので」

「紹介してやろうか？」

「確かに魅力的ですが、噂で商業ギルドと冒険者ギルドのトップの仲が悪いと聞きまして。俺たちは商業ギルドのほうに知り合いがいるので、冒険者ギルドのギルマスの紹介は少し遠慮したいですね」

「なるほど」

えっ！　両ギルドのトップって仲が悪いの？　そんな村があるんだ。

「わかった、息子を紹介しよう。あれならレベルを調べられる奴に知り合いでもいるだろう」

何だか話がまとまったみたいだ。良かった。

251話　可愛いでしょ！

「それにしても、この子たち可愛いね」

ローズさんが目の前にいる三匹を見て順番に頭を撫でていく。それにうれしそうにプルプル揺れるソラ、シエル、フレム。

「とっても、可愛いんですよ！」

ローズさんの言葉がうれしくて、ちょっと上擦った声が出てしまった。可愛くて大切な仲間を、本気で心配してくれる人に紹介出来るのはうれしい。本当は多くの人にソラたちを自慢したいけど、それは出来ないから。

「ふふふ、アイビーはこの子たちが大好きなんだね」

「はい。とっても」

私の表情はかなり緩んでいるだろう。鏡を見なくてもなんとなくわかるぐらい、気分がいい。

「そうだ、いつ息子を紹介したらいいんだい？」

「団長の時間が空いた時でいいですよ。こちらは時間に余裕がありますから」

「そうかい？　悪いね」

フレムが机の上を移動して、私に向かって伸びる。初めての態度に少し戸惑うが、抱き上げて膝の上にのせるとじっと見つめて来る。フレムを見ながら首を傾げる。

「どうしたの？」

「てりゅ～」

何かを訴えている気がする。だけど、理解が……色々フレムが求めている事を考えてみる。

「眠いの？」

反応してくれないので違うらしい。では、何だろう？　駄目だ、考えてもわからない。

「ごめんね、えっと何か助言があるとわかるかもしれないんだけど」

フレムの視線が、くるっと後ろにある机の方へ向く。黒い板？　フレムの顔を体を横に倒して覗き込む。ん？

「魔石？」

黒い板ではなく魔石のほうかな？　フレムといえば魔石とポーションだし。

「てっりゅりゅ～」

私の言葉に上機嫌になったフレム。良かった、魔石で正解だったみたい。もしかして、

「フレム、赤の魔石を作りたいの？」

「りゅっりゅりゅ～」

どうやら正解の様だ、膝の上でのびのびと喜びを表現している。

「魔石を作ってくれるのかい？」

ローズさんがフレムに確かめる。

「りゅ～」

それに元気な声で答えるフレム。何だかいつもよりやる気がみなぎっているな。

「でもフレム。ここには使い切った魔石はないから。明日捨て場で拾って来るよ」

「てりゅ～」

そんなあからさまに機嫌を悪くしなくても。

「灰色の石みたいになった魔石ならあるよ。あれでいいのかな？」

ローズさんの言葉に、フレムの機嫌が一気に戻る。本当に今日のフレムは、いつもと違いすぎる。

ドルイドさんもちょっと驚いてフレムを見ている。

「フレム、大丈夫か？」

「どうでしょう？　あとで疲れ果てないといいのだけど」

元気な事はうれしいが、あとで疲れ果ててしまったら可哀想だ。気を付けて見ておかないとな。

ローズさんが奥の部屋に戻って、しばらくすると少し大きめの巾着袋を持って戻って来た。机の上に置かれる、重たそうな袋。紐を緩めて、袋を開けると大量にある灰色の石。何も知らなければ、道端に転がっていそうな石が詰め込まれただけの特に価値のない袋に見えるだろう。

「すごい量ですね」

「アイテムを整備して試しに動かすには魔石が必要になるからね。捨て忘れていたから、かなり溜まっていたようだ」

なるほどと周りを見る。これだけのアイテムを試しに動かすだけでも、かなりの魔石が必要だろうな。

「てりゅ～」

フレムは机の上に置かれた灰色の石を凝視。そしてうれしそうにぴょんと私の膝の上で飛び跳ねた。その高さ、一〇センチほど。あまりのジャンプの低さに、よく見ていないと気付かないぐらいだ。フレムを袋の近くに置いてあげる。

「好きなだけどうぞ」

ローズさんの言葉に、フレムがプルプルと揺れる。そして、袋の中のごく普通の石にしか見えない魔石をぱくりと飲み込む。

「りゅっりゅ～、りゅ～、りゅ～」

フレムの体内に入った魔石は泡に包まれて、見えなくなる。そしてフレムの鳴き声。ただし、その声はそれほど大きくなく近づかないとわからないほどだ。

「りゅっ！　……ポン」

何とも軽い音が聞こえて、フレムの口から赤い綺麗な魔石が飛び出す。

「こんなに早いのかい。しかも随分とまた綺麗な魔石だね」

「りゅっりゅ～、りゅ～、りゅ～」

フレムはすぐに次の魔石を飲み込んで、プルプルと震える。様子を見るとじっと目を閉じて、うれしそう。

「りゅっ！　……ポン」

二つ目完了。プルプルと楽しそうに揺れて、次のを咥えるフレム。

「楽しそうだな」

ドルイドさんがフレムから飛び出した魔石を手に取って、先に復活した魔石の隣に置く。

「うん、魔石を作るの、好きだったのかな？」

好きな事を我慢させていたのなら可哀想だ。

「りゅっりゅ～、りゅ～、りゅ～」

それにしても、並んだ赤い魔石を見る。相変わらず、透明感のある綺麗な魔石だ。

「それも綺麗だね。こんな透明感のある魔石って久々に見たよ。ここ数年は洞窟で取れる魔石もレベルが下がってきていたからね」

「りゅっ！　……ポン」

「そうなんですか？」

ドルイドさんが三個目の赤い魔石を、前の二個と並べるように置く。

「りゅっりゅ～、りゅ～、りゅ～」

ソラとシエルが大人しい事に気が付いたので周りを見る。あれ、いない？

「アイビー、ここだ」

ドルイドさんの指の指す方向を見ると、彼の頭の上にソラ、肩の上にシエル。

「重くないですか？」

「ちょっとな。でも問題ある重さではないよ」

それにしてもなぜそこなんだろう？

「りゅっ！　……ポン」

四個目は少し小ぶりで三個に並べると少し濁りが強い。

「りゅっりゅ～、りゅ～、りゅ～」

「アイビー、フレムは大丈夫なのかい？　こんなに魔石を作り出してしまって」

ローズさんが心配そうにフレムを見ている。大丈夫とは何の事だろう。

「えっと、何がですか？」

「魔石を復活させるには相当な魔力が必要となる。こんなに連続で復活させてしまったら魔力切れにならないかい？」

「りゅっりゅ～、りゅ～、りゅ～」

魔力切れ？　言われて見れば、魔石の復活には相当な魔力が必要だよね。

「フレムがあまりにも当たり前みたいに二〇個とか復活させてるから、魔力の事を心配した事なかったな」

「りゅっ！　……ポン」

「うん。でも、二〇個以上復活させた時も魔力切れは起こさなかったよね？」

「あぁ、問題なかったな」

「それはすごいね。アイビーは相当な魔力の持ち主なのかい？」

「はっ？」

あっ、ドルイドさんと声が重なった。私の魔力が底辺だって知っているもんね。

「りゅっりゅ～、りゅ～、りゅ～」

「なぜですか？」

「だって、テイマーによってテイムした魔物の魔力は変わるだろう？」

「そうなんですか？」

「あっ、そういえばそうだった」

思い出したのか、ドルイドさんがポンと手で膝を叩いた。

「りゅっ！　……ポン」

でも、その情報は誤りではないだろうか？　私がここにいる以上説明がつかない。

「あの、私は……」

ローズさんだったら大丈夫だ。ドルイドさんの頭の上に乗っているソラをちらりと見ると、私をじっと見ているソラと視線が合う。そしてプルプルとうれしそうに揺れる。それに力をもらって、

「星なしなので魔力は多くないですし、強くないです」

「りゅっりゅ～、りゅ～、りゅ～」

「えっ！」

あっ、今日一番の驚き方だ。ちょっとそれがうれしい。

「アイビー、そんな事をぽんぽん言うものじゃないよ！　悪用されたらどうするの！」

うれしかったけど、本気で怒られた。眉間に皺を寄せて、ちょっと……いや、かなり怖いです。

「ぽんぽんという事はないです。ローズさんは信用出来ると思いました、だから問題ないです」

怖いけど、ローズさんだからです。そんなだれかれ構わず信用しません！

「りゅっ！　……ポン」

「はぁ～、しかし星なしだったのかい？」

「はい」

「そうか…………………アダンダラって実は相当弱い魔物なのかい？」

「りゅっりゅ～、りゅ～、りゅ～」

シエルが疑われてしまった。急いでシエルをテイムした経緯を話す。

「何と言うか、アイビーの周りはすごい子たちの集まりなんだね」

「りゅっ！　……ポン」

「あっ、アイビー、フレムが落ちた」

「えっ？　あぁ、やっぱり張り切りすぎたから」

机の上には、突っ伏して寝ているフレム。そしてその横にはフレムが復活させた魔石がドルイドさんの手によって並べられている。全部で一八個。話す間も音は聞こえていたけど、聞こえていた以上の魔石が復活している。

「あ～、それは」

並んだ魔石の中でもひときわ目を引く魔石。他の魔石と明らかに違う透明度。

「何だい、これ」

ローズさんが手に持ってしみじみ見回している。

「おそらくレベル一か二の魔石ですね」

「レベル一か二？　初めて見るねそんなレベルの魔石は」

ローズさんは感心して、そっと机に魔石を戻した。

「さすがにそれを提供したら、騒がれるぞ」

さすがにこれは駄目らしい、残念。

252話　大満足のフレム

フレムの魔石を復活させる姿はとても楽しそうで、正直続けさせてあげたい。それをローズさんとドルイドさんに相談すると、今この村では赤い魔石が大量に必要なので『フレムが満足するまで復活させてもいいだろう』という事になった。

翌日、起きたばかりのフレムの前にローズさんからもらった魔力切れの魔石を置くと、眼をぱちりと開いて驚いた表情。

「お～、フレムがそんなに目を見開くのって初めてじゃないか？」

今日の夕飯の有無を伝える為に、部屋を出て行こうとしていたドルイドさんが立ち止まってフレムの表情をまじまじと観察している。

「うん」

ドルイドさんが言う様に、初めて見るフレムの表情。いつもの眠そうな表情も可愛いけど、この驚いた表情も可愛い。彼はフレムの頭をぽんぽんと撫でると、部屋を出て行った。

「りゅ？」

その表情で体を傾げるとか可愛すぎる。

「あっ、説明しないと駄目だね。えっと、この村は赤の魔石を大量に必要としているから、この魔石を自由に使ってもいいよ。ただし、この村だけね」

大量の魔石を売っても、問題にならない肩書とかないかな？

「りゅ～、りゅっりゅりゅりゅ～、りゅっりゅっりゅ～」

理解したのか、大興奮でプルプル揺れ出した。その、かなりの興奮状態にソラとシエルが引いている。正直ここまで興奮するとは思わなかったので、私も少し引いてしまった。それにしても、これだけ興奮しているという事は、やはりずっと我慢させてきたのかも。

「フレム、落ち着いて」

私の言葉に視線を向けると、目の前にいる私に向かって飛び跳ねた様に見えたが、転がってきた。フレムはうれしさを表現して、ソラがするように腕の中に飛び込んできたつもりなんだろう。ただ大興奮ぐらいでは、フレムのどんくささはどうにも出来なかった様だ。何となく前より飛び跳ねる力が落ちている様な気がしてならない。まぁ、食欲も元気もあるので大丈夫だと思うが。

「フレム、自分で楽しめる範囲で復活させてくれたらいいからね。がんばって高レベルの魔石にしても要らないから。提供出来ないし。無理は禁物」

「てっりゅりゅ～」

まだまだ興奮状態が落ち着かない。大丈夫かな？

ドルイドさんが部屋に戻って来ると、手に手紙を持っていた。

「アイビー。ローズさんから、明日のお昼からお店に来てほしいと連絡が届いたよ」

「了解！　思ったより早かったね」

忙しい団長さんだから一週間ぐらい掛かるかもしれないとドルイドさんが言っていた。なのにローズさんに話してから二日後だ。

「ローズさんが無理を言っていないといいがな」

それはあり得そう。まぁ、赤の魔石の提供の事なので悪い話ではないからいいけど。ローズさんの息子さんだから、大丈夫だとは思うけどちょっと不安だな。

「さっき、気付いたんだが」

「はい？」

「提供すると決定している魔石のレベルを、俺たちが知る必要はないよな」

「……そうだね」

確かにレベルに関係なく提供する事は、ドルイドさんと話をして決まっている。ローズさんがレベル一もしくは二の高レベルの魔石はやめてほしいと言うので、透明度の高い魔石はレベルはわからないが除外する予定。それ以外なので、おそらく大丈夫の筈だ……きっと。

「それに、今日の朝方に両ギルドから非常時宣言が発表されたからな。これが出た以上、魔石の値段は四種類ぐらいに分けられる筈だ」

「非常時宣言が出たの？」

「あぁ、確認した所、魔石の提供を呼び掛けていたよ。やはり相当足りないみたいだ」

気象関係で出される非常時宣言。確か、命に関わる異常気象が予測される時に出される宣言で……何だっけ？

「何か制限があったりしたっけ？」

経験した事がないから、わからないな。

「制限は今の所なかったが、これから外出などに掛かって来る可能性があるな。あと俺たちに関わって来るとしたら、赤の魔石、暖房アイテム、それと各ポーションの提供かな」

「ポーションは無理ですね」

ポーションの提供は無理だろうな。ボックスを見る、中にあるポーションを思い出して諦めた。

「あと、魔石の値段が四種類って何？」

「いつもだったら提供する魔石にそれぞれ個別に金額が付く。提供の場合は通常の価格の六〇パーセントでの買い取りだ。だが、非常時宣言が出ている場合、他の村での分け方なんだが、レベル一から四、五から六、七から八、九から一〇と四種類に分けられて、それぞれ金額が決まっていたんだ。個別での判断はしない。この村でもおそらく同じだと思う」

「そうなんだ」

「ところでアイビー」

「…………うん」

ドルイドさんの視線を追うと、魔石を復活させ続けているフレム。楽しめる範囲でと言ってあるので、問題はないだろう。それにしても楽しそうだ。その雰囲気につられてソラとシエルも楽しそうに、復活させた魔石を転がして遊んでいる。

「……あれは、いいのか？」

「えっと……」

ソラとシエルが遊んでいる魔石。二匹は、先ほどの話を理解して必要とされている魔石には手を出さない様にしてくれたのだろう。つまり提供出来ない魔石で遊んでいるのだが……。二匹の間を行ったり来たりしているキラキラと光り輝く魔石。他の人が見たら目を疑う光景だろうな。

「あれは提供しない魔石なので」

ドルイドさんは苦笑いを浮かべる。

「確かにな。あっ、増えた」

ソラとシエルの間の、キラキラした魔石が一個から二個に増えている。二個に増えても器用に相手に向かって転がす二匹。……楽しそうだし、この部屋にはドルイドさんと私しかいない。なので大丈夫という事にしておこう。

「そういえば、高レベルの魔石は提供出来ないよと言っておいたんですが、もしかしたらフレム自身では調整は出来ないいんでしょうか？」

「その可能性は、あるかもしれないな」

調整出来ないなら、復活はほどほどにしてもらわないと大変な事になるよね。高レベルの魔石が増えるのはちょっと遠慮したい。マジックボックスが埋まるだけと言われれば、そうなんだけど。

「りゅ～！」

フレムが満足そうに鳴いた。見ると、ようやく満足したのか魔石の復活作業が止まっていた。フレムの周りを見渡す。何だか転がっている魔石の数が、今までより一段と多い気がするけど気のせいかな？

「フレム、また今日は多いな。全部で二八個。透明度が高いのは三個だ」

「てっりゅりゅ～」

「楽しかったか？」

「りゅ～！」

ドルイドさんの言葉に大きな一声。部屋に音の遮断アイテムを施しておいて良かった。

「りゅ～……」

今まで元気で機嫌が良かったフレムの声が、なぜか一気にしぼんだ声になる。フレムを見ると、眠そうな表情で大きな欠伸を数回繰り返している。

「フレム、がんばりすぎ。でも、ありがとう」

大きな欠伸をしたと思ったら、そのままコテンと顔を前に倒して寝だした。

「急だな」

ドルイドさんの言葉に、苦笑が浮かぶ。転がっていた魔石を一つの袋に入れていく。

「明日、団長さんに渡す魔石が出来ましたね」

「まぁ、少し様子を見て判断だな」

そうなの？　ローズさんの息子さんだから、問題ないと思っていたけど。

「アイビー、信用しすぎるとローズさんに怒られるぞ」

考えが読まれてしまった。

「アハハハ、でもローズさんの息子さんだし」

「それを正直に言ったら、間違いなく説教だな」

確かに、ローズさんの前で項垂れている自分が想像出来てしまう。

「ちゃんと人となりを確かめてからですね。はい」

ソラにお願いして助けてもらおう。

253話　怒ってる！

「こんにちは？」

ローズさんのお店に来たが、カーテンが閉まっていて開いている様子がない。とりあえず、扉が開くか確認。開いたので、扉を開けて中に声をかけてみた。

「何をしているんだい？　早く入っておいで」

姿は見えないがローズさんの声が聞こえた。それにホッとしてお店の中に足を踏み入れる。

「こんにちは」

ドルイドさんが後ろから入ってきて、ピタリと扉を閉める。今日は昨日より冷え込みが酷い。太陽が出ているのに、寒さが落ち着かない。

「こっちへおいで、暖かいよ」

声のするほうへ行くと、宿でも見かけた移動式の暖房アイテムが稼働している。そして、その近くに一人の男性。この村の自警団の団長、タブローさんだ。

「今日は、わざわざすみません」

ドルイドさんが軽く頭を下げたのを見て、慌てて下げる。

「いや、母から協力をしてもらいたい事があると聞いたのだが、何だろうか？　ただ、俺でも協力出来ない事があるので、それは理解してもらいたい」

何だろう、少し声が硬いな。もしかして何か疑われているのだろうか？　ドルイドさんはその態度に苦笑いし、ローズさんは眉間に皺を寄せた。

「タブローには処理をしてほしい事があるそうだよ」

ローズさんが、不貞腐れた様に言う。しかも『処理をしてほしい事』だなんて、ちょっと言い方に問題がある様な気がする。

「処理？」

タブロー団長さんがドルイドさんを見る。

「えぇ、内密に処理をしてほしい事があるのですが、出来ますか？」

ローズさんに続いて、ドルイドさんも似た様な言い方をする。しかも『内密』が付いた。そんな言い方をすると、悪い方向に考えられてしまう可能性がある。タブロー団長さんは私たちを疑っている様だし。彼を見ると、険しい表情。あっ、やっぱり誤解した。

「それは犯罪に手を貸せと？」

タブロー団長さんの言葉に、にこりと笑みを見せるドルイドさん。ローズさんも何も言わない。これはもしかしてワザと？　でも、何でだろう？

「犯罪に手を貸すつもりはない」

タブロー団長さんの視線と声が怖いです。何となく二歩ほど後ろに下がっておく。それにしても、最初から私たちの事を疑って掛かっているな。以前会った時は普通だったのに。ここ数日で何か目につく様な事をしたかな？

「赤の魔石の事なんですが、話を聞く気はないですか？」

ドルイドさん、タブロー団長さんの様子をじっと観察している様な気がする。疑う様に仕向ける事に意味があるのかな？　……わからないな。ローズさんを見ると、肩が震えて視線を下に向けている。もしかして笑いを堪えているのかな？

「……どんなに困難な状況でも犯罪に手を貸すつもりはない。話がこんな事なら失礼する！」

「アハハハ！　この馬鹿息子が、今度は誰に何を吹き込まれて来たんだい？」

タブロー団長さんが動き出そうとすると、ローズさんの笑い声がお店に響いた。それに驚いた表情のタブロー団長さん。しばらくローズさんとドルイドさんを交互に見て、最後になぜか私をじっと見て大きな溜め息をついた。

「だましたのですか？」

タブロー団長さんが、ジロリとドルイドさんを睨む。だが、ドルイドさんはそれを受けてもいつもどおりの笑顔を見せる。

「失礼。ローズさんが始めた事なのですが、最初の態度が鼻についたので乗りました。こちらもあなたを判断する必要があると思いましたので。話に乗らなかったのは正解。ただし、我々の態度に疑問を持たなかったのは不正解ですね」

ドルイドさんは何気にタブロー団長さんの態度に怒っていたみたい。

「最初から疑って掛かってきた事が間違い。ドルイドさんが話し始めた時に、私の様子を見なかった事も間違い。自分の判断に疑問を持たなかった事が一番の間違い。わかっているのかい？」

　あぁ、ローズさんもタブロー団長さんの態度に怒っていたのか。

「くっ。すまなかった。しかし、ギルマスが」

　ギルマス？　つまり商業ギルドか冒険者ギルドの、どちらかのギルマスに疑われているという事なのかな？　それはちょっと嫌だな。何か目につく様な事をしちゃったかな？

「馬鹿が！」

「「うわっ」」

　ローズさんの怒声がお店に落ちる。あまりの声の大きさと強さに、ドルイドさんと一緒にちょっと飛びあがってしまった。バッグの中でもビクリとした振動のあとに、フルフルと震えている振動が伝わって来る。深呼吸をして気持ちを落ち着かせてから、バッグの上からポンポンと優しく撫でる。しばらくすると落ち着いたのか、振動が止まった。

「ギルマスが何を言おうが、自分で判断しないでどうする！　それを会った瞬間から隠しもせず敵意を見せて、こちらに大切な協力者だったらどうするんだい？　もしそれで町の人が死ぬ様な結果になったら責任を取れるのか？」

　ローズさんが、本気で怒っているのがわかる。ものすごい迫力だ。

「商業ギルドのほうに高価な鉱石が大量に流れたと聞いたが、売った人物が誰か不明で。売られた日から数日さかのぼってこの村に来た人物を調べたらこの二人が浮上した。だから」

「はぁ～」

ローズさんの大きな溜め息が何とも気まずい。タブロー団長さんもそうなのか、視線が泳いでいる。

「匿名での鉱石の売買は、禁止されているのかい？」

「いや」

「では、なぜそれが気になった？」

「……何か犯罪に関わった鉱石なのではないかと」

「商業ギルドでしっかり調べて問題なしとされ売買された物に、どうしてお前がいちゃもんを付ける？」

「………俺では」

「そうだろうな。いちゃもんを付けて馬鹿をしているのは、冒険者ギルドのギルマスだ」

「いちゃもんではない、ちゃんと疑問があったから」

「高額な鉱石を売れば相当額のお金が手に入る、身を守る為に匿名とする冒険者もいる。確かに功績を認めてほしい奴が多いから、数は少ないが、いないという事ではない。にも拘らず、お前たちは暴こうとした。もしもそれで名前が村に知れ渡って、襲われでもしたらどうするつもりだった？」

「………」

冬の不安からなのか、例年より犯罪に走る人が多くなっていると、ドラさんが心配していた。だからこれは『もしも』という話で片付けていい事ではないんだよね。ローズさんがもう一度大きな溜め息をつく。

「悪いね、この馬鹿が。……正直こいつがここまで馬鹿だとは」

さっきからずっと馬鹿って呼ばれているな。ちょっと同情してしまう。

「すまなかった」

タブロー団長さんが頭を下げる。ドルイドさんが肩をすくめて私を見る。私は疑問はあったが、怒りはなかったので問題ないと一回頷く。

「もういいですよ。それより頭が冷えましたか？」

「……はい。忙しくて苛立っていた所での呼び出しで来たら、ギルマスが疑っていた二人が来たのでちょっと」

「言い訳は十分」

ローズさんの冷たい声がタブロー団長さんの言葉を止める。

「すみません」

ん～、ちょっと冷静さが仕事の疲れでなくなってたという事かな？　まぁ、落ち着いたのならもう大丈夫でしょう。本当に問題があるなら、ローズさんが絶対に紹介しないだろうし。それにソラたちは、タブロー団長さんを大丈夫と判断している。

「もういいですよ。疲れている所すみません」

私が声をかけると、タブロー団長さんが驚いた表情を見せる。ドルイドさんは私の頭をゆっくりと撫でてくれた。

「さて、馬鹿の頭も冷えた所で、ゆっくり話をしようか」

また馬鹿って言われてる。タブロー団長さんは既に諦めた表情だ。ローズさんは、引きずる様な性格ではないのであと少しです、タブロー団長さん！

254話　契約？

「そうだ、二人に確認しておきたい事があってね」

ローズさんがお茶を人数分用意してくれた。

「ありがとうございます。何ですか？」

全員で座って、とりあえず一息。緊張していたようで、温かいお茶がおいしい。ローズさんが淹れてくれたお茶も少し甘味がある。この村のお茶の特徴なのかな？

「魔石のレベルを正確に知る為のマジックアイテムは、まだ必要なのかい？」

どういう意味だろう？　ローズさんの言葉に、タブロー団長さんが首を傾げている。彼には意味がさっぱりわからないだろうな。

「今回は、それほど正確なレベルを知る必要はなくなっただろう？　だからもう、マジックアイテムは要らないのじゃないかと思ってね」

確かに、今回は必要なかった。でも、フレムはこれからもどんどん魔石を復活させると思う。だから、ほしいんだよね。

「今回は必要なかったが、これからの事を考えるとほしいと思う」

「あぁ、これからの事か……」

ドルイドさんの言葉にローズさんが、苦笑しながら頷く。フレムが楽しそうに魔石を復活させている姿を見ているので、納得してくれたのだろう。

「とはいっても、今あるマジックアイテムではね～」

ローズさんが大きく溜め息を吐く。確かに、結果が出るまで何度も魔石を入れ替えて、入れ替えて……気が遠くなりそう。

「そうですね。レベルは大まかでもいいですが、二〇個の魔石を調べるのにどれだけ時間が掛かるのか、それが問題です」

二〇個……すごく大変そう。

「わかった。他の店にも聞いて、反応がいい物があるか探してみるよ」

「いいんですか？」

ドルイドさんの言葉に、ローズさんが頷く。タブロー団長さんは、先ほどから居心地が悪そうにしている。きっと話がわからず、困っているのだろう。……もしかして、二人はワザとだろうか？

「似た様な問題が起きた時、誰かに協力を求められればいいが、無理な時もあるだろう。二人には、必要なマジックアイテムだと思うからね。まぁ、満足いくアイテムがあればの話だけどね」

「ありがとうございます。お願いします」

少し話が落ち着いた所で、タブロー団長さんが咳払いをした。

「何だい？」

ローズさんの視線に、少したじろぐタブロー団長さん。

「いや、そろそろ俺をここに呼んだ理由を教えてもらいたいんだが」

タブロー団長さんの言葉にローズさんがしかたないという表情をする。

「まぁそうだね、二人にも用事があるだろうからね」

きっと私たちではなくタブロー団長さんのほうが忙しいと思うけど。

「タブロー。話とは二人から赤の魔石の提供についてなんだよ」

何の説明もなく直球だな～。

「えっ、魔石だったらギルドでも自警団でも簡単に手続き出来るが」

タブロー団長さんの戸惑った表情。ここまで来て、そんな事って感じだろうな。

「問題がなければそうする。あるからお前を呼んだんだろうが」

ローズさんの言葉にドルイドさんと少し笑ってしまう。ドルイドさんが一つの袋を机に置く。ローズさんがその袋の大きさを見て少し目を見開く。

「増えていないかい？　まさか昨日も？」

フレムが復活させたのかって事だろうな。

「はい。楽しそうでした」

ローズさんと話をしていると、不思議そうな表情のタブロー団長さん。

「赤の魔石です。これを提供したいのですが、レベルはすべて不明です」

「えっ？　これ全部？」

「はい」

タブロー団長さんが袋を開けて中を確かめる。そして少しの間、固まった。ドルイドさんが言うには、提供するにはレベルが高すぎるらしい。普通提供する魔石は、良くてレベル五。フレムの復活させた魔石は、最低レベル五ぐらいだもんな。袋の中身を見て驚くのは普通か。

「えっと、これをすべてですか？」

「はい。おそらくもう少し増える可能性があります」

ドルイドさんの言葉に、えっと困惑した表情。

「あ～と、提供する場合、特に今は非常時宣言が出ている為、かなり安く手放す事になりますが」

「はい。理解しています」

「そうですか」

ボーっと魔石を見ているタブロー団長さんがちょっと心配になる。

「大丈夫ですか？」

私が声をかけると、視線が私のほうへ向く。

「ありがとう。本当はどんな魔石でもかき集めたいのが現状なんだ」

「お役に立ててうれしいです」

私を見つめるタブロー団長さん。そしてお茶を一口飲む。

「ただ、一つだけ確認させてください」

タブロー団長さんがドルイドさんをじっと見る。ドルイドさんもそれを受け止めている。

「この魔石の入手経路を教えてください」

「それを気にするのは当然ですよ。俺たちもそれを説明する為にわざわざ呼び出してもらったんですから」

「そうだったのですか？」

「えぇ、人に聞かれるわけにはいきませんから」

「どういう事ですか？」

「話をする前に誰にも言わないと契約をしていただきたい」

「契約ですか？」

「そうです。秘密を他言しない契約です」

「犯罪ではないなら、構いません。契約します」

タブロー団長さんが断言するとローズさんが何か紙を机に置く。それに私とドルイドさんが驚く。覚悟を見たかっただけで、本当に契約する予定はなかったからだ。

「タブロー、これが契約書だ。とっとと署名しな。ドルイドさん、これは私のだよ」

ローズさんがタブロー団長さんにペンを持たせると、もう一枚の紙をドルイドさんに渡す。

「いや、ここまで」

「あんたたちは人を信用しすぎる。これぐらいでいいんだよ。アイビーとあの子たちを守る為だ」

ローズさんはぐっと紙をドルイドさんにつき出す。彼は、それを少し唖然とした表情で受け取り中身を確認している。

「確認が済んだら、ドルイドさんとアイビーもサインしてくれ」

「母さん、この紙ってもしかしてマジックアイテムか？」

「当たり前だろう、契約なんだから」

「いや、あまり個人では使わないだろう。個人では普通の紙が主流だと思うが」

「この紙でいいんだよ」

「……わかった」

親子のやり取りを聞いていると、ドルイドさんがローズさんの契約書を見るかと聞いてきた。とりあえず目を通す必要がある。
一、アイビーと仲間についての秘密を他言しない事
二、他言した場合、奴隷落ちする事
三、奴隷落ちは犯罪奴隷となる事
四、その際、全財産をドルイド、アイビー両名にすべて差し出す事
「重すぎませんか？」

「そうかい？　別に破る予定がないからどんなに重くても問題ないよ」

そういう問題なんだろうか？　それにこの契約には破棄の条件が載っていない。

「あの破棄の条件は？」

「必要ないからないよ」

えっと、必要ないのかな？　ドルイドさんを見ると、首を横に振られた。きっと何を言っても無

駄なんだろうな。ドルイドさんと私がサインをすると、ローズさんがうれしそうに私の頭を撫でた。

「はい、書いたよ」

タブロー団長さんもサイン書いちゃうし。しかたがないので、そちらの契約書にもサインする。

赤い魔石の事を話すだけで契約書にサインする事になるとは、思いもしなかったな。

「よし、説明を頼む」

「タブロー団長さん、その説明は俺ではなくアイビーですよ」

「えっ！　アイビーが？」

「あっと、とりあえず仲間を紹介して説明しますね」

バッグからソラたちを出し、ローズさんにした説明を繰り返す。話が進むにつれ、ただただ唖然としているタブロー団長さんに少し不安を覚える。

「えっと、理解出来ていますか？」

「あ〜、とりあえず。えっと、ではこのフレムという名のスライムが魔石を作れるんですね？」

「作るというか復活させる事が出来るんです」

「あぁ、そうでしたね」

とりあえず、説明が終わったので理解してくれるまで三人でお茶を飲んで待つ。ソラはなぜかローズさんに転がされて楽しんでいる。シエルは、棚に飛び乗って遊んでいる。止めようとしたけどローズさんが自由にしていいと許可を出してしまった。フレムは、ただ今熟睡中。

「理解出来ました。あの、魔石を復活させる所を見られますか？」

タブロー団長さんの言葉にフレムがパチッと起きる。やる気らしいのでローズさんに、魔石を用意してもらう。そして目の前で復活した高レベルの魔石を見て、固まっているタブロー団長さん。どうして今こんな時に、レベル一に近い魔石を作っちゃうかなフレムは。

255話　話をしよう

「本当にすみませんでした」

タブロー団長さんが、立ち上がってドルイドさんと私に深々と頭を下げている。

「もういいですよ」

「しかし、かなり失礼な態度を。本当にすみません」

赤い魔石の事は、タブロー団長さんがしっかり対応してくれる事になった。そして新しく復活させた魔石は、ローズさんから渡してもらう事で話がついた。で、新しくお茶を淹れてもらって飲んでいたら、タブロー団長さんが立ち上がって深く頭を下げて謝ってきたのだ。

「タブロー団長さん。もう謝罪は受け取りましたから。ありがとうございます」

私の言葉に、少し驚いた表情を見せた彼はようやく椅子に座ってくれた。

「あの、聞いていいですか？」

話を蒸し返す事になるが、確かめないと。

「何でしょうか？」

「どうして、今日は会った時から疑っていたのですか？」

最初に挨拶をした時は普通だった。なのに今日は会った瞬間から既に疑われていた。つまり数日の間に、私たちが何か疑われる様な事をしたという事だ。では、それが何か？　また同じ事を起こさない様に知っておきたい。

「商業ギルドのギルマスが犯罪に手を染めているという噂が密かにあるんです。まだ俺と数名の者しか知りませんが」

「そうなのかい？」

ローズさんは、知らなかったのか驚いている。

「あの、話していいのですか？　知り合ったばかりの私たちに」

そんな重要な事をさらっと話してしまうなんて、心配だ。

「アイビー、それは自分の事を言っているのかい？」

ローズさんになぜか呆れられた。

「えっ？」

どうして？　あっ、もしかしてソラの事？　いや、タブロー団長さんの話のほうが重要だよね？

「今の質問だけで、アイビーさんたちが信用に値するとわかります。それにこんな高レベルの魔石をポンと差し出す人が悪い人だったら、俺たちはお手上げです。この魔石一つで色々出来るのにしないのだから」

ポンと差し出してはいないだろう。提供は、私たちにもちゃんとお金が手に入るのだから。それにしても魔石一つで何が出来るんだろう……何も思い浮かばないけどな。

「話を戻しますが、奴が仲間と話しているのをこちらの仲間が聞いたんです。『無断で鉱石を金に換えた裏切り者がいる。探し出せ』と」

犯罪組織にありがちな裏切りか～。というか、また犯罪組織に巻き込まれているの何で？　気を付けていたのに。

「そこで商業ギルドを調べた所、高額な鉱石を匿名で売った人物がいたので調査に入りました。そこで浮かび上がったのがドルイドさんたちです」

「あの鉱石で、疑われたんですね」

「なるほどね」

ドルイドさんとお茶を飲みながら話していると、タブロー団長さんが神妙な表情でこちらを見て来る。

「えっ、それだけですか？」

「それだけとは？」

意味がわからずドルイドさんと首を傾げる。

「無断で調べてたんですよ？」

「それが自警団の仕事でしょう？　それに無断で調べるのなんて当たり前ですよ」

私が言うとドルイドさんも頷いている。

「それはそうですが……はぁ、あなた方を調べていた自分が馬鹿みたいです」

「アハハハ、時間の無駄だったね。ところでタブロー、ギルマスが言っていた鉱石って、二人が売った鉱石で間違いないのかい？」

「その時は間違いないだろうと、プリアと判断しました」

プリアさん？

「プリアっていうのは冒険者ギルドのギルマスだよ。タブローの幼馴染って奴だ」

幼馴染か。ドルイドさんとオール町のギルマスさんみたいな関係かな？　あっ、でもローズさんは嫌っている様な雰囲気だったよね。

「今は判断を間違えたと思っています。言い訳になりますが、ずっと冬の対策の事でバタバタしていて寝不足が続いていて、情報も錯綜していたので何処かで必要な情報を見落としたのだと思います」

寝不足で確かにおかしな判断をしてしまうよね。雨が続くと寝る場所が確保出来ずに歩き続ける事があったけど、二日も続くとおかしな高揚感に包まれて判断力が落ちた事があったな。……魔物の有無を調べずに住処に突撃してみたり、あの時は危なかったな～。

「そういえば、アイビーたちが売った鉱石ってどんな物だったんだい？」

「「……………」」

売った鉱石ってあれだよね？　二人には話していいのかなっという思いでドルイドさんを見る。

彼はいつもの優しい笑顔で頷いてくれた。

「森の守り神の住処になっている洞窟で、シエルが見つけた鉱石です」

「「…………………………」」

あれ？　二人とも固まってしまった。

「大丈夫ですか？」

「……あの鉱石を売ったのがドルイドさんたちだったのか」

どうやら鉱石については知っていたようだ。まぁ、守り神の住処にある鉱石だもんね。この村にとってはかなり特別な物なんだろうな。

「数年ぶりに取引があったと噂になっていたけど、まさかアイビーたちが元だとは。驚きだよ」

ローズさんが既に冷えているだろうお茶を飲んで大きく息を吐き出した。やはり相当特別な鉱石だった様だ。売ったりしないほうが良かったかな？　もう遅いけど。

「誰に対応をしてもらったんだい？」

ローズさんがお茶を淹れ直しながら訊いて来る。先ほどからローズさんもタブロー団長さんも、よくお茶を飲むな。

「アジルクさんと鑑定士を取りまとめるドローさんです」

ドルイドさんの言葉にタブロー団長さんが驚いた表情を見せる。えっ、もしかして問題のある人だった？

「彼らは、こちらの協力者だ」

彼らは協力者なのか。不思議な所でタブロー団長さんとつながっていたんだな。

「それだったら鉱石を売った人物を探している時に、アイビーたちの事は出なかったのかい？」

「出なかったが。あっ、そういえば重要な話があると内密に執務室に来て、話し始めようとしたら、急にギルマスの奴が来て、話をする前に帰ってもらった事が」

「それがアイビーたちの事だったのではないのかい？」

「そうかもしれない。そのあとはどうも奴の仲間が俺の周りをうろうろしていて、なかなか話をする機会が持てずにいて、忙しさにも拍車が掛かって……」

色々と問題が重なってしまった結果、疑われる事になったみたいだな。時期が悪かったって事なんだろうな。

「それにしても、たったそれだけでドルイドさんとアイビーを疑った理由は何だい？」

「アイビーさんの名前がちょっと」

私！

「プリアも俺も、『アイビー』という名前を犯罪関係の資料で読んで覚えていたので」

あれ、それってもしかして。

「変わった名前だし、それにちょっと色々あって覚えていたんです。ただアイビーさんはまだ幼いから、疑問はあったのです。だから今日は二人の様子を見るつもりで会うつもりでした。なのにここに来る前にギルマスの奴が、冒険者から赤の魔石を脅して提供させたと聞いてイラついてしまって。すまない、関係ないのにぶつけてしまった」

少し成長したのに、幼いって言われた。いくつに見られているのか、そっちも気になるな。

「なるほど、私の判断も疑ったわけだ」

「少し前に、犯罪者集団に手を貸した者たちが大量に出ただろう、あの時俺も含めて誰も気付けなかった。だから母さんを騙せる人物もいると思っていたし、早くその……問題がある人物なら引き離したかった。父さんから母さんが珍しく気に入っていると聞いていたから」

「ローズさんが心配だったんですね」

ドルイドさんの言葉に、タブロー団長さんの顔が真っ赤に染まる。ローズさんを見ると、こちらもうっすら顔が赤くなっていた。そんな二人を見ていたら、少し恥ずかしくなってきたのでお茶を飲んで一息つく。

「ごほっ、しかしアイビーと犯罪組織を勝手にくっ付けるんじゃないよ」

「犯罪組織？　あぁ、違う。そっちではなく功労者の一覧で」

「功労者の一覧？」

ローズさんが驚いた表情を見せる。

「えぇ――」

「タブローやはり間違いなかった！　アイビーという名は功労者のほうに載っている！」

「功労者のほう……」

誰かがいきなりお店の扉を開けて飛び込んできた。叫んだ内容から考えて、もしかしたらプリアさんかな？

256話　それぞれの立場

「申し訳ありませんでした」

冒険者ギルドのギルドマスターであるプリアさんが、私とドルイドさんの前で深く頭を下げる。謝ってくれたので、私としてはもういいのだが、隣にいるローズさんが怖い表情でプリアさんを睨みつけている。

「あのローズさん、もういいのではないですか？」

ドルイドさんがローズさんにそっと声をかける。このままでは駄目だと思ったのだろうけど、勇気があるなと感心してしまう。私だったら今のローズさんには話しかけられない。

「はぁ、ドルイドさんもアイビーも簡単に許しすぎだ、まったく」

いや、忙しくてバタバタしている時に問題があとからあとから出てきたら混乱しますって。しかも緊急に対策を練らないと駄目なのに、商業ギルドのギルマスさんは犯罪に走っている様ですし。

「謝罪はしっかり受け取りましたので、もういいです。顔をあげてください」

「はい。ありがとうございます」

プリアさんは、今日ここで私たちが会う事が心配だったらしい。忙しい中、何とか時間を作ってあの犯罪組織に関する書類をもう一度確認。そこで私の名前が功労者のほうに間違いなく載っている事を確かめ、急いでタブロー団長さんにその事を知らせに来てくれたようだ。少し遅かったが。プリアさんが来て少ししたら、自警団の副団長ピスさんが帰ってこないタブロー団長を迎えに来た。店の中の様子を見て、タブロー団長に説明を要求。そして、そのタブロー団長は今、少し離れた場所で、副団長のピスさんからお叱りを受けています。

どうやらタブロー団長さんもプリアさんもトップの座について日が浅いらしい。それぞれ技術力も人を纏める力もある様で問題はないのだが、トップとしてはまだ修行中だとピスさんが教えてくれた。ピスさんはお目付け役というか、トップとしての判断などを指導する人らしい。問題が色々出た時には、寒さが急に深まった為、森に異常がないか確認に行っていて留守だった。タブロー団長さんもプリアさんも運が悪かったとしか言いようがない。

ちらりと周りに視線を向ける。ソラたちを探しているのだが、先ほどから姿が何処にもない。プリアさんがお店に駆け込んできたので慌てたのだが、その時には既に三匹の姿は何処かに隠れていた。隠れるのが上手すぎる。ドルイドさんも何気に探してくれているのだが、彼にもわからないようだ。

「まったく」

どうやらお叱りの時間が終わったようで、タブロー団長さんが元々座っていた椅子にピス副団長が座る。

「悪いね〜、はいお茶」

ローズさんは慣れているのか、手際がいい。

「これは？」

タブロー団長に渡す予定だった赤の魔石の入った袋に気が付いて、ピス副団長が中を確認して固まった。みんな、似た様な反応をするな。そんなに珍しいのかな？　あっ、そういえば一番上に先ほどフレムが復活させたレベル一相当の魔石をそっと入れておいたな。確かにあれは驚くかな。

「えっと、これは」

「提供した魔石です」

「……いやいや、これは違うでしょう。間違いですよね？」

ピス副団長に否定されてしまった。

「いえ、本当に提供した魔石です」

ピス副団長さんが信じてくれない。しかもプリアさんもなぜか魔石を見て黙り込んでいるし。

「団長！　提供についてちゃんと説明しないと駄目だと言ったではないですか！」

「いやいや、ちゃんと説明した……したよね？　えっ、したっけ？」

したというかドルイドさんからちゃんと説明してもらっていたから問題ないというか。

「俺が詳しく知っているので、問題ないですよ」

ドルイドさんが苦笑いしながら、タブロー団長さんをかばう。

「それならいいのですが、説明を忘れる事が何度もあったので」

ピス副団長さんは溜め息をつきながらお茶を飲む。タブロー団長さんもプリアさんも、思い出す事があるのか視線が泳いでいる。

「しかしよろしいのですか？　こんな高レベルな魔石を提供してもらって」

「はい。活用してこそ、魔石に価値があるという物ですよ」

「出処の確認をしてもいいでしょうか？」

「それだったらタブローが確認した。悪いが団長以外に話すつもりはないよ」

ピス副団長さんの言葉に、すぐさまローズさんが反応する。彼はローズさんとタブロー団長さん、ドルイドさんと私を見て一度頷く。

「わかりました、団長が問題ないと判断したのでしたら、それでいいです。でも、さすがにこれは駄目です」

袋から一番綺麗な魔石を取ってドルイドさんに返してしまった。残念。それにしても、ピスさんの話し方は落ち着いているな。

「大まかな事はプリアギルマスから聞きましたが、ヒサザギルマスの事はどの程度調べたのですか？」

ヒサザギルマス？　商業ギルドのギルマスさんの事かな？

「ここはお前たちの執務室ではないよ。余計な事にアイビーたちを巻き込むんじゃないよ」

「……ばれましたか」

巻き込む？

「当たり前だ。とっとと帰りな」

ローズさんがピス副団長に手で外を指す。ピス副団長は肩をすくめ、プリアさんとタブロー団長を連れて帰って行った。魔石はちゃんと持ち帰ってくれたので、役立ててくれるだろう。

「ありがとうございます」

ドルイドさんがローズさんにお礼を言っている。そのやり取りの意味がわからず首を傾げる。

「ピスの奴は抜かりないからね。功労者と聞いて、自分たちの問題に何か助言をしてもらおうとしたんだろう。まったく」

……功労者って私だよね。助言？

「無理無理。あれはたまたまだったので」

「たまたまなのかい？」

ローズさんがじっと私を見て来る。それにちょっとドキドキしながら頷く。

「ぷっぷぷ～」

「「あっ！」」

足元からソラの声が聞こえたので慌ててその姿を探す。が、足の所でのびのびと運動しているソラがすぐに目に入る。

「良かった～。ごめんね、急な人だったから対処出来なくて」

「にゃうん」

「てりゅ～」

後ろからピョンと机に乗ったシエル。座っている場所から少し離れた棚に置いてあるアイテムの中から出て来たフレム。みんなの姿にホッとする。

「悪かったね～。鍵をかけておくのを忘れてしまって」

ローズさんがそう言うと、扉の鍵をかけに行く。

「いえ、俺も忘れていたので」

「それにしても悪いね。私の息子が」

「しかたないですよ、色々重なって大変だったのでしょう」

団長さんの仕事って多岐にわたっているもんな。それはギルマスさんにも言える事だけど。

「大変な時だからこそ、失敗は許されないのだけどね」

ローズさんが少し寂しそうな表情を見せる。

「あの、プリアさんってどんな方なんですか？」

最初ローズさんは彼の事を嫌っているのかと思ったのだが、何となく違う様な気がした。

「あの子はいい子なんだよ。仲間を本当に大切にする子だ」

やはりローズさんはプリアさんの事を好きなんだ。でも、だったらどうしてあんな態度に？

「ギルマスという地位は、大切にするだけではやっていけませんからね」

えっ？　ドルイドさんの言葉にローズさんが深く頷く。

「そうなんだよ、あの子はまだその事をちゃんと理解していない」

あっ、そうか。ギルマスさんの仕事って……。仲間が死ぬとわかっていても、町を救う為に選びたくない事だって選ばなければならない立場なんだ。オール町のギルマスさんを思い出す。彼は町を絶対に守ると強い意思を見せ、それに冒険者たちが命をかけた。シエルがいたから死者はいなかったけど、いなかったらかなりの被害が出たとあとで教えてくれた。

「それにタブローとの関係が心配でね。幼馴染で助け合うのはいいが、立場が違う事を理解していない。タブローは自警団のトップ、プリアは冒険者ギルドのトップ。最終的に違う事を判断する場面がある。その時にお互いの事を思って選べないのではないのかと思ってね」

立場の違いか、難しいな。

257話　難しすぎる

「今日は何だか色々あったな」

「そうだね」

ドルイドさんの言葉に、今日の事を思い出して溜め息をついてしまう。知らない所で、犯罪と関係があるかもしれないと誤解されてしまうのは防ぎようがないよね。うん、どうしようもない。

「ふっ」

私が悶々《もんもん》としていると、不意に隣から笑い声がして驚いた。見るとドルイドさんが肩を揺らして笑っている。急な事だったのでちょっと引いてしまった。

「えっ？　アイビー、その反応はちょっと悲しい」

「急に笑うんだもん。怖いですって」

「いや。タブロー団長の事を思い出したら、昔のゴトスを思い出した」

ゴトスさん……あぁ、オール町のギルマスさんの事だ。

「ギルマスさんって呼ばないんだね？」

町にいた時は『ギルマス』と呼んでいたよね？

「ここは町から離れているからな、何となく昔の呼び方にしてみた」

昔？　そういえば、ゴトスさんとドルイドさんは幼馴染だったっけ？　あれ？　違ったかな？

「今タブロー団長は色々迷っている最中だよ」

「迷いですか？」

「あぁ、団長として何をすべきか、どうあるべきか。迷っているから頼りなく見える」

確かに今まで出会ってきた団長さんやギルマスさんたちに比べると、かなり頼りなく感じた。

「話を聞くかぎり、団長について初めての大きな問題みたいだしな。自分の判断で、村の人が苦しむ事になるとしっかり理解しているから、身動きが取れなくなっているんだ。それに商業ギルドのギルマスの事もあるようだしな」

組織のトップに立つって相当な事なんだろうな。

「おそらく、冒険者ギルドのギルマスのプリアギルマスも」

同じ頃にギルマスの地位に就いたって言っていた。

「組織のトップに立つのは相当な覚悟が必要となる。実際にその地位に就いたら、覚悟した筈なのに迷いが出て来る。そして何より孤独だ」

「孤独？」

「仲間はいる。助けになってくれる人も。でも決断をする時は一人だ。そしてその結果も一人で背負う事になる」

それは、恐ろしいな。自分が決断した事で、誰かが死ぬ事があるという事なのだから。

「トップは人が死ぬ事を恐れていては出来ない」

確かにそうなんだろうけど……。

「理想は全員を助ける事、だが甘くないからな。だからより多くが生き残れる方法を選ぶ」

オール町のギルマスさんが判断した事だよね。森に行く冒険者の中から死者が出る事を覚悟して、町にいる多くの人を助けると判断した。

「言葉にするのは簡単なんだ。頭でも理解出来るが心はそうもいかない。何より自分の判断が正しいのか間違っているのか答えがすぐ出るわけでもないしな」

確かに。あとになってもっといい方法があったと気が付くかもしれない。

「支えになってくれる人がいればいいが」

「大変なんですね」

言葉にすると、何となく軽く感じてしまい顔が歪む。それに気づいたドルイドさんが、頭をポンと軽く撫でてくれた。

「ゴトスも最初の頃は、かなり悩んでいたよ。仲間が死んだと報告が入る度に、酒を浴びるほど飲んでは俺や師匠に当たり散らしたりしてな。でも最後には、いつも自分を責めていた。ある任務に就いた冒険者が、誰も帰って来なかった時は荒れに荒れてな。あの時は、支えになれない自分が憎かったな」

ゴトスさんが一番辛かったのだろうけど、ドルイドさんたちも辛かったのだろうな。今だって、穏やかに話しているけど、時々悲しみや苦しみが顔に浮かんでいる。きっと当時の事を思い出しているのだろう。

今日、ローズさんがタブロー団長を怒っている時、ほんの一瞬。気のせいかと思ったけど、一瞬だけ苦しそうというか泣きそうな表情を見せた。あの時は見間違いかと思ったけど、あれはローズさんの隠した気持ちが、一瞬外に溢れてしまったのかもしれない。

「ゴトスさんはどうやって落ち着いたというか、今のゴトスさんに？」

「一つ一つ自分の力で乗り越えていったよ、確かに俺たちも少しは役に立ったんだろうけど。奥さんに出会えたのも大きかったかな」

ドルイドさんは少しと言ったけど、ゴトスさんにとってドルイドさんは大きな支えだったと思う。大切な存在だから、ドルイドさんの変化をあんなに喜んで私にお礼まで言ったのだ。

両親に見放されて森で一人だった時、何も言わずに隣にいてくれた占い師。私が両親の言葉で泣くと、生きろ！　前を向け！　と心から私に声を届けてくれた前の私。彼女たちのお蔭で、私は苦しかったけど前へ進めた。支え方は人それぞれだ。

「タブロー団長さんとプリアギルマスさんもお互い支え合ってるよね？」

今日の二人の雰囲気からそう感じた。

「それでは駄目なんだよ」

「えっ？　あっ、立場が違うってローズさんが」

「そう、立場の違いは大きい。二人は仲間であり同志ではあるが、心を支え合う関係では駄目なんだ」

難しいな。仲間で同志、でも心を支え合う関係は駄目？　それぞれが自分の足で立たないと駄目って事かな……たぶん。

「ハハハ、難しかったか？」

眉間に皺でも寄っていたのか、ドルイドさんに眉間を突かれる。

「うん。二人には支えてくれる人がいるのかな？」

「タブロー団長にはピス副団長がいるようだ。今日の様子から彼は覚悟を決めている」

「覚悟？」

「あぁ団長を支え続けるという覚悟。あの目はきっと大丈夫だ」

目？　今日の事なのに、どんな目をしていたのか思い出せないな。また会う機会があったら、どんな目なのか確かめてみよう。

「ただプリアギルマスはいないかもな。タブロー団長とは違う不安定さがあった様に感じたしな」

そうなの？　私はまったく感じなかったけどな。

「まぁ、俺たちは旅人だから。出来る事は少ないな」

「うん」

この村の人たちではない以上、詳しく関わる事は出来ない。でも、もしも何か助ける事が出来るなら助けよう。

「よし、この話はここまで。あっ、ローズさんと一緒におにぎりを作るっていう約束を忘れてないか？」

「……あぁ！　すっかり忘れてた」

ドルイドさんの言葉に少し前に約束した事を思い出す。駄目だ、宿に泊まり出してから気が緩みすぎている。

「最近色々と物忘れがひどい気が……」

「いや、大丈夫だろう。俺と比べるとマシだぞ」

「そっちの競争はしたくないです」

どっちが忘れっぽいかなんて。

「確かにな」

米の用意はしてあるから、明日とか大丈夫かな？　急すぎるか。あっ駄目だ。中に混ぜる具を用意していないや。

「とりあえず、準備だけしてお店に行ってみようか？」

「混ぜる具を作る時間がほしいな」

「そうか。だったら明日以降のローズさんの予定を聞きに行こうか」

「うん。帰りに具の材料を買っていきたいな」

「了解」

明日の予定を決めて寝る為の準備に取り掛かろうとすると、シエルがぴょんと私たちの間に飛び込んで来る。

「どうした？」

「にゃ～ん」

何だろう？　何か言っている気がする。シエルが言いたい事？

「あっ、もしかしてお腹が空いたの？」

「にゃうん」

そっか、前に狩りをしてお腹を満たしてからちょっと時間がたっている。

「だったら、明日は午前中に森へ行って、シエルが帰って来たらローズさんのお店に行こうか」

ドルイドさんの言葉にうれしそうに揺れるシエル。

「そうだね、シエルを待っている間にソラたちのポーションを集めたらいいし。シエル、それでいい？」

「にゃうん」

よし、そうと決まれば今日はもう寝よう。明日も寒いだろうから、寝不足とか絶対に駄目。

258話　レア度アップ

「ざぶい〜」

寒さで言葉がおかしい。まさかここまで森の中が冷え込んでいるなんて思わなかった。確かに木々が邪魔して太陽の光がまったく届かないから、村より寒いとは思ったけど。ここまで寒くなる必要はないと思う。

シエルがお腹を満たす為狩りをしている間、捨て場でポーションを拾いに来たのだが、寒すぎる。拾うポーションも冷気にさらされていつもより冷たい気がするし。

「ぷっぷぷ〜」

「てっりゅりゅ〜」

何で二匹はいつもと変わらないのだろう？

「ドルイドさん、スライムって寒さに強いんですか？」

「いや、聞いた事はないが。ソラたちを見ていたら、強いんだろうな」

「うん……羨ましい」

「アイビーは、暑さより寒さに弱いみたいだな」

「そうみたいです。私も初めて知りました」

手がかじかんで、さっきから何度も拾ったポーションを落として時間を無駄にしている。あっ、また。何度も手を擦りあわせているが、芯まで冷え切っているのか温まらない。そんな私の様子を見て、ドルイドさんが私の指をぎゅっと握った。

「冷たいな」

「うん」

ドルイドさんの手がいつもより温かい。これって私の手がいつもより冷えているからかな？

「そういえば、冬の手袋があるらしい」

「冬の手袋？」

「あぁ。俺の様に剣を持つ者は、自分の手を守る為に着ける手袋があるんだ」

確かにドルイドさんの手には手袋がある。剣の持ち手の摩擦から掌を守る意味があるらしいが、剣を持たないのでよくわからない。

「こういう形の手袋で冬用の物があるらしい」

「冬用の物」

あっ、何だか記憶の奥にドルイドさんがしている手袋とはまったく違う手袋が浮かんできた。これはおそらく前の私の記憶だ。前の私の世界にも冬用の手袋があったという事なのかな。暖かそうだな。

「手袋はどっちだろうな？」

「どっちとは？」

「ん？　アイテム屋か服屋か」

前の私の知識からいえば、服屋みたいだ。そういえばアイテム屋に代わる知識は浮かんでこない。もしかしたら代わるお店がないのかも。

「ローズさんに聞いて、なかったら服屋の『シャル』にお邪魔するか」

「いいのですか?」

うれしくて敬語になってしまった。

「あぁ、手が悴《かじか》んでポーションも掴めないみたいだし」

私が落としたポーションを、バッグに入れながら言われてしまった。

「ありがとう」

ドルイドさんに温めてもらったのに、手は既にジンジンと痛みを訴えている。

「そうと決まれば、シエルが戻って来るまでにバッグの中身を一杯にしようか」

「うん」

落とさないようにがんばろう。

「あのドルイドさん、ずっと耳に入って来る音って気にしなくていいでしょうかね?」

ポーションを拾っている時も、今話をしている時も、ポンポンと聞こえて来る音。確かにフレムに魔石を復活させる事を止めはしなかったけど……。逆におすすめしちゃったけど。

「まぁ、ほら。この村では必要な物だし。あとはタブロー団長さんに丸投げ……お願いしてあるし」

今ドルイドさん丸投げって言った? いいのかな、迷っている団長さんに迷惑かけないかな?

「大丈夫、大丈夫」

ドルイドさんが言うなら大丈夫なのかな？

「フレムのがんばりを褒めないとな」

「うん。あの音から、相当がんばってくれているみたいだし」

「ハハハ」

ちょっとがんばりすぎな様な気もするが。がんばれと言ったのが駄目だったかな。

「こんなものかな」

二つのマジックバッグにポーションと剣。宿に置いてある数と今日の物を足すと、ぎりぎり冬に拾いに来なくても大丈夫なぐらいだ。

「結構な数を集める事が出来たな」

「うん。これで冷え込みが酷くて森へ出られなくてもソラたちは大丈夫」

「あとはシエルの狩りだな」

そう、シエルはお腹が空いたら森へ狩りへ出かける。森への出入りが寒さのせいで封鎖されたらどうしたらいいか。

「協力者が必要だな。もしもの時の為に」

確かに。それにしても協力者か。

「ドルイドさんは誰が協力者に向いていると思いますか？」

「プリアギルマスだな」

「プリアギルマスさんですか？」

想像していなかった人の名前が挙がったな。私はてっきりタブロー団長の名前が挙がるかと思ったけど。

「封鎖されている門を堂々と出るには森の変化について知っておく必要がある。そういう情報は冒険者ギルドに集まるからな」

なるほど、森に変化があったから私たちが見に行くとかそんな感じなのかな。

「まぁ、あとでゆっくりと相談しようか」

「うん」

ソラとフレムのもとへ向かう。少し前からポンという音は止まっている。おそらく疲れて寝てしまったんだろう。

「まぁ、想像以上だな」

寝ているフレムの周りに転がる魔石。もうがんばれと応援するのはやめておこう。

「ぷっぷぷ～」

ソラも満足出来たのか、体を伸ばして食後の運動中。それを横目に、復活させた魔石を一つ一つ小袋に集めていく。

「そういえばローズさんが、フレムが復活させた魔石に感心していたよ」

「感心？」

「あぁ、俺もローズさんに指摘されるまで気が付かなかったんだけど」

何だろう？

「ローズさんからもらった使用済みの魔石って、レベルが七もしくは八だったらしい」

えっ？　あれ、でもフレムが復活させた魔石って。

「それなのにフレムが復活させた魔石は、おそらくレベル五以上。本来の魔石のレベルを軽く超えているんだ」

「そうですよね？」

「フレムは魔石のレベルを上げる事が出来るようだ」

レベル七ぐらいの魔石がフレムの力でレベル五……このたった数分でフレムのレア度が上がった。聞かなかった事にしたいな。転がっている魔石をすべて拾い、フレムを抱き上げてから捨て場から出る。

「ぷっぷぷ～」

ソラは大満足だった様で、かなりご機嫌だ。好きなだけ食べられる場所は、捨て場だけだからな。

「そろそろシエルも戻って来る頃かな？」

「そうですね～」

ドルイドさんの言葉に、シエルの気配を探す。微かにそれらしい気配を感じたが、まだ遠い場所だ。マジックバッグから、温かいタオルを取り出してソラとフレムの体を膝の上にのせてから拭く。ソラは気持ち良さそうだ。フレムは寝ているのを邪魔されたと思ったのか、体を揺らして抗議して来る。

「フレム、体を拭くだけだから」

何とか拭き終わり、まだぬくもりがあるタオルで手を拭く。バッグの中のタオルを確認してから、フレムを膝からバッグへ。

「あれ？」

フレムの体は赤一色。透明感もある為とても綺麗な色だ。そのフレムの胸元に何かシミ？　の様な物がある。そっと触れてもフレムには痛みがないのか特に反応を返さない。もう一度、冷えてしまったタオルで拭うが取れない。

近くで飛び跳ねて遊んでいるソラを見る。確かソラの時も色が急に混ざり出した。ただ、こんなシミに見える事はなかった。しかたない、もう少し様子を見よう。

259話　町の雰囲気

シエルが満足そうに帰って来た姿にホッとする。冬になると動物は冬眠してしまう為、魔物を狩る事になる。魔物は動物より強いので、どうしても心配なのだ。

「シエル、お腹一杯になった？」

「にゃうん」

ははは、表情が満足そうだ。シエルにスライムに変化してもらい、バッグに入れる。あの大きさがスライムの大きさになるのだから、何度見ても不思議だ。

村に戻って、ローズさんのアイテム屋へ向かう為大通りを歩いていると、村の人たちの様子がいつもよりピリピリしている事に気が付く。

「何かあったのでしょうか？」

「あぁ、何だか嫌な雰囲気だ、ローズさんの所へ急ごう」

少し足早にローズさんのお店に行く。

「こんにちは」

「いらっしゃい。おや」

「すみません、連日」

「寒さが堪える日は客が少ないから、来てくれるとうれしいよ」

良かった、迷惑にはなっていないみたい。ローズさんの前に、フレムが復活させた魔石を置く。

昨日の今日だったので、ローズさんが少し心配げな表情を見せる。

「フレムは大丈夫なのかい。あっ。このレベルの魔石は駄目だから返すね」

すべての魔石を一つの袋に入れてきたので、レベル一か二の魔石も混ざっている。中を確認したローズさんが二個の魔石を布に包んで返してきた。それを苦笑いでドルイドさんが、バッグへ仕舞う。

「フレムには無理をしない様に言っているので、大丈夫だと思います」

「そう、今は？」

「熟睡中ですね」

バッグを開けるとソラとシエルが元気に飛び跳ねてバッグから出てしまう。

「あっ、ソラ！　シエル！　今日は駄目だよ」

「いいよ、休憩中の札でも下げておけば少しぐらいお店を閉めたって」

そう言うと、ローズさんは扉を閉めて休憩中の札を出して鍵を掛けてしまう。お店の邪魔をしてしまっているな。ちょっと落ち込んでいると、ポンとローズさんに頭を撫でられた。

「気にしすぎ」

笑っているローズさんに、もう一度バッグを開けてフレムを抱き上げる。口元を確認するが、今日はまだよだれが流れ出てはいないようだ。あっ、シミが消えている？　バッグに入れる時に気になったシミがフレムから消えている。何だったのだろう？

「よく寝ているね～」

「フレムは一日中寝てますよ。食事以外ずっと寝ている日もたまにあるくらいです」

ドルイドさんの言葉にローズさんが少し驚いた表情をする。

「アハハハ、それはすごいね」

「だろう？」

「あぁ。羨ましいけど、私だと一日で飽きるね」

確かにローズさんには合わない生活だろうな。何というかローズさんは、めんどくさいと言いながら率先して動いている印象がある。

「そういえばローズさん。何かあったのですか？　村がピリピリしている気がするんですが」

「あぁ、ヒサザの奴が、旅をしている若い冒険者から魔石を強引に回収した事が表ざたになってね。

まったく馬鹿だよ。なのに一部の村人が、奴は自分たちの為にやった事で悪くないとかほざきやがって」

悪い事はいつか必ずばれるものだよね。それにしても、自分たちの為にやった？　それは違う、こんな事が他に洩れたら村の人たちが苦しむ事になるのに。

「大馬鹿野郎どもだ。ギルマスの地位にいる者が罪を犯したってだけでも一大事なのに、それを村の奴らが擁護するなんて。こんな情報が他の村や町に伝わったら、この村の信用度が落ちる。そうなれば村の存続すら危うくなるのに」

村の信用度が落ちたら、冒険者や行商の人の出入りが少なくなる。そうなると、村はどんどん廃れていってしまう。どんな大きな町でも信用度はとても大切なのだ。それを村の人たちは知らないのだろうか？

「危ない状況ですね」

「……やはりそう思うかい？」

危ない状況って何？　村の人たちが罪を犯したギルマスさんを擁護しただけじゃないの？　もっと何かあるという事？

「はぁ、あの二人にはまだ早かったのかね？」

二人……タブロー団長さんと、プリアギルマスさんの事？　えっと、意味がわからない。

「「…………」」

どうしよう、二人とも黙り込んでしまった。えっと、何かこの村にとって良くない事が起きているという事だよね。たぶんトップの存在によって問題が悪化している？

「これを乗り越えないと、駄目だろうね」

この緊張感苦手だな。

「信じるしかありませんよ」

「ドルイドさんは、誰か知り合いがトップにいたのかい？」

「えぇ、冒険者ギルドのギルマスです。今もがんばってますよ」

「そうか。ん？　悪いねアイビー、そんな顔をさせちまって」

えっ？　どんな顔？　ローズさんが頭をそっと撫でてふんわりと笑ってくれる。

「ローズさん。冬用の手袋ってここに置いてますか？」

ドルイドさんの急な話の変化に驚いて彼を見ると、ニッと笑われた。どうやら気を使われたようだ。いったい、どんな顔をしてしまっていたんだろう。

「冬用の手袋？　剣から手を守る手袋に夏も冬もないだろう？」

「違いますよ。アイビーの手が冷えやすいので、何処かで冬専用の手袋があると聞いて」

「あぁ、そういう事か。それだと服屋だね。外套を売っている店だとあるんじゃないかい？」

「そうですか、だったら『シャル』ならありそうかな？」

「あそこだったら最新の服も揃えているからあるだろう。それより、買いに行くのなら早めのほうがいいんじゃないかい？」

ローズさんが外を見る。気付かなかったけど、少し雲行きが怪しい。もしかしたら雪が降るかも？

「そうですね。アイビー、行こうか？」

「うん。ソラ、シエル、行くから戻ってきて？」

私の言葉に遊んでいた二匹がぴょんと腕の中に飛び込んで来る。何度も何度も経験したので、もうこれにも慣れた物。時々落とすけど、今日は二匹とも抱き留める事に成功。

「すごいね～」

「あの二匹は、面白い事や驚かす事が好きなので大変ですよ」

「驚かすのは私も好きだよ。あれはいいよ～」

確かに最初の日に驚かされたな。いきなり腕が……思い出すのはやめよう。あれは本物に似すぎてて嫌だ。

「ほどほどにしないと、怖い目に遭いますよ」

「既に何度も遭ってるよ」

「……やめるという選択はしないんですか？」

「あたりまえだろう、楽しいのに」

「「はぁ」」

「ちょっと二人とも、タブローと同じ反応はやめてほしいのだけど」

「団長さんは元々苦労性なんですね」

ドルイドさんの言葉に笑ってしまう。ローズさんに振り回される彼が想像出来てしまった。

「ふん」

「ハハハ。アイビー、そろそろ行こうか？」

「うん」

「あぁ、魔石はありがとうね。感謝するよ。フレムには無理をしないように言っておいてほしい」

「はい、言っておきます。では、またって忘れていた。ローズさん当分店にいますか？」

「あぁ、いるけど何だい？」

何を忘れているんだろう？

「覚えているかな、前に『こめ』を使ったおにぎりを一緒に作ろうとアイビーと約束していた筈なんだけど」

昨日話したばかりなのに、忘れていた……ちょっと悲しい。

「あぁ！　そうだった」

「アイビー、いつ頃だったら大丈夫？」

「えっと、今日食材を買って夜に準備をするから、明日でも大丈夫だよ」

「私も明日でいいよ、明日ならデロースもいるからね。楽しみだ」

本当に連日お邪魔する事になったけどローズさんが笑顔なので大丈夫なのだろう。大まかな明日の予定を決めて今度こそお店をあとにする。

お店を出て『シャル』に向かっていると、顔に冷たい風があたって痛い。今年の冬は攻撃的だ。

「いらっしゃいませ。おや、お久しぶりですね」

「おじゃまします。少し聞きたい事がありまして」

お店に入るとすぐにバルーカさんが対応してくれた。お店にはあと二人ほどお客がいるようだ。

「何でしょう？」

「冬専用の手袋があると聞いたんですが、置いてますか？」

「ありますよ。二、三年前から出回る様になった商品ですね」

バルーカさんに連れられてある棚の前に来る。そこには色とりどりの手袋が並んでいる。手を守る為の手袋とはかなり印象が違う。

「へぇ～、おっ、これなんてどうだ？」

ドルイドさんが手に取ったのは、何とも可愛らしい桃色の花柄手袋。ちょっと可愛らしすぎると思う。

「いえ、私にはちょっと」

「そうですか？　可愛らしいと思いますが」

「コートに浮くかと……」

私のコートは薄めの青なので、桃色だとどうしてもちょっと違和感が出る。特に選んでくれた手袋は明るい桃色だ。

「「あぁ」」

ドルイドさんとバルーカさんは時々とても似ていると感じる。どうして二人ともそんな残念な表情をするのか。

「では、コートに合わせるならこちらの三種類がおすすめですよ？」

見せてもらったのは白と水色と濃い青の三種類の手袋。こちらには刺繍などはなく、すっきりした印象だ。

「……もう少し可愛いのはないのかな？」

ドルイドさんの質問にバルーカさんが少し残念そうに『売れてしまいまして』と答える。

「もう少し早く買いに来るべきだったな」

ものすごく残念そうに言われたけど、私としてはこの三種類の手袋のどれかで十分。寒さを防げたらそれでいいと言いたいけど、言ったら何か駄目な雰囲気が……。

260話　安心感

三種類の中から汚れが目立ちにくそうな濃い青を選ぼうとしたら、白の手袋をドルイドさんにすすめられた。

「濃い青のほうが汚れが目立たないから」

「洗えばいいし、落ちなかったらまた買えばいいよ。話を聞くかぎり一年か二年ぐらいで買い替える必要があるらしい」

えっ、そんなに短いの？

「内側の毛皮が、二年も使うとヘタってしまい温かさが保てないそうだ」

手袋の中を見る。確かに何かの毛皮が使用されている。

「……だったら」

「この白で決定な」

いや、そんなに簡単に使えなくなるなら断ろうと思ったのだけど。ドルイドさんを見ると、既に白の手袋をバルーカさんに渡してしまっている。

「ドルイドさん」

「悪いアイビー、ちょっと手にはめてみてくれないか？」

「えっ？　あぁ、はい」

手袋を受け取り手にはめる。指が少し余るので、大きいようだ。

「失礼、指の先が少し余ってますね」

「もう少し小さい物はありますか？」

「いえ、これぐらいなら簡単に直せますので。指の長さを測るのでそのまま前に手を出しておいてください」

バルーカさんに手袋を外され、指の長さを物差しで測られる。どうも買う事が決定している様で、口を挟めない。ちらりとドルイドさんを見ると、うれしそうに私たちを見ている。甘えてもいいのかな？

「はい、終わりましたよ」

「……ありがとうございます」

甘えちゃおう。

「どれくらいで直せますか？」

「明日にはお渡し出来ますよ」

「そうか、良かった」

大きさを見る為に手袋をはめたけど、すごく温かかった。申し訳ないなという思いもあるけど、それ以上に楽しみ。

ドルイドさんとバルーカさんが男性用の服について話を始めたので、お店をちょっと見て回る。何だか前に来た時と、かなり置いてある商品が変わっている。このお店ってすごい人気店なのかも。

「駄目よ。自分たちで何とかしないと」

他のお客の声が耳に届く。何処となく、硬い雰囲気の声。盗み聞きしてしまっては悪いので、すぐに移動しようとすると、

「やっぱりあなたもそう思う？　そうよね、自分の命は自分で守らなくちゃ」

えっ、命って言った？　その内容に足を止めてしまう。

「でも魔石なんて、どうやって今から集めればいいのかしら？」

魔石を集めるって事はこの冬の事？　というか、魔石なら自警団や両ギルドが今、一生懸命集めているのに？　視線を、会話をしている人たちに向けると二人の女性の姿。どちらの女性も、真剣な表情で話している。本当に、魔石を自分たちで集めないと駄目だと思っているようだ。自警団や

ギルドを信じていないのか。不意に先ほどの、ローズさんとドルイドさんの言葉が頭に浮かぶ。二人はこの村が『危ない状況』だと言っていた。もしかして村の人たちが自警団やギルドを信じなくなっている事を指しているのかな？　でも、どうして信じないの？　今までの村や町では、そこに住んでいる人たちはみんな、自警団やギルドを信じていた。必ず守ってくれるから、自分たちも住んでいる場所を守ろうと、がんばっている人たちばかりだった。中には例外の人もいたけど、それは少数だ。

オール町で出会ったギルマスさんを思い浮かべる。ドルイドさんの親友で、たぶん幼馴染のゴトスさん。見た目がちょっと怖い感じなのに、話すととても話しやすく壁を感じなかった。あんな状況だったのに、ゴトスさんの周りには笑顔があった。とても強い判断力もあり頼りにされていた。まぁ、ドルイドさん曰く書類仕事に関しては駄目らしいけど。それでも多くの冒険者が、町の人たちが信じていた。だからこそ魔物が暴走して不安の中にあっても、耐える事が出来た。ん？　耐える？　あぁ、そうか。耐える事が出来たのは『絶対にギルマスさんや団長さんがどうにかしてくれる』と信じられたからだ。オール町の団長さんとは、ギルマスさんと一緒にいる時に挨拶をした程度。だから名前も憶えていないけど、団長さんと両ギルドのギルマスさん三人だったらどうにかしてくれると思われていた。この村には、団長さんもギルマスさんもいる。商業ギルドのギルマスさんがどうなるかは不明だけど、でもまだ二人トップがいる。でも、村の人たちは安心出来ていない。だから個々でどうにかしようとしている。トップに就く人は、並大抵の事が出来る程度では、駄目なんだろうな。

「アイビー？」

「あっ、はい」

考え込んでいた為、驚いてしまった。

「大丈夫か？　何かあったのか？」

私の様子がおかしかったのか、心配そうに顔を覗き込むドルイドさん。ここでする話ではないな。

「大丈夫。話は終わったの？」

「あぁ、青い糸で刺繍を少しお願いしてきた」

「ん？　何の事？」

「アイビーの手袋に刺繍をお願いしたんだよ？」

あれ？　ドルイドさんの服の話ではなかったの？　しまった、一緒に話を聞いておけば良かった。

「可愛い花を入れてもらう事になったから」

そんなうれしそうな顔をされたら……いや、私もうれしいな。

「えっと、ありがとう」

「どういたしまして。そろそろ帰ろうか？」

「はい。食材も買って行かないと駄目ですからね」

「あぁ、行こうか」

バルーカさんに挨拶をして、お店を出る。二人の女性客を見ると、まだ真剣に話をしていた。

「帰り道にある店で、材料は揃いそうか？」

「お肉と、この村のソースがほしいです」

ている。

「なら、大丈夫かな？」

大通りに出て宿に向かう。寒さがどんどんひどくなるにつれ、屋台の数は減り歩く人の数も減っている。

「あれ？　閉まってるな」

目的の店が見える所まで来たが、明かりが消えている。

「お店も閉まっている所が目立つね」

大通りに面しているお店も、今日は半分ぐらいが開いていない。

「どうしようか？　ここからだと」

ドルイドさんと大通りから見える店を確認して行く。

「あっ。あそこ」

一本道を入った所に、肉屋と食品屋の看板が見えた。

「良かった。あまり離れていない所にあったな」

「うん」

少し急いで店を目指す。さすがに外にいる時間が長くなればなるほど、体の芯が冷えていく。

「「いらっしゃい」」

お店に入ると二人分の声が出迎えてくれた。

「あれ？　ドルイドさん、このお店食品屋とつながってますよ」

「本当だ」

外からはお店が二軒並んでいる様に見えたが、中に入ると壁がなく一つのお店のようになっている。珍しいお店の造りに驚いて、二人でキョロキョロと見回してしまう。

「いらっしゃい、そんなに珍しいですか？」

声のしたほうを見ると、女性がこんにちはと挨拶してくれた。

「こんにちは、こういう造りは初めて見たので驚きました」

「食品屋は兄のお店で、こっちの肉屋は妹の私の店なんです」

兄妹でやっている店なのか。

「今日は、えっと肉ですか？」

「肉と、この村のソースがほしいんですが、会計は別ですか？」

「一緒で大丈夫です」

「わかりました。肉のおすすめはありますか？」

ドルイドさんと棚にある肉を見る。あれ？　前に見た肉屋には『ほるす』と『たいん』が主に売られていたけど、この店にはないな。

「この店は狩りで仕入れた肉しかないですが、大丈夫ですか？」

そうなのか。少し予定を変える必要があるな。というか、この村の周辺で狩れるお肉ってどんな物があるのか把握してないや。宿で燻製《くんせい》されたお肉が出たけど、どのお肉か確認してないし。

「あの、癖の少ないお肉はありますか？」

「比較的この二つが癖が少ないかな。どんな料理に使う予定ですか？」

「米に混ぜる予定です」

「……『こめ』？　えっと、『こめ』！」

すごい驚かれようだな。ここでもやはり米に対する拒絶反応があるのかも。ローズさんの反応は除外だな。

「うそ、本当に『こめ』？」

「そうです」

それにしても、異様な興奮なんだけど大丈夫かな？　適当な事を言ったほうが良かった？

「私も『こめ』が好きなの！　誰にも理解されないし寂しかったの！　うわ～、仲間を見つけたわ！」

えっ、珍しい。まさかの米好きさん発見！

261話　仲良し兄妹

「本当に『こめ』食べるんだよね？　嘘じゃないよね？」

「はい」

私もドルイドさんも少し困惑気味に頷くと、にやりと笑う女性。関わった事を後悔しそうな笑みに、一歩後ろに下がって距離を開ける。

「何をしているんだ？」

後ろから声がするので振り向くと、女性に似た男性の姿。きっと食品屋の店主さんで、女性のお兄さんだと思う。顔立ちがよく似ている。

「いたわよ！『こめ』を食べる人！このかけは兄さんの負けだからね！」

えっ？米を食べる人がいるかいないかの、かけをしていたの？それで勝ったからあの不気味……ちょっと引く様な笑みを？

「はぁ？俺の負け？」

「この人たちが仲間だもん！」

確かに米を食べる仲間なんだけど、どうしてだろう素直に頷いていいのか迷うな。

「嘘だろ！」

お兄さんの声が店に響き渡る。そしてパッと私たちに視線を向けるので、思わず頷いてしまう。

「まじか……」

お兄さんがものすごい表情をするのを見て首を傾げる。そこまで米を食べる事が衝撃だろうか？

「よくわからないけど、面白い兄妹だな」

ドルイドさんが私の耳元でそっと呟く。確かにちょっと迫力が怖いけど、二人のやり取りはとても面白い。

「アルーイ、仕込んだわけじゃないだろうな！」

「ひどい兄さん。そんな卑怯な事を私がするわけないでしょ！兄さんじゃあるまいし」

えっとお肉は？

「はぁ？」

「何よ、したじゃない！　忘れたとは言わせないわよ！」

「……あれは、まぁ」

仕込んだ事があるのか。それは卑怯だ。というかこの兄妹、そんなに頻繁にかけをしているのかな？　ところで、私たちはそっちのけ？

「あっ、ごめんなさい。えっと、お肉だったよね」

良かった、思い出してくれたみたい。

「仲がいいんですね」

ドルイドさんの言葉に、

「「いいえ、まったく！」」

「「…………」」

仲、いいよね？　声の音の高さも、一緒だったよ？

「えっと、お肉は先ほど教えてくれた二種類をください」

ドルイドさんが、口元を押さえて希望を伝える。肩が微かに揺れているので、笑い出しそうなのをがんばって止めたみたいだ。

「了解。グラムは？」

「それぞれ、一キロでお願いします」

「はい。聞きたいのだけど、『こめ』に混ぜるって言っていたけど、どうやって食べているの？」

お肉を量りながら、アルーイさんが質問をして来る。

「米を炊いて煮込んだ具と混ぜて、山形に握っておにぎりにしているんですよ」

ドルイドさんが簡単に説明をしたけれど、なじみがない人にそれで通じるのかな？

「……山形に握る？　おにぎり？」

やはり少し無理があるよね。何て説明したらわかりやすいかな？

「それって」

「おい、アルーイ。今日はその辺にしておいたほうがいい」

「なによ！」

「雨が降りそうだ。二人が風邪でも引いたらどうする？」

お兄さんの言葉に窓の外を見る。確かにやばそうだ。

「本当だ。お兄ちゃん、この村のソースもほしいみたいだから持って来て」

「そうなのか？　四種類あるけど、どれだ？」

四種類もあるの！

「えっと、味の違いってなんですか？」

「簡単に言えば、甘さだな」

甘さなんだ。この村の人たちって、甘い味が好きなのかな？

「一番甘さが軽いソースでお願いします」

「わかった」

お兄さんがソースを取りに行ってくれたので、もう一度外を見る。時間から考えれば空はまだ明るい筈なのに、黒い雲に覆われて村全体が薄暗くなっている。まだ降ってきてはいないが、時間の問題だ。

「ごめんなさいね。冒険者だよね？　宿はすぐ近く？　遠かったら雨が止むまで待っていてもいいのだけど」

「すぐそこなので、大丈夫ですよ。ありがとうございます」

お兄さんが持ってきたソースと、お肉をドルイドさんが受け取り代金を払う。

「良かったら『こめ』について話しに来てね。おねがい」

「はい。では、また来ます」

「「ありがとうございました」」

急ぎ足で宿まで歩く。

「ふ～、間に合ったな」

宿に戻りホッとすると、雨の音が外から聞こえ始めた。本当にぎりぎりで宿に戻れたようだ。この寒さで雨に当たったら、病気になる可能性が高いだろうな。

「大丈夫でしたか？」

宿の玄関から外を見ていると、サリファさんがタオルを持って慌ててやって来る。自由に使っていいタオルの補充の様だ。

「大丈夫ですよ。降られる前に宿に戻って来られたので」

「それは良かったわ。この冷たい雨に当たったら病気になってしまうもの。でも体は冷えたでしょう？　お風呂に入って体をしっかり温めてくださいね」

「はい。ありがとうございます」

「あ〜！　あのね、少しお願いがあるのだけど」

「はい？　何でしょう？」

「ドラが持って来てくれた『こめ』料理でえっと何だったかしら……お肉がのった……名前が思い出せないのだけど」

「牛丼ですか？」

数日前にドラさんが興味を示してくれたので、牛丼を渡した事がある。

「そうそう、確かそんな名前！　で、その作り方を私にも教えてもらえないかしら？」

「それは構いませんが、米に抵抗はないのですか？」

「少しあったのだけど、あのおいしさの前では霞んでしまったわ」

ぐっと握り拳を作ったサリファさん。かなり、味を気に入ってもらえたようだ。それにしても、今日はやたらと米の話題が出るな。

部屋に戻りお風呂で体を温めてから、二階の調理場を借りて明日の準備を始める。二種類のお肉は小さめに切って、半分を甘辛く煮て完成。もう半分は、甘辛い味付けに薬草を足してピリッとした味の変化を付けて完成。それにしても、醤油を数本購入しておいて良かった。でも、このままの速さで使い続けたらあっという間になくなってしまうな。この町でも醤油を探そうかな。あっ、この世界ではポン酢と呼ばれているんだった。記憶の名前と違うから、間違いそう。気を付けないとな。あとは、ご飯はローズさんの所で炊くから……準備はとりあえず終了かな。

そして今日の夕飯は『オムライス』。久々に記憶の中に浮かんだご飯。真っ赤なお米が卵に包まれているのがおいしそうだった。記憶の中にある食材と、この世界で手に入る食材は違うから完璧に再現する事は出来ないが。

「真っ赤なお米はトーマ味みたいだから、煮詰めたトーマソースを使用したらいいかな？」

フライパンに細かく切ったお肉と野菜を入れて炒めて、煮詰めたトーマソース、そして炊いたご飯を入れて炒める。ん？　記憶より水分が多すぎるな。これ……卵で巻ける？　とりあえず見よう見まねで、一つ目を完成させてみるか。……う～ん、失敗。卵が水分で薄まって、綺麗にご飯を包んでくれない。

「どうした？」

「ちょっと失敗してしまって」

「そうか？　おいしそうだけど」

「いえ、卵で綺麗に包みたかったから」

「別に包まなくても、上にのせてもいいんじゃないか？」

確かにそうなんだけど、記憶の『オムライス』に近づけたいというか。ちょっとした意地というか。よし二つ目だ！　……包むのは見た目以上に難しいね。

「食べようか？」

落ち込む私の頭を軽く撫でてくれるドルイドさん。でも、笑っているの知ってるもん！

味はトーマ味の米とふわふわの卵がおいしかった。ただトーマ味は少し薄いと感じた。トーマソースをもっと煮詰めて使ったらいいかな？　そうすれば余分な水分も出ないだろうし。また挑戦しよう。

262話　二人の空間

「おはようございます」

「おはよう。今日はお店は開けないから、入ったら鍵をかけていいからね」

「いいのですか？」

「仕事よりうまいモンだよ！」

それでいいのだろうか？　とりあえず鍵をかけて、お店の奥へ行くとデロースさんがにこやかに出迎えてくれた。

「おはようございます」

「おはよう。ローズが我が儘言っていないかな？」

「大丈夫です。俺たちのほうが頼ってます」

「ローズは頼られるのが好きだからいいんだよ、それで」

デロースさんは本当にローズさんが好きなんだろうな。ローズさんの話をする時の目が本当に優しい。

「調理場の用意は既に出来ているから始めようか。あっ、どうしようかね？」

ローズさんがソラたちの入っているバッグを見て、少し迷いを見せた。もしかして、デロースさんにフレムたちの事を話していないのかな？　夫婦なので話す可能性が高いと思っていたのだけど。

「話していないのですか？」

「当然だろう？　別に話す必要はないしね。でもずっと中だと可哀想だよね……今からでもデロースを何処かへ追い出そうかね？」

えっ、デロースさんを追い出すの？　普通ここは、ソラたちの事を話す方向にならない？

「悪いがデロース、五時間ぐらい」

「いやいや、待ってローズさん。ローズさんならデロースさんがどんな人か、一番知ってますよね。信頼出来る人ですよね？」

「当たり前だろう？　そうでなかったら結婚なんてしないよ」

「だったら話しても問題ないです。なのでデロースさんを追い出す様な事はやめましょう」

焦った。ドルイドさんが隣で笑っている。というかデロースさん、にこやかに私たちのやり取りを見ているけど、追い出されそうになってるから！

「しかたないね〜」

何か違うと思う。もうローズさんの感覚がわからない。と頭を悩ませている間に、ローズさんがデロースさんにフレムたちの事を説明した。

「アイビーには人には内緒の仲間がいるのよ。フレムとソラとシエル。みんな可愛い魔物だけどレアだから他言無用だからね、わかったかい？」

「あぁ、わかったよ」

ローズさんの簡単すぎる説明ではほとんど何もわからないと思うのだが、デロースさんはにこやかに頷いた。これが夫婦になるって事なのかな？

「まぁ、説明は終わったし、フレムたちを出してあげて。バッグの中だと可哀想だよ」

「はい」

フレムたちを外に出すと、ソラがすぐにデロースさんのもとへ飛び込む。慌てて受け止めてくれたけど、申し訳ない。

「すみません」

「いや、こんな元気なスライムを見たのは初めてだよ。ローズが言うとおり可愛いね」

「そうだろう？　ずっと見ていられるよ」

「こらこら、『こめ』料理を教わるんだろう？　アイビーさんたちを待たせたら悪いよ」

「わかっているよ。さて、こっちだよ。デロース、フレムたちの相手をちゃんと頼むね」

「わかっているよ」

ローズさんとデロースさんは不思議だ。二人を見ていると、けっして邪魔する事の出来ない二人だけの空間が見える様な気がする。何処か傍で二人をそっと見ていたくなる様な、何とも説明しがたい不思議な空間。

「ん？　二人ともどうしたんだい？」

「いえ、何でもありません」

二人を見ていたら、心が温かくなる。こんな関係を築ける人と出会いたいな。ドルイドさんとは親子関係に近いから少し違うしな。というか、私よりまずはドルイドさんが恋人を見つけないとな。……ドルイドさんの恋人探しも、旅の目標にしようかな？　何処となくドルイドさんって、恋を諦めている様子なんだよね。すごくいい人なのに、もったいない。

「ドルイドさんがんばりますね」

「ん？　えっと何が？　おにぎりの事か？」

急な宣言に、不思議な様子のドルイドさん。言葉にすると反対されそうなので黙っておこう。

「さてと、始めようか」

「はい。といっても米を炊いている間は何もする事がないんですけどね」

「そうなのかい？」

「はい。火加減だけ気を付けていれば問題なく炊けますから」

「その火加減が、少し難しいけどな」

最近は私が料理をしている間に、ドルイドさんが米を炊いてくれている。もう慣れているので問題ないが、最初の頃は火加減で随分と悩んでいた。炊いた米の状態を確認する時の真剣な表情に、何度噴き出しそうになったか。まぁ私も、蓋を開ける前に拝んだ事があるので人の事は言えないけど。

「なら米を炊いている間に、おかずをちょっと作ろうかね？」

あっ、それならお願いがあったんだ。

「ローズさん、この村のソースの使い方を教えてくれませんか？」

昨日購入したソース。一番甘さを控えた物にしたが、甘さが強く少し使い方に困っていた。

「この村のソース？　特に特別な使い方はなかったと思うけどね」

「甘さが強くないですか？」

「買った種類のせいじゃないかい？」

「一番甘さが少ない物を選んでもらったんですけど」

私の言葉に首を傾げるローズさん。何かおかしな事を言っただろうか？　調理場につくと、マジックバッグから水につけておいた米を出す。時間を考えて水につけて持ってきたのだ。

「『こめ』は水につけるのかい？」

「はい。だいたい三〇分ぐらいですね。米が収穫した日より時間がたっていたら少しつける時間を増やしたほうがいいかもしれません。好みにもよりますが」

「なるほど、覚えておこう」

借りたお鍋に米を入れて火にかける。最初は強火、蓋が揺れ出したら弱火、そして炊けたら蒸らす。簡単に説明して、ドルイドさんが火の加減を説明する。

「水加減と火力の加減だね。わかった」

炊き出した米の様子を見ながら、購入したばかりのソースをバッグから出す。昨日の夜に少し味見をしたのだが、甘味がかなり強くどんな料理も負けそうなのだ。

「これ？　いや、これは一番甘味が強いソースだよ？」

「「えっ？」」

あれ？　間違ったのかな、それともかけの負けで気が動転していた？

「これはかなり個性的な甘さが特徴でね。好きな人も少ないんだよ？　何処で買ったんだい？」

「兄弟でされているお店です。肉屋と食品屋がお店の中で一つの」

「あぁ、アルーイとトルーカの店だね？　ソースを探してきたのはトルーカだね？」

どうやら知っている人たちの様だ。

「はい」

「ごめんよ。あの子はかなりおっちょこちょいでね」

ローズさんが大きな溜め息をついて、棚から二つソースを持って来てくれる。

「この二つがこの村では主流のソースだね。甘さもほど良いから料理には使いやすいよ」

ローズさんが小皿にそれぞれのソースを少し入れて、目の前に出してくれる。指に少しソースを付けて味を確かめる。確かに二つともそれほど甘さがきつくないので、料理に使いやすそうだ。

「おいしいですね。甘味もいい感じです」

「そうだろ？　村の自慢のソースだからね」

自慢したくなるのもわかるな。甘味にコクがあって本当においしい。甘辛い味にしたい時には、このソースだけで十分だろうな。

「しかし、トルーカの奴もまだまだだね。まったく」

ローズさんの呆れた声に、ドルイドさんと笑う。自慢のソースを使った野菜の煮込みを教えてもらって作っていると、調理場に米の炊けるいい匂いが広がってきた。

「随分といい匂いだね」

どうやら気に入ってくれたようだ。匂いから駄目だと言われたら、先へ進めないからね。さて、粗熱を取ったら具材と混ぜて握ろう！

263話　笑顔は力

「ほ～、『こめ』がこんなおいしくなるなんてね」

「あぁ、おいしいな」

ローズさんとデロースさんが、おにぎりを頬張りながらしきりに感心している。二人とも既に二個目に手が出ているので、かなり気に入ってくれたようだ。良かった。それにしてもローズさんは器用だ。おにぎりを初めて作る筈なのに、二個目で既に力加減やコツを掴んで綺麗に握れていた。何でもこなしてしまう人だな。

「これ、あとでタブローにも持って行ってやろうかね？」

「これだったら片手で食べられるし、いいんじゃないか？」

慣れていない米料理の差し入れってどうなんだろう？　困らせるだけの様な気もするけど。

「この『こめ』を使った料理は他にもあるのかい？」

「丼物をよく作ってくれますね」

「どんぶりもの？」

「はい。白いご飯の上に味を付けたお肉や野菜を煮込んだ物を乗せて食べるんですよ」

「ほ〜、それもおいしそうだね」

「うまいですよ。それに腹持ちがいいんですよ」

「そうなのかい？　それはいいね」

ローズさんとドルイドさんが米料理の話題で盛り上がり始める。今までどんな米料理が出てきたかを話しているが、失敗した物も含まれているので少し恥ずかしい。

「ご馳走さま」

「いえ、お茶淹れますね」

「悪いね。それにしても料理が上手だね？」

「そう言ってもらえるとうれしいです」

最初は必要に駆られてだけど、今では私の趣味だ。ドルイドさんとローズさんが盛り上がる横で、まったりする私とデロースさん。何だか、ほっこりする。

「そろそろ帰ろうか？」

食事も完食して、話す事も話し切ったのか満足そうにドルイドさんが声をかけて来る。

「うん。ソラ、フレム、シエル？」

周りで遊んでいたソラたちを呼ぶ。

「ぷっぷぷ～」

「にゃうん」

フレムは何処かで寝ているようだ。周りを見て回ると、いつも入っているバッグの傍で寝ていた。

「ごめんね、遅くなって」

バッグにフレムを入れて、腕の中に飛び込んできたソラとシエルも入れる。二匹もデロースさんにかなり遊んでもらえた様でとてもうれしそうだ。いいのかな、こんなに馴染んでしまって。

「今日はありがとうね」

「いえ、私も料理を教えてもらえてうれしかったです」

ローズさん直伝の、この村のソースを使った料理は簡単でおいしかった。主流のソースを手に入れたら作ろうと思う。

ローズさんのお店を出ると、昨日とは違い太陽が顔を出している。手の中の小さなカゴを見る。中には今日作ったおにぎりが三つ。帰りに昨日の兄妹のお店に寄る予定だ。

「かなり寒いな？」

「そうですか？　私には昨日のほうが寒かったけど」

ドルイドさんが私の言葉に首を傾げる。それにちょっと不安を覚え、彼の額に手を伸ばす。熱くはないけど……。

「帰ったら、フレムのポーションを飲んでくださいね。もしもの事があるので」

「わかった、そうする。だからそんな心配そうな顔をしなくていい。大丈夫だから」

どんな顔をしているのか、自分ではわからないが酷い顔をしているようだ。ドルイドさんが、私の頬をツンツンと突いて笑う。その彼の表情がいつもどおりなのでホッとする。

「あれ？」

たまたま公園となっている場所に視線を向けると、見覚えのある人が椅子に座っているのが見えた。私の言葉にドルイドさんも視線を公園に向ける。間違いがなければ、冒険者ギルドのギルマスであるプリアさんだ。

「プリアギルマスだな」

「やっぱりそうだよね」

彼を見ると、何か思いつめた表情をしている事に気付く。ん～、このまま何も見なかった事にするのが優しさなのかな？　それとも、話を聞いてみるべきなのか。

「俺たちはこの村の人間ではないからな。深く関わっていいものかどうか……」

そう、私たちは旅をする者。だからこそ関われる時と、一歩引いたほうがいい時がある。それはドルイドさんから教わった。プリアギルマスさんの顔を見る。悲しい目をしている。

「ドルイドさん、差し入れしましょうか？」

「ん？　差し入れ？」

「はい。丁度、手ごろな物もありますし」

そう言って、カゴを上にあげてドルイドさんに見せる。

「ハハハ、確かにあるな」

公園に入って、プリアギルマスさんが座っている椅子に近づく。私たちに気付いたのか、下を向いていた視線がこちらに向くと微かに驚いた表情をした。

「こんにちは」

「あぁ、こんにちは？」

急に話しかけられて、混乱しているみたいだ。

「ご飯食べました？」

「えっ？」

「ご飯です。ご飯」

「いや、まだだが……」

「では、差し入れです」

「えっと、差し入れ？」

「そうです」

手に持っていたカゴをぐっと彼に押し付ける。が、驚いているのか受け取ってもらえない。しかたがないので足の上にカゴを乗せる。これで、目的は完了。

「これは？」

「米で作ったおにぎりです」

「……そうか『こめ』で……えっ！　『こめ』？」

大丈夫かな？　かなり反応が鈍い気がするけど。もしかしてプリアギルマスさんも何処か調子が悪いの？　心配になって彼の額に手を伸ばし熱を測る。特に熱いと感じる事はない。

「えっと、何をされているんだろう？」

「熱がないか測られているんだと思うよ」

ドルイドさんの声に笑い声が混じっている。何かおかしな事でもしたかな？　ちらりと後ろに立つ彼を見るが、問題ないと首を振られた。

「熱はないみたいですね」

「あぁ、えっと何で熱なんて測ったんだ？」

「ボーッとしていて反応が鈍かったので」

「……そうか。悪いな」

そう言って、笑うプリアギルマスさん。その笑みを見て、胸がモヤモヤする。何というか、暗いです。

「暗いですね」

「ぶっ！」

後ろでドルイドさんが噴き出したのがわかる。プリアギルマスさんも私の言葉に唖然として、次にギュッと眉間に皺を寄せた。

「色々あるからな」

どうやら機嫌を損ねたようだ。しかも暗さが増した様な印象を受ける。何となく、溜め息をついてしまう。それにもギッと睨まれるが、どうも迫力がない。

「私には何もわかりません。理解出来るとも思いません。でも、プリアギルマスさんは暗すぎる！」

「ぐふっ」

後ろからおかしな音が聞こえる。見ると、背中を向けているが肩が大きく揺れている。笑いたかったら笑えばいいのに。

「こんな時にへらへらしていられるわけないだろう！」

急にプリアギルマスさんが大きな声を出す。その声量に少し体が震えるが、怖さは感じない。だって、泣いているみたいな表情をしていたから。

「子供に何がわかる」

小さなつぶやきが耳に届くと、すごく悲しい気持ちになった。でも、今はそれを彼に知られちゃ駄目。慰めるのは難しいから無理。だから私は見てきた事を伝えよう。

「だから、わからないって言っているじゃないですか」

私の言葉に再度睨み付けるが、その表情はやはり泣きそうだ。それをじっと見て、私はにこりと笑った。私の笑顔に首を傾げるプリアギルマスさん。

「魔物が暴走している町のギルマスさんは、いつも笑っていました。彼の周りにも笑顔がありました」

「はっ？」

「彼の表情が苦しそうだったのは、すべてが終わってお礼を言われた時です。ありがとうと言われているのに、苦しそうだった」

「何？」

急に話し出した私に、困惑気味のプリアギルマスさん。わかっているけど無視して話し続ける。

「大きな組織と戦う前のギルマスさんや自警団の団長さんたちも、笑顔でした。楽しそうですらあった。周りの人たちも笑顔で、まぁ困惑している人もいましたけどね」

「……」

「命を狙われていた時、私の周りには笑顔がありました。だから怖かったけど、逃げずに戦えたし私は笑っていられた」

笑顔ってすごいと思う。ただの強がりなんだけど、それでも力が湧くし元気をもらえる。

「ご飯を食べて力を付けてくださいね。こんな時だからこそ」

上に立つ人の苦労なんてわからない。だから私が口を出す事は出来ない。でも、伝えたいと思った。今まで出会ってきた、ギルマスさんたちや団長さんたちの笑顔を。あれにはきっと意味があると思うから。

「では、さようなら」

唖然としているプリアギルマスさんに笑顔であいさつして、ドルイドさんと歩き出す。ドルイドさんは私の頭をそっと撫でてくれた。

「俺に……」

声が聞こえたけど、振り返らずに広場から出る。

「ん～、手袋を取りに行って宿に戻っておにぎり作る?」

ドルイドさんの言葉に頷く。

「手間が増えちゃった」

「問題ないよ」

笑顔ですべてが解決する事はない。そんな単純ではない。でも、負の感情に押しつぶされない為にも、笑顔って大切だと思う。そして強がりだって、必要な時がある。

264話　不要なスキル

手袋を着けた手で、取っ手の付いたカゴを持つ。カゴの中には、バナの葉が敷かれアルーイさんに持って行くおにぎり三個が入っている。そして肩から提げたマジックバッグにはフレムが復活させた魔石もある。

今日は、プリアギルマスさんと広場で会ってから三日目のお昼。あの日、手袋を受け取りに『シャル』に行ってすぐに宿に戻る予定が、例の如くドルイドさんと店長のバルーカさんが盛り上がってしまい、宿に戻った時は夕方を過ぎていた。その日は諦めて、翌日アルーイさんにおにぎりを届ける予定に変更。が、翌日から二日間ずーっと雨。止む気配もなく冷え込みもひどく、宿から出る事を躊躇した為落ち着くのを待つ事にした。そしてようやく三日目の朝、雨が止んでくれた。

「寒いですね」

「そうだな、今年は何処まで冷え込むのか考えるのも怖いな」

「ドルイドさん、手袋ありがとう」

本当、手袋がなかったらこの寒さは危ない。指先から凍ってしまいそうだ。

「やっぱりそこまで喜ばれると、違う物も贈りたくなるな」

「却下です！」

「即答しなくても……」

手袋には花の刺繍の横になんとスライムの刺繍がしてあった。これを見た瞬間、私はうれしくてドルイドさんに抱き付いてお礼を言った。まさかスライムの刺繍をお願いしていたなんて、驚きだ。

バルーカさんは、魔物の刺繍で喜ぶ私を見て複雑な表情をしていたけど。

「コートの裾にソラやフレムを刺繍してもらうのも駄目か？」

可愛いだろうけど、刺繍もお金が掛かるので却下。

「駄目です」

手袋あたりが身の丈に合うものだ。それにバルーカさんの態度から、魔物の刺繍は目立つだろう。

大通りに出て驚いた、見事にお店が閉まっている。屋台も出ていない。

「アルーイの店も閉まってる可能性があるな」

「うん」

それを考えていなかったな。まぁ、閉まっていたら閉まっていたで諦めよう。大通りを突っ切れば、すぐに店が見える。ちょっと不安だったが視線を向けると、看板が出て灯りが見えた。良かった、開いてるみたいだ。

「開いていたな」

「うん。それにしても、客が多いですね」

視線の先には、ひっきりなしに客が出入りする店の姿。人気店だったのかな？　お店に近づくと、中から笑い声が聞こえて来る。

「トルーカ、これじゃなくてそっちだ。って違う、その横！　そうそれ！」

客の声に交じって笑い声と、おそらくアルーイさんの『兄さん、しっかり！』という声が聞こえる。おっちょこちょいというのは本当みたいだ。店を覗くと、客に場所を教えてもらったり、商品が違うと指摘されているトルーカさんがいる。アルーイさんの肉屋も客が多いのか、かなり忙しそうだ。

「来る時間を間違えたな」

「そうだね」

この間のお店の状況を見て、ここまで客が多いのは予想していなかった。これは時間を変えてきたほうがいいかな？

「あれ？　あ～、そこの君！」

時間を変えて出直そうと踵を返すと、アルーイさんの声が店に響く。それに驚いて振り返ると、彼女とばっちり視線があう。

「やっぱり！　やっぱり！　話したかったんだ。『こめ』仲間！」

周りの客の興味津々の視線。絶対に来る時間を間違えた！　ドルイドさんも、顔が引きつっている。彼も注目を浴びるの苦手だもんね。

「トルーカ、ソースまた違ったぞ」

「嘘！　あ～、なんでソースの入れ物ってみんな同じなんだよ！」

トルーカさんの声に店全体が笑いに包まれる。どうやらこの店は、店主さんと客が仲良しみたいだ。

「ねぇ、帰っちゃうの？　『こめ』談義しようよ」

いや、仕事しないと。

「何だっけ？　えっと食べさせてくれるって言っていた。あの……」

「おにぎりだったら、持ってきました」

「それ！　持って来てくれたんだ、ありがとう！」

「忙しそうなので、ここに置いておきますね」

「えっ！　話しようよ」

いや、こんな注目を浴びる所では嫌です。それに、肉を切る速度が遅くなっているので、客が困った顔をしているし。

「いえ、あとで来ます。ゆっくり話したいので」

「そう、しかたないか。今日は他の店が閉まっていて特に客が多くて」

あっ、だからここまで客が多いのか。

「アルーイ、ここにいるのほとんど常連客だぞ」

肉を買う為に並んでいた客から声が掛かる。それに周りの客がくすくすと笑いをこぼす。

「あれ？　アハハハ」

トルーカさんだけでなくアルーイさんもおっちょこちょい？

「何時ぐらいだったら、ゆっくり話せますか？」

「どうだろう？」

アルーイさんが包丁を持って首を傾げる。

「お嬢さん、夕方ぐらいだったら大丈夫だよ」

見かねたのか、並んでいる客が教えてくれた。それにお礼を言って、アルーイさんに声をかける。

「では、その辺りに来ますね」

「ごめん、ありがとう！」

元気な声をあとに店を出る。

「やっぱり面白い兄妹だな」

「そうだね」

予定より早くローズさんのお店に行く事になった。ローズさんのお店は開いているだろうか？

「あっ、どうやらいい方向へ転んだみたいだな」

ローズさんの店に向かっていると、ドルイドさんのうれしそうな声が聞こえた。彼を見ると何かを見て笑っている。その視線の先には、自警団の服を着た男性三人。

「あっ、笑ってる」

彼らは笑って村の人たちと何か話をしている。前に自警団の人を見た時は、追い詰められている様な雰囲気があったのに。それが、なくなっている。自警団員の対応のお蔭だろう、ここ最近村の人たちにあったピリピリした雰囲気が少し落ち着いている。

「いい感じだな」

「うん。良かったけど、何か急ですね？」

「そうか？　タブロー団長は素質があるとして推薦を受けたんだ。それに数年は前団長について回って勉強した筈だ。何かきっかけがあれば、落ち着く所に落ち着くんだよ」

そういうものなんだ。でも、村の人たちも何だか楽しそう。良かった。

「行こうか？」

「うん。それにしても屋台が一つもない大通りって、こんなに広いんだね」

屋台が出ていない大通りは、いつもの二倍の広さがある様な印象を受ける。何処となくそれが寂しい。

「さすがにこの寒さじゃな」

確かにここ数日の雨でより一層寒さが深まった。本当に外に出るのが億劫になってしまうな。

「あっ、看板が出てないな」

ローズさんのお店が見えて来るといつもある看板が外に出ていない事がわかる。どうやら今日は店を開けていないらしい。

「こんにちは」

中にいる可能性にかけて、外から中に向かって声をかける。しばらく待つが物音がしない。

「誰もいないみたいですね」

「残念だな。日を改めるか」

踵を返すと、ガラガラと扉が開く音。慌てて後ろを見ると、ローズさんが大きな欠伸をしながらそこに居た。

「やっぱりアイビーの声だったかい。どうぞ、入っておいで」

今、ローズさん気配がなかった。あれ？　冒険者じゃないよね？

「どうしたんだい？」

「えっと」

「ローズさん、元冒険者ですか？」

ドルイドさんは気配は感じられない筈だけど、何か気付く事でもあったのかな？

「ん？　もしかして気配をやっちまったかい？」

やはり気配を消していたみたいだ。この距離で感じられないとか、相当すごい冒険者だったのかな？

「いや、俺は気配は感じられないのだが、扉を開ける音しか聞こえなかったから」

「……無意識って怖いね～。普段は大丈夫なのにね」

ローズさんがちょっと溜め息をつく。

「私は影のスキルを持っているんだよ。まったくの無駄なスキルだよ」

影のスキル？　ドルイドさんを見ると彼も首を横に振った。あまり知られていないスキルなのかな。

「気配を消したり、音を立てずに移動出来たりするんだけど、私には不要なスキルだよ。あっ、冒険者はしていないよ。私はマジックアイテム一筋だから」

すごいスキルだな。でも、確かに使わなかったら不要か。それにしても気配をまったく感知させないってすごいよね。知らない間に近くに来られている可能性が……これって気配で人を探知している私には、かなり危険なスキルなんじゃないの？　だって、ソラたちの事がばれる可能性がある。

265話　対策をしないと！

「あのローズさん」

「どうしたんだい。随分神妙な顔して」

「気配を消すスキルって影以外にもあるんですか？」

そんなスキルが一杯あるのなら、何か対策を考えておかないと。

「確かあった筈だ、えっと」

「どうしたんだ？」

ローズさんが思い出そうとしてくれているのを見ていると、ドルイドさんが不思議そうな表情で私を見る。

「私は今まで気配で人の動きを感知してきたから、それが使えない場合の対処方法を考えておきたくて」

「対処方法？」

「うん、近づく人を感知出来なかったらシエルが本来の姿になっているのを見られるかもしれないし、ソラやフレムの事だってばれてしまうかもしれない」

私の言葉にドルイドさんが、驚いた表情を見せる。

「悪い。そこまで考えが及ばなかった」

ドルイドさんの言葉に首を振る。

「なるほどね。確かに、何か対策をする必要があるね。アイテムに何かないかね？」

ローズさんも私がスキルについて聞いた理由を理解してくれたようだ。そしてアイテムの一覧表で対策になる物がないか、探してくれる。

「難しいね」

一覧の確認をしているローズさんが、目頭を押さえながら首を振る。どうやら私が希望するアイテムはないようだ。

「あっ、思い出した。スキルの事だけど、隠密スキルというものが気配を消せると聞いた事があるよ」

「隠密スキル？」

隠密って忍者？　ん？　あぁ、前の私の知識か。前の私の世界には隠密スキルを持っている忍者という者がいたの？　死んだ人がよみがえる世界で、気配を消せるスキルを持った忍者がいる。いったいどんな世界で、前の私は生きていたんだろう？　今の世界より絶対怖い世界だよね。だって、死んだ人が土から這い出て来るんだもん！　って、あ〜思い出してしまった。

「どうした？」

「あっ、いえ。ちょっと消したい記憶が……」

「顔色が悪いが、大丈夫か？」

「大丈夫です」

えっと、何かいい事を思い出そう。例えば墓からって違う。ふ〜、ん？　ソラたちを入れているバッグがごそごそ？

「あっ、ごめん。ローズさん、ソラたちを出してもいいですか？」

「あぁ、もちろんだよ、出してあげな」

慌ててソラたちが入っているバッグの蓋を開けるとすぐに二匹がぴょんと飛び出してきた。そしてバッグには寝ているフレムだけが置き去りになる。

「フレムは出ないの？」

「……りゅ〜……」

相当眠いのか、いつもより反応がない。あれ？　またフレムに黒いシミがある。手でシミの部分を触るが、特に怪我をしている様子もない。また消えてくれるかな？

「そういえば、王都で新しいスキルを持つ者が発見されたと聞いたよ」

ローズさんの言葉に、視線を向ける。

「スキルって増えるんですか？」

「私にはその辺りはわからないね。ただ、今も新しいスキルが増えていると言う研究者と、スキルはあるが発見されていないだけだと言う研究者もいるね」

なるほど、誰も詳しくはわからないのか。そういえばドルイドさんのスキルもレアなんだよね。……私のスキルもある意味レアだし。

「アイテムだが、知っている者たちに連絡を取って見るよ。ただし、この冷え込みだから少し時間が掛かるだろう」

ローズさんがため息をついて、外が見える窓に視線を向ける。風が出始めたのか、ガタガタと音が聞こえる。今日の夜も風で煩そうだな。

「お手数おかけしますが、よろしくお願いします」

「あぁ、私の持っている情報網なら、王都やその周辺のアイテムの情報も手に入るからね。何かあったら引っ掛かるだろう」

今、さらっと普通に言ったから聞き逃しそうになったけど、王都や周辺の情報も手に入るの？　そんなすごい情報網を持っているの？　ローズさんが、さらっと言葉にしたのですごさを感じる暇がなかったけど。

「すごいよな？」

ドルイドさんが困惑気味に私に問いかけるけど、私に訊かれても。

「たぶん、かなりすごい事だと思いますよ？」

「別にすごくないだろう。アイテム好きの連中が集まっていたら、いつの間にか出来上がった情報網だよ」

本当にローズさんはアイテムが好きなんだな。

「アイテムの話だと、どれくらい話が続きますか？」

「永遠」

一切迷いなく言いきった。ここまではっきりしていると、何も言えなくなるな。

「ハハハ、なるほど。あっ、フレムが復活させた魔石を持ってきました」

スキルやアイテムの事ですっかり忘れてた。今日は魔石を持ってきたのだった。

「悪いね。わぉ、そうとうがんばってくれたんだね？」

ずしりと重い魔石の入った袋を、ローズさんに手渡すと驚いていた。雨続きの二日間、私とソラとシエルはグダグダ過ごしたのに、フレムだけはがんばってくれていた。さすがに申し訳ないなと思い、部屋の掃除をがんばった。

「フレム、ありがとうね」

バッグで熟睡中のフレムにローズさんが声をかける。聞こえたのか、バッグがぴくぴくと動き……止まった。何とか反応しようとして、諦めた感じかな？

「ククク、相変わらず可愛いね」

「ぷっぷぷ～」

「にゃうん」

ローズさんの可愛い発言に反応したのか、店の中で遊び回っていたソラとシエルがローズさんの前にある机に飛び乗る。

「何だい可愛い反応だね～」

ローズさんに笑われると、ソラとシエルはどちらも不服そうに鳴く。それに三人で笑いながら、少し時間をつぶさせてもらう。いったん宿に戻ってからアルーイさんの店へ行く予定だったが、ローズさんが時間までいたらいいと言ってくれたのだ。

「今日はありがとうございます」

ドルイドさんと一緒に頭を下げる。そろそろアルーイさんに余裕が出始めるだろうと、彼女のお店に向かう事にした。

「気にする必要はないよ。えっと三日後ぐらいだね？」

「はい、雪や雨の場合は予定を変更したいですが」

「それは当たり前だよ。そんな日に外に出る必要なんてないからね」

復活させた魔石を、持って来るおおよその日にちを決めた。今日はたまたまローズさんが気付いてくれたが、時々無視するらしいので約束は大事。ただし、雨や雪の日は延期らしい。これはありがたい。

「風が強くなってきてるね。大丈夫かい？」

「はい、それにしても今日の夜は荒れそうですね」

「荒れてもいいけど、寒さはきついね」

二人の会話を耳に入れながら、窓から外を見る。ひゅ～っという音と共に何処からかガタガタという音が聞こえる。外へ出るのを躊躇するな。

「さて、行くか？」

「うん」

扉を開けて外に出る。ドルイドさんも出て来たと思ったら、急いで扉を閉めていた。中から手を振るローズさんに、軽く頭を下げて急ぎ足でアルーイさんのお店に向かう。

「落ち着いたみたいだな」

お店の外から中を覗くと、買い物中の客はいるみたいだが朝の様な混雑はない。良かった。これでアルーイさんと落ち着いて話が出来そう。お店の中に入ると、

「この馬鹿！　トルーカの馬鹿！」

「何度も言うな。ちょっと間違っただけだろう！」

落ち着いて話は出来ないかもしれないな。

266話　甘い空気？

「ちょっと？　うっそ～、色々間違って迷惑かけまくってたくせに」

アルーイさんの言葉に、ぐっと眉間にしわを寄せるトルーカさん。朝の状態を少し見ているので、否定は出来ないだろうなと思ってしまう。

「アルーイだって、切る肉の種類を間違って指摘されていただろう！」

「ちょっと間違えただけよ」

「一〇回以上も間違えていたくせに！」

それは多いな。というか、これはとめたほうがいいのかな？　このままずっと、気付かれない様な気がする。隣のドルイドさんを見ると、苦笑いして肩をすくめた。

「常連客に会計を任せていたくせに！」

「あれは、俺が頼んだわけじゃ」

「見るに見かねてでしょ！」

いったいどんな状況になったら、客が会計を手伝ってくれる様になるんだろう？

「う～」

トルーカさんは勝てないと思ったのか、恨めしそうにアルーイさんを睨んでいる。

「はぁ、お前らいい加減にしろ！　俺はいいが、他にも客がいるぞ」

店にいたおそらく常連客？　が、二人の頭を軽く叩きながら大きな溜め息をつく。ようやく二人は私たちに気付いたのか、困った様に笑った。

「えっと、お邪魔します」

「あっ、『こめ』仲間！」

その言い方は、どうにかならないものだろうか？　お店の中にいた客が、私とドルイドさんに注目してるから！

「アハハハ、えっと食べました？」

「ごめん！　今日はやたら忙しくて休憩がてら今から食べようと思っていたの」

「そうだったんですね」

「兄さん、休憩入るからよろしくね」

あれ？　さっきは名前を呼び捨てにしていたのにな。もしかしてケンカの時だけ？

「えっと……休憩に付き合ってくれる？」

食事が終わるまで店の中を見て回ろうとしたら、アルーイさんに止められた。

「邪魔ではないですか？」

「全然、『こめ』を食べている人初めてで、うれしくって」

初めてなんだ。ちょっとその言葉にドキドキするな。

「では、お邪魔します」

「アイビー、俺は店の中を見て回るな。何かほしい物とかあったら探すけど」

「それだったら醤油、じゃなくてポン酢をお願い」

「ポン酢？　あぁ、あれか。わかった」

危ない危ない、醤油と言ってしまった。早くこの世界の言い方、ポン酢になれないとな。

「お茶、どうぞ」

アルーイさんが暖かいお茶を私の前に出すと、差し入れしたカゴの中からおにぎりを取り出す。

「何だかいい匂い。可愛いね」

可愛い？　何処が？　もしかして三角形をしている所？

「いただきます」

齧り付くアルーイさんの様子を窺う。口に合わない可能性もあるので、いつもこの瞬間はドキドキものだ。

「うわっ、何これおいしい！　時々米を食べるんだけど、今までと全然違う！」

良かった気に入ってもらえたようだ。

「この味付けもいいね。あ～、でも私だったらもう少し甘めにするかな？」

一個目を食べ終えると、二個目をすぐに食べ始める。

「そんなにうまいのか？」

先ほど私たちの事を二人に知らせてくれた客が、カゴの中を凝視している。

「駄目、あげない！」

「頼むよ。今日は朝から、ただ働きしてるんだし」

「それはトルーカのせいでしょ！」

「確かにそうだけど、本気で気になる」

その真剣なまなざしに、ちょっと引いてしまう。たかがおにぎり一つだ。

「しかたないな。あのさ、作り方教えてくれる？」

「はい」

アルーイさんが、残り一つのおにぎりが入っているカゴを客の前に出す。

「どう？　おいしい？」

「まだ食ってねえよ！」

客が一口おにぎりを頬張る。

「あっ、うまいなこれ。えっ、『こめ』ってこんなにうまいのか？　アルーイが出す『こめ』料理はいまいちなのに」

客がちょっと興奮して話した為声が大きく、店にいた他の客が興味津々でこちらを見つめて来る。別に私を見ているわけではないのだが、恥ずかしい。

「えっと。ごめん、名前まだ聞いてなかったよね？」

アルーイさんがお茶を飲みながら訊いて来る。

「はい、アイビーといいます。よろしくお願いします」

「私はアルーイ。まぁ、兄が何度も名前を叫んでいたから知ってるか？」

「はい」

「そうだよね。あっ敬語じゃなくていいよ。そんなに偉い人間じゃないから」

「確かにな」

客がおにぎりを食べ終えると、自分でお茶を淹れて飲んでいる。というかこの人、ものすごくこの店に馴染んでいる。もしかして客ではなく、店の人？

「カルチャ、酷い！」

ハハハと笑うカルチャさん。不意に後ろからも笑い声が聞こえた。見るとトルーカさんと客が笑っていて、その隣にいる女性が呆れた表情をしている。この店は笑いがよく起こる店だな。それに、店主さんたちが随分と客たちに好かれているみたいだ。

「あの、おにぎりの作り方を教えてもらえるかな？　明日にでも実際に作ってみたいから」

いつの間にかアルーイさんの手に紙とペン。行動力のある人だな。

「わかった」

なるべくわかりやすく米の炊き方、お肉の選び方から味付けまでを説明する。おにぎりの握り方は、小さいタオルを使って実際に握る真似をして説明した。一とおり説明が終わると色々と質問される。アルーイさんは、本気でおにぎりを作る気だ。

「ありがとう。三角に握るのが大変そうだね」

アルーイさんが書いた物を読み返しながら、小さいタオルを三角になる様に握る。タオルだと簡単なんだけど、大丈夫かな？

「おにぎりはなるべくふんわり軽く握ってあげてくださいね」

アルーイさんの握っているのを見ると、米が潰れそうだ。カルチャさんも、アルーイさんの書いたメモを読んでいる。

「カルチャさんはお店の人なんですか？」

「ん？　俺？　違うよ。ただの客だよ」

客にしては馴染みすぎていると思うけどな。今も、お店の奥から果物を持ってきて皮剥いてるし。

「どうだ？　これうまいぞ」

「はぁ」

えっと、すすめられたけど食べていいのかな？

「食べて、食べて。これ今年は当たりで、甘味が強くておいしいのよ」

アルーイさんが、切られた果物を口に入れてうれしそうな表情をする。

「ありがとう」

果物を口に入れると、甘さが口一杯に広がる。確かにこれはおいしい。カルチャさんにお礼を言おうとすると、いない。カルチャさんは？　って、他の果物を持ってきたのか。自由だな、すごく。

「あっ、カルチャ。私、その隣のほうがいい」

「了解」

ん～、何というかこの雰囲気。

「恋人ですか？　夫婦ですか？」

「…………」

私の質問にアルーイさんが、戸惑った表情をしてちらりとカルチャさんを見る。

「今は恋人、来年は夫婦希望」

うわ～アルーイさん、顔が真っ赤。カルチャさんは、アルーイさんの反応にうれしそうだ。

「ただの客では、ないじゃないですか」

「まぁ、そうだな。よくわかったな」

私の言葉にカルチャさんが、照れくさそうに頬を掻く。

「二人の間に流れる空気が、夫婦の間に流れる空気に似ていたので」

私の言葉にアルーイさんの赤かった顔がもっと赤くなる。そして、椅子から立ち上がると奥へと走って行ってしまった。

「えっと、ごめんなさい？」

私が悪いのか？

「いいの、いいの。恥ずかしがってるけど喜んでもいるからさ」

何だか、可愛らしいな。

「アイビー、ポン酢あったから買ってきた。ん？　こちらは？」

ドルイドさんが購入した物を持って私の傍に寄る。

「アルーイさんの恋人でカルチャさん。来年は夫婦かも？」

「ハハハ、宜しく。えっと、アイビーのお父さん？」

カルチャさんが笑顔でドルイドさんに手を出すと、ものすごい笑顔でその手を握り返すドルイドさん。何かいい商品でも購入出来たのかな？

267話　夕飯に米？

しばらくして戻ってきたアルーイさんは、途中で席を離れた事をお詫びしてくれた。『気にしないでください』と言うが、トルーカさんが茶々を入れてきて再度言い合いが始まった。……いや、これはじゃれ合いかもしれない。少し離れた所で二人を見ていると、時々カルチャさんが横槍を入れている。

「あの三人はいい関係なんだな」

ドルイドさんの言葉に笑って頷く。じゃれ合いが終わりそうにないので、カルチャさんに挨拶して帰る事にする。

「悪いな～」

「楽しそうなので」

「それを言うと怒るけどな、二人で声を合わせて」

その答えに、三人で笑ってしまう。店を出ると風にあおられたのか、少し大き目のカゴが転がっていった。

「急ごう」

「うん」

宿に戻ると、私たちが最後に戻ってきた客だとドラさんが教えてくれた。

「今日はもう鍵を閉めるので、外に出る時は言ってください」

「わかりました。何かいい事でもありましたか？」

ドルイドさんの質問にドラさんがうれしそうに笑う。

「えぇ、今日の昼頃に自警団と冒険者ギルドの連名で連絡が回ってきました」

内容は赤の魔石が冒険者ギルドと自警団の指示のもと、配られる事。ただし、数にかぎりがある為家や宿の大きさによって違いがあるらしい。そのほかの細かい事も、色々と決まったと教えてくれた。これで村も少しは落ち着くと、ドラさんはうれしい様だ。

「アイビー、いた！　お願いえっと牛丼？　を今日の夕飯に出したいから教えてもらう事って出来るかしら？」

えっ！　米料理を夕飯に出すの？　何というか、大丈夫だろうか？

「えっと、問題はない様なある様な？」

「あっ、材料はすべて準備したから、『こめ』も用意したわよ！」

「そうではなくて、米料理なんて出して文句は出ませんか？」

私の心配はそっち。米はエサだと思っている人が多いのだから、夕飯で出すと文句が出るだろう。

サリファさんが怒られたり、責められるのは嫌だ。

「大丈夫よ。この宿は時々おかしな食事が出るって有名だから」

「「はっ？」」

あっ、ドルイドさんと声が合わさった。それにしてもおかしな食事が出る？　そんな事、聞いてないけど。

「あら、知らなかった？　有名よ？」

そうなんだ。だったら大丈夫なのかな？　それにしてもおかしな食事、こちらが気になるな。あとでどんな料理なのか訊いてみよう。

「よろしくお願いしますね、先生」

サリファさんが言った先生という言葉に、ぽかんとしてしまう。いったい誰の事を言っているのか理解出来ない。ボーっとサリファさんを見ていると、彼女も不思議そうに私を見つめている。

「今の先生は、アイビーの事だぞ」

ドルイドさんの言葉に目を見開く。私が先生？

「あら、そうでしょ？　私に牛丼を教えてくれるのだから。さぁ、やるわよ！」

そんな意気込むほどの料理ではないのだけど。

「え〜、がんばります」

とりあえず、やるべき事をやろう。

「ドルイドさん、珍しい酒があるんだけど飲むか？」

「えっ、いや。いいです」

そういえば、旅に出てからドルイドさんはお酒を飲んでいない。町にいた時も、飲んでいる姿を見たのは初めの頃だけだ。もしかして私のせいかな？

「ドルイドさん、珍しいお酒みたいだし飲んだら？」

「えっ？　ん～」

「ここは宿だし、夕飯のあとは寝るだけだから大丈夫だよ」

昔の話を聞くかぎり、彼はお酒が好きだと思う。もし私の為に我慢しているのだとしたら、それはうれしくない。旅の道中はきっと大丈夫といっても飲まないだろう。でも、ここは宿。私もこの生活に慣れてきたから大丈夫だと言える。だから、好きなお酒を楽しんでほしい。

「アイビー、大丈夫？」

「大丈夫」

私のお父さんは心配性だな。

「そうか。じゃあ、少しいただこうかな」

「ゆっくり楽しんでね」

「ハハハ、夕飯のあとだよ。ドラさんあとでもらえますか？」

「了解です。何処で飲みます？　部屋に運びましょうか？」

「いえ、食堂でもらいます」

ドルイドさんはうれしそうに笑う。やっぱり彼はお酒が好きだな。この冬はずっとこの宿にお世話になるんだし、気軽に楽しんでほしいな。

「アイビー、夕飯作り手伝おうか？」

ドルイドさんの言葉に首を横に振る。牛丼は特に難しくない、だから大丈夫と答える。ドルイドさんと別れてサリファさんと一緒に調理場へ行く。そこで調理台の上に置いてある食材の量を見て、かなり驚いた。

「すごい大量ですね」

「そう、いつもこれぐらいよ？　いや、今日はいつもより少ないかな？」

目の前に積み上がっている食料。これでいつもより少ないのか。宿に泊まるすべての人のご飯を作るのって、大変なんだな。感心していても終わらないので、まずは米の準備から始める。水につけている時間と、炊いている時間で牛丼の具は完成するだろう。あとは野菜の付け合わせなどだが、とりあえず米を洗って水につけてから野菜を切ろう。

「米の準備から始めますね」

米の洗い方などを説明しながら実際にやって見せるのだが、量が多い。オール町で、おにぎりを広める為にがんばった時みたいだ。水につけた米は、とりあえずそのままに野菜の準備に取り掛かる。今までに切った事がない量の野菜に四苦八苦。隣で鼻歌を歌いながら野菜を切っていくサリファさんを見て、すごいと感動した。すべての準備が終わると、水につけた米を鍋に移して水を入れて火を点ける。その隣で、水を温めてから野菜とお肉を入れて、調味料で味を付ける。そしてこの村のソースとポン酢を少し足せば……おっ、おいしい。

「完成です。あとは炊いた米の上に、この具を掛けたら牛丼です。」

「お～。さすが。『こめ』って少し手間が掛かるけど、それ以外は簡単ね」

「野菜と肉を煮込むだけですからね。あっ、牛丼の味付けを見てくれますか？　この村のソースがいい感じなので使ったのですが」

「さっきから気になっていたのよ……お～。おいしい」

良かった。味見をしながら作ったけど、かなり心配だったのだ。この村の甘めのソースって丼物を作る時にかなり便利だな。使ったのは、えっと二番目に甘くないソース。覚えておこう。

炊けるまでに付け合わせの野菜サラダと根野菜の煮物を作る。根野菜が適度に軟らかくなった頃に、ご飯が完成。ご飯の硬さを確かめるが、問題なし。

「あとは食べる前にご飯の上に牛丼の具をのせるだけです」

「ありがとう。これだったら私でも作れそうだわ。あら、そろそろみんなお腹を空かせて下りて来るわね」

時計を見ると確かに、もう夕飯の時間だ。

「アイビー？」

調理場に顔を出したドルイドさん。

「はい？」

「少し休憩して夕飯にしよう」

「えっと」

最後までサリファさんの手伝いをしようと思っていたんだけど。

「もう大丈夫よ！　お父さんの所に行ってあげて。きっと心配だったのよ」

心配？　宿の中にいるのに？　ドルイドさんを見ると、苦笑をしていた。うん、戻ろう。

「えっと、戻ります」

「はい。今日は本当にありがとう。あと他にも『こめ』料理があるなら教えてほしいのだけど、いいかしら？」

「はい、大丈夫です」

サリファさんに頭を軽く下げて、ドルイドさんと食堂へ移動する。食堂には既に客が集まり出していた。何だかちょっとドキドキする。みんな、米料理にどんな反応をするかな？

集まってきた客にドラさんが、どんどん牛丼を配っていく。最初は不思議そうに、次に米の料理だと聞いた瞬間さまざまな反応があった。年配の人のほうは拒絶反応が大きかった。子供たちは、興味津々ですぐさま食べ始めて『おいしい』と感想を言ってくれた。その子供たちの反応に、戸惑っていた大人の客たちが牛丼を食べ始める。一番拒絶反応を見せた人が、こっそりドラさんにおかわりの有無を確かめていたので笑ってしまった。

牛丼はどうやら受け入れられたらしい。

番外編　ドルイドとお酒

―ドルイド視点―


「こんばんは」

「こんばんは。酒はこれだ。王都でも人気が出てきたと噂の辛口。あっ、辛口でも大丈夫か？」

「あぁ、大丈夫だ」

「二本でいいか？　それとも三本？」

久々の酒だからな、無理はやめておこう。

「一本でいいよ。度数もそれなりだろう？」

「そうか？　まぁ、足りなくなったら言ってくれ」

「ありがとう」

お酒を受け取り、談話室の奥にある机に向かう。少し奥にある場所なので、一人で飲むには向いている。

「あっ、ドラ！　話し方！　お客様には丁寧にでしょ！」

机に座ろうとすると、後ろからサリファさんの声が聞こえた。それに少し笑みがこぼれる。丁寧にと何度も注意されているのを見るが、あまり役には立っていない。ドラも気を付けているようだが、すぐに元に戻っている。客がいつものドラでいいという雰囲気なのも、直らない原因の一つだろうな。

酒のコルクを取り、香りを楽しむ。コップに入れて一口。喉をカッと熱くする感覚を久しぶりに感じる。

「ふ～」

うまいな。ドラがすすめるだけはある。

「ドルイドさん、はいこれ」

机に置かれる木の実の和え物？　視線をサリファさんに向けると、にこりと優しく微笑まれた。

「アイビーさんが、お酒のお供にと作ってくれたのよ」

「そうなんですか？　ありがとうございます」

「本当にいい子よね。食事のあとでもお酒だけだと体に悪い。でもそれほど食べられないだろうから木の実でつまめるぐらいにって」

確かに食事のあとなので、お酒だけを楽しむつもりだった。でも少し何かあればうれしい、それをアイビーは理解してくれたのか。本当に俺にはもったいない旅のお供だよな。

「ゆっくり楽しんでくださいね」

「ありがとう」

木の実の和え物を口に入れると、ピリッとした刺激。お酒を飲むと、ものすごく合う。もしかして、お酒の種類を聞いて作ってくれたのだろうか？　あとでしっかりとお礼を言わないとな。

それにしても、はぁ～。駄目だな、俺は。ローズさんのスキルを見て、対策が必要だとどうしてすぐに気が付けなかったんだ？　無意識に木の実を口に入れる。ピリッとした刺激に酒が進む。

「アイビーに、負担掛けてないよな？」

俺はどうがんばっても片腕だ。間違いなく他の者たちに比べたら足を引っ張っている事だろう。そうなるとわかっていても、一緒に旅をしたかった。

「俺って我が儘だよな」

あ～、でもこんな事を思っていると知ったら、またアイビーに怒られるな。あの子は本当に優しい子だから。

この村に来る旅の途中で、怪我をした事があった。片腕では対応出来ない場所の怪我に苛立って、アイビーに八つ当たりしてしまった。すぐに冷静になって何度も謝り倒す俺を、アイビーは簡単に許してくれた。でも俺の中では、何かやるせない物が生まれてしまって。数日後に、俺の代わりのお供を見つけようと提案した、『俺ではアイビーを守りきれないから』と。次の瞬間、頬を思いっきり抓《つね》られた。それはもう、思いっきりであれは痛かった。驚いてアイビーを見ると、本気で怒っていた。初めて見る表情に驚いて、見つめていると『ドルイドさんに守ってもらう為に、一緒に旅をしているわけではありません。一緒にいると、心がぽかぽか温かくなってうれしくなって笑顔になれるから一緒に旅をしているんです！　他の人のお供なんて考えた事もありません！　ドルイドさんが旅をやめるなら、私は一人で旅をします！』

あっ、やばい。顔がにやける。しかたないよな、あんな風に言われた事なかったし。……いや、俺が人を避けていただけか。コップに入っている酒を一気にあおる。

「ふ～『我が儘の何処が駄目なんですか？』か」

片腕なのにアイビーの旅のお供になったのは、俺の我が儘だからと言った時の返答だ。『誰だって我が儘です。人とはそういうものです。受け止める側がいいと言うなら問題なし！』だもんな。良し、気持ちを切り替えないとな。また、思いつめているとばれたら頬を抓られる。あれは本当に痛いんだ。アイビーも痛かったみたいで、頬から離した指をさすっていたからな。グダグダ考えない、良し！

「ほいっ」

酒の瓶から酒を注ごうとすると出てこない。色々考え込んでいるうちに飲みきってしまったようだ。どうしようかな？　部屋に戻るか、もう一本もらうか。

「ふっ、ありがとう」

机に新しい酒が載る。見るとドラが新しい酒を置いたようだ。

もう少し飲もう。

「いや、それより客が来てるがどうする？」

「客ですか？」

「あぁ、それがタブロー団長なもんだから驚いた」

タブロー団長が？

「何か話がしたいみたいなんだが、もう遅いし明日にしてもらうか？」

魔石の事かな？　だったら早く話を聞いておいたほうがいいか？

「大丈夫です。会います」

と言ったが、周りを見ると談笑している泊まり客の姿がちらほらある。ここで出来る話だろうか？　場所を借りるか？

「場所だったら食堂を使っていいぞ、この時間は閉めているから」

「ありがとうございます。では、そちらに」

机の上の酒とコップを持って食堂に向かう。食堂の時計を見ると、既に一一時を過ぎている。アイビーに、来ている事を伝えに行ったほうがいいか？　だが、アイビーを悲しませる話の場合もあるからやめておくか。それにこの時間だったら、もう寝ている筈だ。

食堂の扉から少し離れた場所に座る。ここなら話を聞かれる事もないだろう。あっ、コップをもう一個もらって来れば良かったな。今から取りに行ったほうがいいか？

「夜遅くにすまない」

迷っている間に、タブロー団長が食堂に来てしまった。しかたないか。

「どうぞ」

ドラがお酒の瓶とコップを机の上に置いて、食堂から出て行く。さすがだな。

「急に来て申し訳ない」

「いや、問題ないですよ」

タブロー団長の顔には、はっきりとした疲れが見て取れる。だが、その表情は以前会った時とはまったく違う。完全に落ち着いた表情だ。タブロー団長の前にある酒の蓋を取ってコップに酒を注ぐ。

「方向性が決まったようですね。おめでとうございます」

「ありがとうございます。まぁ、まだこれからなんですが」

コップを軽く合わせて酒を口に入れる。あっ、アイビーの作った酒のお供を忘れた。……いや、食べ切ってもうなかったか。残念。

「お礼を言いに来ました。ドルイドさんとアイビーさんに」

お礼？　魔石の事を、わざわざこんな時間に？

「あの、数日前にプリアと話したと思うのですが」

「あぁ、あれか」

アイビーが伝えた『笑顔』の事か。あれには俺も驚いた。いきなりゴトスの笑顔の事なんて、話し出すもんだから。

「俺の前の団長も、笑みの絶えない人でした」

タブロー団長はそう言うと、グイッとコップの中の酒を呷《あお》った。

番外編　ドルイドとタブロー団長

タブロー団長の空になったコップに酒を入れる。

「ありがとうございます」

「あの話は、俺ではなくアイビーなんですよ」

「アイビーさん？」

俺の言葉に少し驚いた表情をするタブロー団長。誰が言っていたのか聞いてなかったのか？

「えぇ、笑顔が重要だと話したのはアイビーです」

「そうだったんですか。プリアからはアイビーさんだったとは、聞いていませんでした。だから、てっきりドルイドさんかと、すみません」

「いえ、気にしないでください。アイビーは既に寝ているので、明日起きた時にタブロー団長がお礼を言っていたと伝えますね」

「お願いします。あの」

「どうしました？」

「えっと、アイビーさんとドルイドさんはどういう関係なんですか？　恩人だと聞きましたが、どうも違うようで。あっ、答えたくなければ」

「アイビーは俺の命の恩人ですよ」

「えっ？　命の恩人？」

俺の言葉が意外だったのか、タブロー団長の目が大きく見開かれる。まぁ、アイビーの見た目からは考えられないよな。逆ならありえるだろうけど。

「彼女が、仕事中に魔物に襲われ、腕を喰われて死の間際だった俺を見つけて、治療してくれたんです」

「……そうだったんですか……あれ？　アイビーさんはテイマーですよね？　どうやって治療を？」

「ポーションですよ？」

俺の返答に眉間に皺がよる。腕を失って死の間際の俺に、どんなポーションを使ったんだって感じだろうな。ありえないとも思っているだろう。

「見つけたポーションを、すべて俺に使ったんですよ」

「見つけたポーションをすべて？」

「えぇ、俺以外にも護衛がいましたから、彼らの持っていたポーションをすべてです。彼らはあの時に亡くなりましたが」

「あっ、すみません。そのポーションの種類は？」

「焦っていたから覚えていないそうです。残された空の瓶は大量でしたよ。まぁ、どう効果が出たのかは不明ですが、このとおり生きてますので」

「そういえば、ポーションは組み合わせると不思議な事が起こると、聞いた事があります。あれですか？」

「たぶん。俺はその時、気を失っていたので」

「そうですか。なるほど」

納得したのか？　まぁ、オール町で調べても、今言った情報しか出ないから問題ないだろう。

「アイビーさんは不思議な人ですね。テイムしている子たちも何というか」

「悪い、マジックアイテムを動かしていいですか？」

焦った。何処で情報が洩れるかわからないからな。タブロー団長の許可をもらい、持ち歩いている音を遮断するマジックアイテムを起動させる。これで会話が洩れる事はない。

「すみません、気が付かず」

「かなりレアなスライムなので、気を付けているんですよ」

「それは当然です。魔石を復活させるスライムなんて、聞いた事がありませんから」

他にもレアなポーションを作ったり、剣を数秒で消化したり、瀕死の俺を生き返らせたり？　うん、あの子たちのやる事を久々に思い返したけど、レアすぎる。というか、他のレアと同等に扱っていいレベルじゃないよな。

「今回、魔石を提供してくれて感謝しています。しかもかなりレベルの高い魔石なので、助かる命が多いでしょう。あれだけ提供してくれているのに、何も要求がないのが少し不思議で、ある意味怖いですが」

まぁ、そうだろうな。あれだけの物を提供しておいて、決まった金額に不満を言わない。何か要求するわけでもない。……あっ、考えてなかったけど、これはちょっと相手には怖い状態だ。

「大丈夫ですよ、あとで何かを要求する事はないですから。そもそもアイビーは『元手が掛かっていない物を買ってもらって悪い気がする』と言っていましたから」

あの子の中に、その魔石を使って何かしようとする気がまったくないからな。というか、魔石一つで色々出来るんだよって教えたら、真剣な顔して考えて首を傾げていたからな。

「元手が掛かっていないですか？」

「えぇ、捨て場に捨てられた魔石やローズさんからいただいた使用済みの魔石なので」

「それは確かにそう言えますが、拾って来る手間などがありますから」

この寒い中、使用済みの魔石をもらいに行ったり、届けたり。俺の知っているテイマーたちは、そのぶんをしっかりとお金に換えていた。だが、アイビーには最初からその考えがない。

「あの子にとって、拾って来る行為は手間ではないので」

アイビーにとっては大切な仲間たちの食事を集めている感覚だ。それを手間と思う事はない。

「優しい子、なんですね」

「えぇ、とても」

タブロー団長の言葉に、ふっと笑みが浮かぶ。他人に大切な家族を褒められると、ついつい顔がゆるんでしまうな。こんな気持ちを経験出来るなんて、昔の俺からは考えられなかったな。

「ドルイドさんも、いつも笑顔ですよね」

そうか？　……そういえば、最近は笑っている事が多いかもしれないな。昔の俺は……思い出すまでもなく不愛想だったな。。

「ぷっ」

「えっ？」

昔の自分を思い出して、今の俺を見たらどういう態度を取るか想像して笑ってしまった。絶対に、理解出来ない者を見る様な目で見ただろうな。アイビーと出会う前の自分は、自分の事ですら信じていなかったからな。

「失礼、昔の自分と今の自分の変わり様に笑ってしまいました」

「違ったんですか？」

「えぇ、まったく。あの子と出会わなければ、心が死んだままだったでしょう」

「心が？」

そうだ、星を奪う可能性に慄《おのの》き、誰とも本気で向き合えなかった。家族には、申し訳なくて。兄たちにもそういう気持ちはあったが、別の感情も渦巻いていて。ゴトスにも師匠にも、最後の一線を越えさせなかった。

「色々ありましたから」

「そうだったんですか」

「えぇ」

今、思い出しても不思議だ。なぜ俺は、命の恩人とはいえアイビーに壁を作らなかったのか。アイビー以外の者だったらきっと、こうはならなかっただろうな。

「そうですか」

結構話をしているが、何だろうタブロー団長に少し違和感を覚えるな。何だろう？　前の席に座ってお酒を飲んでいるタブロー団長をじっくりと観察する。汗？　額にうっすら汗が見える。この寒いのに？　もしかして……えっ、でもどうして？

「あの、もしかして緊張してますか？」

「ぶっ」

「うわ」

酒を噴き出すタブロー団長。聞く時を間違えた。慌てて、ポケットに入れていた小さいタオルで飛び散った酒を拭く。

「すみません。そんな反応するとは思わなくて」

「いえ、ドルイドさんの言うとおり緊張しています」

「はぁ」

でもここに来た時は、緊張してなかったよな。

番外編　ドルイドさんと酔っぱらい

「この村には、少し前まで問題のある貴族がいて」

「貴族、それは大変だったでしょう。奴らは金や権力を振りかざしますからね」

冒険者に守られて移動をするくせに、冒険者を馬鹿にする。いい貴族もいるようだが、俺は問題のある貴族にしか会った事がない。

「犯罪に手を出している事はわかっていたんですが、前のギルマスも団長も証拠が掴めなくて。逆に立場を追われる事になってしまって」

それは最悪だな。あぁ、だから慣れていない二人がトップにいるのか。おかしいと思ったんだよな、通常は一人ずつ代替わりして慣れるまで他のトップが代わる事がないのに、この村では不慣れな者が同時に上にいたから。そんな理由があったのか。

「悔しくて。でも下手に動くと、こちらが身動き取れなくなる事を前の経験で知っていたので」

問題の貴族は相当頭が良かったという事か。自警団と冒険者ギルドを身動き出来ないようにするなんて。

「どうしていいかわからない状態が続いていた時に、冒険者ギルドと自警団にある書類が届いたんです。それを見て驚きました。問題の貴族が、王家の血縁者まで巻き込んだ犯罪組織の幹部だったんです」

王家を巻き込んだ組織って、アイビーが協力した奴だよな。

「たった数枚の書類、でもそのお蔭で前の団長の悔しさを晴らす事が出来た。プリアも前のギルマスの汚名をそそげた」

タブロー団長はグイッとお酒を飲む。そして視線を俺に向けて、

「アイビーさんは俺たちにとって、救世主なんだなってわかってたのに。何だか……わかっていた筈なのに。ドルイドさんの話を聞いていたらなんかもっと、その実感したというか」

話がわかりづらいが、つまりアイビーが救世主だと知っていたが色々な問題があって頭の隅に追いやられていた。が、その問題が一定の解決を見て、混乱していた頭を整理したら隅に追いやった情報がすごい事に気が付いた。んっ？　いや、違うか。アイビーは元々すごい子。……酔ってるな、頭がこんがらがってきた。とりあえず、俺に緊張しているのは無駄だな。

「あの、悪いが俺はその組織壊滅とは一切関係ないから。関係あるのはアイビーだけだからな」

あの子の手柄で緊張されても困る。

「あっ、そうなんれすか？」

「そうです」

って、どうして緊張が取れないんだ？　というか、よく飲むな。それって俺の酒だよな？　タブロー団長が持ってきた酒は既に空になり、今飲んでいる酒は俺のだ。どうも気付いていないようだが。それにさっきから呂律《ろれつ》が回ってない時がある。

「タブロー団長、寝たのは何時だ？」

嫌な予感がする。

「……ここ一週間はほとんど寝ていません」

「今日、食事はとったか？」

「……確か食べてた気がします」

「タブロー団長、酔ってるよな？　手に持っている酒を離そうか？」

寝不足の上に、おそらく食事もまともにとっていない状態で強い酒を飲むと、どんなに酒に強い人物でも酔うよな。彼はまったく顔に出ないから、気付くのが遅れてしまったが、かなり酔っている様だ。

「ふっ、大丈夫です。意識ははっきりしてれますので酔ってませんよ。ふふっ」

いや、呂律がおかしくなってきてるから。それにしても笑っているのに、緊張してるっておかしな状態になってるが、大丈夫か？　俺も酔ってるから、そう見えるだけか？

「あの、アイビーさんは……」

先ほどからアイビーの事をかなり気にしているな。アイビーと接触したのは数回だけだが、何かあったか？　商業ギルドのギルマスの仲間ではないかという誤解は解けているし。

「怒ってませんでしたか？」

「はっ？」

アイビーが怒る？　何度か怒る所を見た事があるが、それは俺の無茶がばれた時だけだ。そんなアイビーがタブロー団長に怒る？

「アイビーはタブロー団長に怒ってはいませんよ。もちろんプリアギルマスにも」

「本当に？」

あっ！　緊張しているわけがわかった。今までの態度や、この間のプリアギルマスの態度にアイビーが怒って魔石を返せと言われないか不安だったのか。おそらく今回、アイビーの魔石がかなり活躍する事になったんだろう。ホッとした瞬間、今までの自分たちの対応を外から判断して慌てたと。

「アイビーは魔石を返せなんて言う子ではないですよ。優しい子だと言ったでしょ？　時間がある時に、彼女とゆっくり話をしてみたらいい、そうしたらちゃんと理解出来ますよ」

「はい……良かった」

ドンッ。

「ん？」

音がしたほうへ顔を向けると、タブロー団長が机に顔をぶつけている。そして、寝息が聞こえ出す。

「ぷっ、あははは」

あまりの事に笑いが込み上げる。きっと限界の体を動かしてでも、アイビーの様子を知りたかったんだろう。まったく、アイビーがそんな性格だったら魔石を提供するわけがないだろうに。寝不足で判断能力が低下していたのかな？　それにしても、アイビーが関わった組織はこの村にも影響を及ぼしていたんだな。俺の町でも結構衝撃だったからな。

コンコンッ。

「ん？　誰だ？」

起動しているマジックアイテムを止めてから、声をかける。

「失礼、話はって……団長？」

ドラが様子を見に来てくれたのか。これで団長の問題は何とかなるな。

「疲れが相当溜まっていたみたいで、寝てしまいました」

「みたいだな」

「何処か、寝られる場所はありますか？」

「二階に予備の部屋があるので、そこに」

「はい」

立ち上がると少し足がよろける。やはり俺も酔っているようだ。

「大丈夫か？」

「はは、久々の酒で俺も酔ったみたいです。というか、この酒かなり度数高めですか？」

「お～、かなり高いぞ」

やっぱり。久々に飲む酒ではなかったかな。美味かったけど。

「団長、起きられますか？」

「…………」

「無理そうだな。運ぶか」

「手伝いますよ」

ドラとタブロー団長を、二階の予備の部屋に運ぶ。

意識のない鍛えている男は重いな。

「疲れた」

「お疲れ様です」

女性の声に顔をあげると、サリファさんが水を渡してくれた。

「ありがとうございます」

冷たい水が酒で火照った体に気持ちいい。

「ふ～、生き返りました」

「ふふふ、明日は二日酔いに注意ですね」

「大丈夫だと思うんですけどね」

ドラとサリファさんに挨拶をして部屋に戻る。扉を開けて部屋の中を見ると、シエルが起きてこちらをじっと見ている。

「ハハハ、ごめん。寝てていいよ」

何だろう、ちょっとシエルの目が怖かったけど。もしかして、アイビーを守っているのかな？

は～、疲れた。あ～、今更頭がグルグル、グルグル。

「あした……あい、びーに……」

268話　その表情で十分

「ぷっぷぷ～」

ん？　ソラの声？

「にゃうん」

シエルだ。あれ、もしかして寝過ごしちゃった？　慌てて目を開けて周りを見る。えっと、窓から入る光の具合から考えて寝坊はしてないな。良かった。

「ソラ、シエル、フレム。おはよう」

ベッドの上で起き上がり腕を上に伸ばす。う～ん、気持ちいい。あっ、昨日はドルイドさんが帰って来る前に寝てしまったんだった。帰ってきてるかな？　隣のベッドを見ると……うつぶせで寝ている姿が目に入る。

「アハハ、飲みすぎましたって感じだな」

いつもきっちり靴を脱いで仰向けに寝るドルイドさんが、靴を履いたままうつぶせ状態。ベッドに辿り着いてそのまま前にバタンという感じかな？

「ぷっぷぷ～」

「にゃうん」

ソラとシエルが、ドルイドさんのベッドに飛び乗った。

「まだ寝ているから、静かにね」

もしかしたら二日酔いになっている可能性もあるだろうし。

「てっりゅりゅ～」

フレムがベッドの下からドルイドさんが寝ているベッドを見上げている。ベッドに乗りたいのかな？　ベッドから出てフレムの元へ行こうとすると、それよりも早くシエルがフレムに近づく。そしてシエルはフレムを自分の上に乗せると、ぴょんとベッドに飛び乗った。

「うわ～、シエルすごい！」

フレムも楽しかったのかシエルの上で喜んでいる。

「ん？」

あっ、しまった寝ているドルイドさんの周りで騒ぎすぎた。急いで三匹に『しー』と合図を送るが、どうやら起きてしまったみたいだ。

「えっと？　アイビー？」

うつぶせの状態から起き上がるドルイドさんは眉間に皺を寄せた。やはり二日酔いなのかな？

そういえば、二日酔いにいい薬草を持っていた筈。あれは冷たい水に入れて飲んでも、効果があると聞いたから試してみようかな。ベッドから離れて薬草を入れたバッグの中から目的の薬草を出す。水を出すお鍋を左右に少し振って鍋に水を満たす、コップに水を移して薬草を浮かべる。

「これでいいのかな？」

やった事がないので、薬草の量がわからない。とりあえずコップ一杯にスプーン一杯を入れてみたんだけど、入れる分量も聞いておけば良かった。

「ドルイドさん、飲めますか」

「あぁ、悪い。って、大量だな」

あれ？　入れすぎたのかな？　コップの中身に気付いたドルイドさんの顔が引きつった。

「もしかして、薬草を入れすぎました？」

「あぁ、一つまみぐらいでいいかな」

なるほど、だからこんな不気味な色になっているのか。コップの中身を見る、透明だった水は薬草の色に染まり正直不気味な緑色なのだ。私だったら飲みたくない。

「作り直しますね」

「ごめん、さすがにちょっと無理かな。それ、すごい味がするから」

すごい味が気になるけど、まずは作り直そう。新しいコップに水と一つまみの薬草を入れてドルイドさんに持って行く。

「ドルイドさん、どうぞ」

「ありがとう」

飲んでいるのを確かめてから、先ほどの使ったコップを洗う為に部屋を出て調理場へ向かう。すごい味か、ちょっとどんな味なのか確かめてみたいな。指を付けてひと舐めしてみる。

「ぐっ」

やめておけば良かった。何とも言えない複雑な苦みとえぐみと渋み。これって一つまみでも結構つらいかも。ドルイドさん、これよりマシとは言ってもコップ一杯分、よく飲めるな。

「あっ！」

ん？　驚いた様な声が後ろから聞こえたので振り返ると、タブロー団長さん。どうして彼がここにいるのだろう。というか、頭を押さえているって事は二日酔い？

「二日酔いですか？」

「ハハハ、そうみたいです」

「二日酔いに効く薬草の入った水、飲みますか？」

「えっと、いいのかな？」

「もちろんです。ここで待っててください。今すぐ作って持ってきます」

「ごめん、ありがとう」

急いで部屋に戻り、先ほどドルイドさんに渡した薬草水を作る。零れないように少し早歩き程度で、タブロー団長さんの元に戻った。

「どうぞ」

「ありがとう」

あっ、さっきのコップを洗わないと。コップ一個なのですぐに終わって、タブロー団長さんのもとへ行く。

「飲めましたか？　コップをください」

「ふ〜。あの」

「はい？」

「ドルイドさんは部屋ですか？」

ドルイドさん？　もしかして昨日は一緒に飲んでいたのかな？

「部屋にいますが、呼んできましょうか？」

「あっ、いや。昨日途中から意識がなくて、おそらくものすごく迷惑を掛けてしまったと思うんです。それでお詫びを」

「わかりました呼んできますね。でも、団長さん、飲みすぎは駄目ですよ」

「あっ、はい。気を付けます」

とりあえず、ドルイドさんを呼んで来よう。部屋に戻ると顔を洗ったのか幾分スッキリしたドルイドさんは、ソラたちの朝ごはんを用意してくれていた。

「ドルイドさん、ありがとう。二階の調理場前でタブロー団長さんが呼んでるよ」

「あぁ、そういえば。昨日飲んでいたら彼がきて、少し話しながら飲んだんだ」

楽しそうな表情をしているので、いい時間を過ごせたのかな？　三匹に声をかけて、部屋を二人で出る。そろそろ朝食の時間だ。

「おはようございます。疲れは取れましたか？　というか、記憶はちゃんとありますか？」

「おはようございます。記憶はあります。ご迷惑を掛けてしまってすみません」

「気にしなくていいですよ。疲れが溜まっていたのだからしかたないです。そうだ、アイビーに直接言ったらどうですか？」

私？　タブロー団長さんが何を言うんだろう。えっと、ん～？　もしかして魔石の事かな。それだったらフレム次第だから、私ではどうする事も出来ないな。

「ごめんなさい。あれはまだないです。でも復活した物が出来たら、すぐにローズさんに渡しておきますね」

「「えっ？」」

あれ、違うの？　小さな声で『魔石』と言うと、二人に首を横に振られた。違ったのか、だったら何だろう？　首をかしげると、ドルイドさんがうれしそうに頭を撫でる。

「な、優しい子だろ？」

「はい」

え～、二人だけで納得しないでほしいけど。ドルイドさんとタブロー団長さんの顔を見比べる。

どうやらかなり打ち解けた様でいい表情だ。まぁ、二人ともちょっと寝不足で隈が出来ているけど。

いや、タブロー団長さんの隈は一日や二日分ではない様な気がする。忙しかったんだろうな。

「アイビーさん」

「はい」

「ありがとう」

何だろう。魔石の事だけにしては少し違和感を覚える。でも、魔石以外の事は何もしてないし。

じっとタブロー団長さんを見る。……いい表情になったな。うん、今のタブロー団長さんの顔を見ていると、大丈夫だと思える。

「はい、どういたしまして」

なら、何でもいいや。きっと何かが役に立ったのだろう。その何かはわからないけど、それで十分。

「何か困った事があったら全力で手を貸しますから」

「ありがとうございます。でも、無理は駄目です」

「無理？」

「タブロー団長さん、しっかり寝てくださいね。何をするにも体が資本です！」

「うん、ありがとう」

三人で一階に降りると、タブロー団長さんはこのまま仕事に向かうらしい。本当に大変なんだな。見送ってから食堂に入ると、ドラさんが先ほど私が作った薬草水に似た物を客に配っていた。

「おはよう。どうやら二日酔いにはなっていないようだな。どうもあの酒は飲みやすいから、許容量を超えて飲む奴が多くてな」

「いえ、アイビーがそれ、作ってくれたので」

ドルイドさんがドラさんが持っている薬草水を指して言う。

「何だ、やっぱり二日酔いになったのか」

「えぇ、あの酒は駄目ですね。そうだタブロー団長は、そのまま仕事に行きましたから」

「朝食はどうする？」

「やめておきます。お茶だけもらえますか？」

「わかった。お茶だな、すぐに用意する」

「ありがとうございます」

ドラさんにお礼を言って椅子に座る。

「ふ～」

ドルイドさんが椅子に座ると、少し疲れた様な溜め息をついた。

「体には気を付けてね」

「悪い。久々で加減忘れてた」

ドルイドさんの顔が、ちょっと情けなくなる。別に、そんな表情をしてほしかったわけではないのだが。

「……楽しかったですか？」

「あぁ、酒もうまかったしな」

「ならいいです。たまにはしっかり息抜きしてね」

私の言葉にドルイドさんの表情が綻ぶ。

「ありがとな」

269話　雨？

「うわっ、すごい寒さだな。大丈夫か？」

「うん」

宿から出た瞬間、出てきた事を後悔する寒さに体が震える。タブロー団長は急がないと言っていたし、もう大丈夫とも言っていたがフレムががんばってくれた魔石。復活させたのだから、ローズさんに届けたい。だって、まだ必要な筈だから。

「手袋してて良かったです。ドルイドさんも買ったらいいのに」

「俺はいいよ。何かあった時にこの手袋じゃないとしっかりと剣を握れないから」

私が渡した剣だけど、ちょっと後悔。でも、ドルイドさんが元々持っていた武器も剣だから、私が渡さなくても同じなのかな？

「そういえば、その剣は大丈夫ですか？」

ソラとフレムが共同で作りあげた剣。一度だけ持たせてもらったけど、私が知っているどの剣より軽くて驚いた。ドルイドさんのそれまでの剣とはかなり違うと言っていたから、慣れるのに大変だったのではないかとちょっと心配していた。

「この剣、すごいぞ。少し振ってみたんだが腕の負担が少ないんだ。それに手になじむ感じがあって使いやすい」

心配していたけど、良かったみたい。

「そっか。良かった」

本当の事を言えば、片腕のドルイドさんに渡していいか迷った。でも、それまで剣で仕事をしてきたドルイドさんにとって、剣はなくてはならない物だったから。だから、自由に使ってくださいと渡した。

「ん？　どうしたんだ？」

ドルイドさんの姿を見る。腰から提げている剣は、最初は少し違和感を覚えた。でも、今はとても似合っている。ただ、剣の持ち手？　の部分に嵌っているＳＳかＳＳＳの魔石が布で隠されているのは残念だ。すごく綺麗な魔石だから。

「いいえ、似合ってるなって」

私の言葉に、うれしそうに笑うドルイドさん。やっぱりドルイドさんに渡して正解だったな。

「うわ、どの店も開いてないな」

大通りに出るとまったく店が開いていない。しかもそのせいか、人がいないし、お昼なのに薄暗い。何となく恐い。

「ドルイドさん、早く行こう」

彼の服の裾をギュッと握って歩き出す。

「店が閉まって人がいないだけで不気味な印象になるもんだな」

ドルイドさんの言葉に頷く。

「今日は、森へも行くから急ごうか」

「うん」

今日の予定はローズさんに魔石を渡したら、森へ行く事になっている。シエルの食事の為と、この冬最後のポーションの確保が目的。しばらく歩くと、ローズさんのお店が見える。やはりローズさんの店も閉まっているが、気にせず扉を叩くドルイドさん。前回来た時に、今日来る事を決めていたので問題ない。

「寒かっただろう、すぐに入っておいで」

中から声が聞こえるので、扉を開けて中に入る。

「タブローから聞いたよ、酔い潰れて迷惑掛けたんだってね。それにアイビーにも」

私？　えっと、迷惑をかけられた覚えはまったくない。

「私は違いますよ」

急いで否定しておくけど、なぜかドルイドさんに頭を撫でられた。

「相変わらずだね。まぁ、それがアイビーなんだろうね」

「そうなんですよね」

えっと、ものすごく二人に微笑ましく見られている気がする。恥ずかしくて、顔が熱い。これ絶対、赤くなってる！

「魔石です。どうぞ」

誤魔化す為に、バッグから急いでフレムが復活させてくれた魔石を取り出す。

「ありがとう。本当に無理はしていないね？」

ローズさんは受け取った魔石の量を見て、ドルイドさんと私に確認して来る。それに頷いて、大丈夫と伝える。フレムの体力が付いてきた為なのか、魔石を復活させる量が増えているのだ。それも急激に。ただし気になるのは、フレムの体にあるシミ。どうも大きくなってきている。ドルイドさんに聞くと、彼も気になっていた様だ。だが、ソラとシエルに聞いても特に反応がなかったので大丈夫なのだろうけど。わからない事が起こっているのは怖い。早くあのシミが何かわかればいいのだけど。

「あのローズさん。使用済みの魔石ってまだありますか？」

フレムの復活させる量が多くなるにつれ、もらった使用済みの魔石は減る。そろそろ補給が必要になってきた。

「えっ、あんなにあったのに……いや、今までもらった量を考えるとなくなるか。まだある事はあるけど、フレムを休憩させなくていいのかい？」

何度もフレムには言っているが、正直楽しそうに復活させているので強くは言えない。それにあの子たちはとても頭がいいので、無理はしないと思う。

「休憩が必要なら、フレムが自分でやりますよ。あの子たちは、アイビーを悲しませる事は絶対にしませんから。だから無理はしていないと思います」

ドルイドさんの言葉にローズさんが頷く。

「ちょっと待っておいで」

ローズさんが、店の棚の下にある木箱を取り出す。蓋を開けると、大量の使用済みの魔石。

「すごい量ですね」

「ハハハ、捨てに行くのが面倒くさくてな。気が付いたらこうなっていた」

それにしても多い。魔石を一つ手に持つと、蓋がしてあったのに少し埃がついている。相当放置された使用済みの魔石の様だ。フレムに渡す時は埃を拭いてからにしないとな。もらった魔石をバッグに入れ、森へ行く用事がある事を伝えて店をあとにする。

なるべく夕方までには宿に戻りたい。森に向かって村を歩いていると、小雨が降り出した。慌てて屋根のある場所まで走る。

「どうしよう？」

「降り続く様なら、明日にしようか？」

「うん」

「……おかしいな？」

ドルイドさんが空を見ながら首を傾げる。私も空を見るが、何がおかしいのかわからない。

「ドルイドさん？　どうしたの？」

「今日はすごい寒いよな？」

「うん、昨日より冷えてるよ？」

「なのになんで、雪ではなく雨なんだろう？」

ん？　そうか、ここまで冷えていれば雪の筈だ。でも、雨だね？

「今日は湿度も高くない、間違いなくこの寒さなら雪になる筈だけど」

湿度の事はよくわからないけど、何かがおかしいのかな？

「あっ、止んだ」

ドルイドさんの声に空を見ると、先ほどより明るくなっている。

「大丈夫そうだね？」

「あぁ、天気が変わる前に行こう」

門番さんに森へ行くと言うと、かなり驚かれた。心配されたので、とりあえず行く方向を伝え森の中へ進む。周りに人がいない事を確認してから、バッグを開ける。

「ぷっぷぷ～」

「にゃうん」

二匹が勢いよくバッグから飛び出す。この頃は、二匹の邪魔をしない様に、少し体をのけ反らせた状態でバッグを開ける。そうすると、思いっきり飛び出せるのだ。その時注意するのが上。木の枝が伸びていたりすると、そのまま突撃する。一度だけ、ソラが枝にぶつかった振動で上にいた動物が私の上に落ちてきた事があった。あれは怖かった。

「フレム？」

バッグの中でお休み中。捨て場に行ってから、もう一度声をかけよう。

「にゃうん」

アダンダラの姿に戻って伸びをしているシエル。やっぱりスライムの姿だと窮屈なのかな。

「シエル、気を付けてね。魔物しかいないだろうから無理しないでね」

「にゃうん」

大丈夫だと思うけど、狩りに行くシエルを見送るこの瞬間が一番不安だ。今日も無事に帰ってきますように。狩りをする為に森の中へ走り去るシエルを見送ってから、捨て場へ向かう。といっても、ここからかなり近い場所だ。なので、シエルが帰って来たらすぐにわかる。

「さて、ポーションと剣。それと使用済みの魔石でしょうか」

といっても使用済みの魔石と普通の石の区別がつかないんだよね。灰色の石なんて何処にでも転がっているんだもん。まぁ、がんばろう。

「フレム、捨て場に着いたよ。起きられる？」

「てりゅ～～～」

眠そうだな。でも起きたい様なので、フレムをバッグから出す。足元に置くと、コロコロコロっとソラの傍に近寄って行く。

「ソラ、フレム、怪我をしないように気を付けてね」

「ぷっぷぷ～」

「てっりゅりゅ～」

元気な二匹の声。フレムもしっかり目が覚めたのか、元気に返事をしてくれた。これだったら問題ないな。

270話　また、あった

「全部で七一個で、渡せない魔石が五個だな」

キラキラ眩しい魔石が今日は五個もあった。復活させる魔石は選べないとフレムは言っていたから、これはしかたない事なんだろうけど。その隣にある光るポーションを見る。……マジックボックスがいつか二つになりそうで怖いな。まだまだ余裕はあるけれど。

それにしても、フレムが一回に復活させる魔石の量が増えている。復活させるたびに、フレムの体力も上がっているみたいだし。ものすごく不思議。前にドルイドさんと話したけど、通常のスライムにはそんな現象はないらしい。レアスライムだけの特徴なのか、フレムだけの事なのか。ソラもそうだけど、フレムもわからない事だらけだな。

「よし、帰りにローズさんの所に寄って、こちらのほうを渡そうか？」

そう言って、レベル三以下の魔石の袋を持ち上げる。

「うん。朝も渡したのに、また持って行ったら驚くだろうね」

「そうだな」

バッグにすべてを詰めて、捨て場から出る。周りの気配を探るが、まだシエルの狩りは終わらないらしい。

「そうだ、ドルイドさん。雪が降って身動きが出来なくなったら、シエルの狩りはどうしよう」

お腹を空かせている状態は可哀想だ。といっても、シエルが満足出来る量の肉の確保は難しい。

「ん？　村のはずれに移動してシエルに壁を越えてもらうしかないだろうな」

壁を越える？　というか、えっと？

「一緒に外に出られないのは寂しいが、しかたないよな」

「村を守る壁には、何か魔法が付与されていると聞いた覚えがあるのだけど」

村や町を守る壁には、魔法が発動するように組み込まれていると聞いた事がある。だから誰にもばれずに、入る事も出る事も出来ないと。でも、今のドルイドさんの言い方だと壁を越える事が出来てしまうのだろうか？

「確かに壁の上一メートルぐらいは防御の魔法や攻撃の魔法があるが、その上は大丈夫だ」

その上？　そんな上からシエルが出入り出来るかな？　何となく出来る気がするけど、とりあえず帰って来たらシエルに確認だけはしておこう。

「あっ、帰ってきたよ」

森の中の大木を避けながら、駆けて来るシエルの姿が見える。走る姿はいつ見てもかっこいい。

「「おかえり」」

「にゃうん」

ざっとシエルの全身を見るが、怪我はない。良かった。

「にゃうん」

「どうしたの？」

近付いてきたシエルの頭を優しく撫でる。しばらく撫でていると、ごろごろと喉が微かに鳴っている音が聞こえた。うれしくなって少し手に力を籠めると、ごろごろという音が大きくなった。もしかして、ちょっと強めの力で撫でるほうが好きなのかな？

「にゃ」

撫でていると、すっと顔を遠ざけるシエル。不思議に思って見ていると、おもむろに口から魔石を吐き出した。驚いてそれを見ていると、ドルイドさんがその魔石を拾ってじっと見つめる。

「どうしたんですか？」

「この魔石、二色だ。ほら」

ドルイドさんの手の中を覗き込む。確かに緑色と黄色の二色の魔石だ。

「珍しいんだよ」

「私、初めて見ました二色の魔石なんて」

こんな魔石があるんだ。

「にゃうん」

今までシエルが狩りに行っても、魔石を持って帰ってきた事はない。洞窟にでも行ってきたんだろうか？

「シエル、洞窟へ行っていたの？」

私の言葉に首を横に振るシエル。洞窟以外で、手に入れた魔石らしい。

「この魔石、何処にあったんだろう？」

「洞窟じゃないなら、魔物の中から出てきた物じゃないか？」

お父さんの言葉に、首を縦に振るシエル。つまり、魔物の中から出てきた魔石らしい。

「魔物が、魔石を持っている事もあるんだね」

「魔石の持っている力を利用する為に、魔石を食べる魔物がいるんだ。魔物によっては、そのまま魔石を利用する事もあるんだ」

そうなんだ。まだまだ、知らない事が多いな。

「ありがとう、見せてもらえてうれしかった」

おそらく珍しいから見せてくれたのだろうと思い、色々な角度から魔石を見て満足してから、シエルに返そうとすると首を横に振られてしまった。

「えっ？　返すなって事？」

「にゃうん」

シエルを見ると、何処か不安そうな表情で私を見つめている。どうしてそんな表情をしているのだろう？　自分の行動を少し顧みる。何も、悲しませる要素が思いつかない。えっと……もしかして魔石を返そうとしたから？

「この魔石、もらってもいいの？」

「にゃうん」

シエルの表情がパッと明るくなる。そうか、この珍しい魔石はプレゼントだったのか。

「ありがとう、シエル」

笑顔でお礼を言うと、シエルの尻尾がバタバタと振られ風が巻き起こる。相変わらず、シエルの尻尾はすごいな。

「シエル、ちょっと落ち着こう。それにそろそろ村に戻らないとね」

私の言葉を聞くと、すぐにスライムに変化するシエル。

「ありがとう」

帰り道、雪が降って身動きが出来なくなった時は、村の壁を越えて狩りに行けるかどうか確認した。特に問題なく出来るようで、普通に返事を返された。良かったけど、ここ数日の間悩んでいた私は何だったんだろう。

門に近づく前にみんなをバッグに入れる。蓋がしっかりと閉まっているのを確認して、門番さんに挨拶をして村に入る。

ローズさんの店に向かう途中、冒険者たちが何かを見ながら喜んでいる姿が目に入った。声が大きいので少しだけ話の内容が耳に届く。どうやら、妹さんに子供が出来たという連絡らしい。うれしそうな彼らを見ていると、こっちまでうれしくなる。

「あっ！」

ほっこりした気分でいると、隣から焦った声がした。見ると、ドルイドさんが青い顔して慌てている。

「どうしたんですか？」

「連絡し忘れてた」

連絡？　何の事だろう。

「村に着いたら、父さんたちに無事に着いたと連絡してほしいって言われていたんだった」

「……………えっと、もう既に到着して数週間……」

「……………………」

「急いで連絡を入れないと」

「そうだな」

あれ？　でも連絡なんてどう取るんだろう。手紙かな。

「この時間なら、ギルドはまだ大丈夫だな」

「届くのは数週間後ですか？」

「えっ？」

私の言葉にドルイドさんが少し驚いた表情を見せる。どうやら間違った事を言ったようだ。

「手紙を送るんじゃないの？」

「あぁ、手紙だと思ったのか。確かに手紙だけどギルド同士には『ふぁっくす』という物があって、少し時間は掛かるけど、その日のうちに届けられるマジックアイテムがあるんだ」

ファックス？　何だろう、頭に箱型の物に数字のボタンが付いた物が浮かび上がったけど。これがファックス？　でも、これって前の私の記憶だよね？　前の私の世界にもファックスがあるって事？　何だか、面白いな。名前も一緒みたいで違和感を覚えないし。

「アイビー、ギルドに寄ってもいいか？」

「もちろん」

帰り道にある冒険者ギルドで、無事な事や最近の事を書いてゴトスさんに届くよう手配していた。

「あれ？　家族にじゃないの？」

「あ～、ゴトスに伝言をお願いするよ」

どうも家族に直接ファックスを送るのは、恥ずかしいみたいだ。笑うと、こつんと頭を小突かれた。ドルイドさんを見ると、耳が赤くなっていたのでぷっと笑ってしまった。

「あ～も～、依頼して来る」

拗ねてしまった。戻って来るまでに、気を引き締めておこう。それにしても、『米』『ポン酢』『ファックス』。前の私の世界と似た名前がどんどん出て来るな。何だか、ちょっと怖いな。

271話　昔もあった

ドルイドさんがファックスを依頼している間、ギルドの中を歩き回りながら情報を集める。何気なく冒険者たちに近寄って、必要な情報があるか聞き耳を立てる方法。町の中でもこの方法で情報を集めるのだが、ギルドは冒険者が集まる場所なので緊張する。最初は悪い事をしている様な気がした。でも、旅をするなら重要な事なので今では慣れてしまった。ドルイドさんが一緒の今は、冒険者に話しかけて情報を集めたらいいのだが、何となく昔からの方法を取ってしまう。

　五人の冒険者たちが話している近くで一度足を止める。もちろん気付かれない様に、周りの様子を探りながら。

「なぁ、この雨おかしいよな」

「あぁ、もう雪になってもいい状態だ」

「何だか不気味だな」

「そうだな」

ドルイドさんが先ほど言っていた事と一緒だ。やはり何かがおかしいのか。私の住んでいた村では、真冬に一週間ぐらい雪が積もる程度だから気付かなかった。

「そういえば、俺の婆さんが昔もこんな事があったとか言っていたな」

「それ本当か？」

「あぁ、かなり被害が出たらしくて今年も同じ様になるんじゃないかって心配していたよ」

「俺の爺ちゃんもそんな事を言っていた。何なんだろうな？」

昔も似た様な事があったのか。これはこの村に住む人に確認を取ったほうがいいかもしれない。

こちらに近づくドルイドさんの気配に、冒険者たちから離れる。

「悪い、時間が掛かった」

「大丈夫。ドルイドさんにちょっと相談する事が出来たのだけど」

「相談？」

「うん。外で話していい？」

「あぁ」

盗み聞きしていたのがばれたら、怒る人がいるから気を付ける必要がある。もう少し大きくなる前に、情報を集める方法を変えないと駄目だよね。冒険者に話しかけるのって、緊張するな～。ギルドから出ると、先ほどよりどんよりした雲が空を覆っていた。もしかしたらまた雨が降るかもしれないな。

「若い冒険者の人たちが、この雨がおかしいと言ってたよ。雪に変わる筈なのにって」

「そうか」

「それと、昔似た様な事があったみたい」

「えっ？」

ドルイドさんの驚いた表情に、頷いて答える。

「その人たちのお婆さんとお爺さんが、昔経験したみたい。その時、被害が多く出たらしくて今年も心配していると話してた」

私の言葉に何かを考え込むドルイドさん。おそらく誰に情報を確認するべきか考えているのだろう。

「やっぱりローズさんだろうな。年齢的にも彼女が一番詳しそうだ。サリファさんとドラさんは俺とそれほど変わらない年齢だろうから」

「これから行くから、聞いてみる？」

「そうだな」

魔石以外の目的が出来たので少し早足でローズさんのお店に向かう。まだお店にいてくれるかな？　お店に着くと、ドルイドさんが軽く扉を叩く。

「すみません、ドルイドです」

「…………」

しばらく待つが返答がない。駄目かな？

「おや？　ドルイドさんとアイビーじゃないか」

後ろから声が掛かり振り向くと、デロースさんが袋を抱えて立っていた。

「すみません、ローズさんはいますか？」

「ローズなら家にいると思うけど、ちょっと待ってね」

デロースさんが鍵を開けて中へ招いてくれる。お礼を言ってから店に入る。

「ローズ！　いないのか？」

「………何だい。珍しいね、帰ってすぐにそんな声を出すなんて。んっ？　どうしたんだい？」

ローズさんがめんどくさそうに店に顔を出すが、私たちの顔を見ると何処か心配する表情になった。

「すみません、復活した魔石を預かってほしいのと、少し過去の話を聞きたくて来ました」

ドルイドさんの話にホッとした表情をしたあと、首を傾げる。

「魔石？　朝もらっただろう？」

「そうなんですが、フレムが捨て場で一杯復活させてくれたので持ってきたんです」

私の言葉に驚いた表情をしたローズさんは、すぐにフレムの心配をしてくれた。

「大丈夫ですよ、魔石を復活させるほうが元気になるみたいで」

「そうなのかい？　何とも不思議な事があるんだね」

確かにそのとおりなので、笑って誤魔化しておく。説明が出来ない事はどうしようもない。

「それで、過去の話とは何だい？」

「ローズ、まずは温かいお茶でも飲んでゆっくりしてもらおう」

デロースさんの声にハッとしたローズさんは、すぐさま椅子をすすめてくれた。

「すみません」

「かまわないよ、ローズは話を聞いてあげな。お茶は俺が淹れるから」

「すまないね、ありがとう」

デロースさんがお茶の用意をしに行くと、ローズさんが私たちの向かいの椅子に座る。

「ローズさんはこの冬の状態をどう感じていますか？」

「状態？　あぁ、雪が降らない事かい？」

「はい」

ローズさんが大きな溜め息を一ついて、『異常だね』と言った。

「どれぐらい昔なのかは不明なのですが、似た様な冬があったと聞きました。ご存じですか？」

「ん？　似た様な冬？」

ローズさんは不思議そうに首を傾げる。情報が間違っていたのだろうか？

「あっ！　そうだよ、ドルイドさんの言うとおり。確かにこの状態、似ているね」

良かった、情報は間違っていなかったみたいだ。ローズさんは何かを思い出したのか、少し顔を歪めた。

「本当に似ているね。というかそっくりだ、五〇年前と」

ちょうどその時、デロースさんがお茶を持って戻ってきた。いただいたお茶を口に含むと、体の中からじんわりと温かくなる。

「デロースも覚えているだろう？」

「ん？　五〇年前？」

デロースさんは急な話に少し驚くが、何か思い出した様で深く頷く。

「そう言えば、そうだね。この異常な寒さにスノーの発見。そして雨」

雨だけではなく、スノーの発見も五〇年前と似ているのか。

「五〇年前に何があったんですか？」

「何という事はないさ。ただ、異常な寒さの中雨が降り続けてね」

デロースさんの表情が悲しげに歪む。

「あの時は今回の様に準備もされてなかったから、村に住む半数以上が凍え死んだんだよ」

半数以上が！　それは。

「そうだったんですか。この村の冬は、どんな感じですか？」

「他の村で冬を越した事があるが、変わらないね。寒くなって一ヶ月ぐらい雪が降って春が来る。こんな感じだよ。あの五〇年前だけが異常なんだよ」

五〇年前だけが異常で、今年も異常。それより前は異常な冬はなかったのかな？

「その五〇年前ですが、その時家族や周りの人たちが昔も似た様な事があったとか話していませんでしたか？」

「どうだったかな？　デロースはどうだい？」

「そうだね。私はあの時まだ六歳だったからね」

「そうか、私は一一歳だからデロースより覚えている事は多い筈だが、そんな話は聞いた事ないね」

という事は、繰り返されている異常ではないのかな。

「雨が降りそうだね」

四人で窓の外を見る。先ほどより暗くなっている村。

「降られる前に帰ろうか」

「うん、ローズさん、デロースさんありがとうございます」

「こちらこそ、魔石ありがとうね」

ローズさんの店を出ると、先ほどより風が冷たい気がしてぶるりと震える。

「急ごう、寒すぎる」

「うん」

ドルイドさんが私の手を握って、走り出す。少し引っ張られる状態で宿まで戻ると、ドラさんたちが心配していた。今日の夜の外出禁止が、両ギルドから発表されたらしい。何とか、間に合って良かった。

272話　森の奥へ

「止まないな」

雨が降り出してから三日。その間、ずっと降り続けている雨を窓際に置かれたソファから眺める。寒さも厳しく、詳しくは聞けなかったが死者も出たらしい。窓の外を見て、もう一度溜め息をつく。

「ぷ～？」

外を見ていると、不意に足に重みを感じる。視線を向けると、ソラが私の太ももの上からじっと見つめていた。

「ごめんね。何でもないよ」

「ぷっぷ～」

体を縦に伸ばして見つめて来るソラ。心配されているようだ。

「わかってるよ、しかたない事だって」

死者が出たと聞いたのが、少し前。死因は凍死だったらしい。しかたがない事だと、頭では理解している。でも、心がちょっとだけギュッと痛んだ。

「出来るだけの事はしたよね？」

「ぷっぷぷ～」

「にゃうん」

「てっりゅりゅ～」

ソラに続いたみんなの声に少しだけ驚く。傍に来ていた事に気付かないほど、ぼうっとしていたようだ。

「みんな、ありがとう」

そう、私が出来る事はやった。だからしかたない事なのだ。ガチャッと扉の開く音がして、飲み物を持ったドルイドさんが入って来る。

「大丈夫か？　はい、落ち着くぞ」

ドルイドさんにお礼を言って、飲み物を受け取る。どうやら彼にも、私の気持ちがばれてしまっているようだ。情けないな。ひと口飲むと、口の中に爽やかな甘さと温かさが広がる。

「おいしい」

「それは良かった」

心配かけちゃったな。よし、もう大丈夫。小さく、頷くとゆっくりと頭を撫でられた。みんなの気持ちが温かい。

「ドラの話では、明日ぐらいには一度止むだろうって言っていたよ」

「そっか。良かった」

「雪にならないと狩りが出来ないな」

「狩り？」

「ほら、冬の間しか現れない魔物がいるから狩りをしようって」

「あっ！」

そうだ、確かそう言っていた。でも雪が必要なのかな？

「あの魔物は雪が降らないと出てこないから、どんなに寒くても雨では駄目だな」

そうなんだ、残念。でも、まだ冬は始まったばかりだし。まさかずっと雨なんて事はないだろう。

でも何か原因がある場合は、それをどうにかしないかぎりは雨か。

「止んでほしいな」

「そうだな」

「晴れだ〜」

宿から出て空を仰ぐ。久々の太陽の姿に、ホッとする。ただ、やはり寒さは厳しいが。

「太陽をこんな気持ちで見る時が来るなんてな」

隣でドルイドさんが感慨深く呟く。確かに、数日の雨と寒さがなければここまで太陽を待ちわびなかっただろうな。

「さて、行こうか」

「うん」

今日は、ここ数日の間にフレムが復活させた魔石をローズさんの所へ持って行く事にしている。そしてそのあとは、森へ行く予定だ。それと言うのも、シエルの様子が昨日の昼頃少しおかしくなったからだ。なぜかぶるぶると震え、窓の外をしきりに見て、またぶるぶると震える。時間にして一時間ほど、何度も同じ行動を繰り返していた。部屋の中でも元の姿には戻れるが、魔力が外に洩れてしまう可能性がある為出来ず。一日という時間がたってしまったが、森へ行き元の姿に戻って問題ないか確かめる事にしたのだ。心配でシエルに怪我や病気の有無を聞いたが、それらは問題ないらしい。ドルイドさんはソラとフレムが気にしていない為、深刻な問題ではない可能性が高いと言っていた。それでも、何かがあったのは確かなので不安は消えない。

ローズさんのお店は今日は開いていて、お客さんの姿がちらほら。挨拶をして、魔石を渡す。

「ありがとう。お茶を飲むかい?」

「いえ、今日は行く所があるので帰ります。また来ます」

「無理はしないようにね」

「ありがとうございます」

今日は魔石を渡すと、すぐに店を出る。ちょっと慌ただしくなってしまったので、ローズさんとデロースさんが驚いていた。原因がわかったら、ちゃんと説明しよう。

門番さんに挨拶をして、森の外の様子を聞く。特に危ない魔物の姿などは見られていない様だ。良かった。

「天気が悪くなりそうだと感じたら、すぐに戻ってきてくださいね」

「はい。行ってきます」

「行ってきます」

「行ってらっしゃい」

挨拶をして森の奥へ向かう。冒険者もこの晴れ間に森へ行っているらしいので、注意が必要だ。

「結構、奥まで来たな」

ドルイドさんの言葉に足を止める。周りを見回して気配を探る。かなり遠い所に冒険者らしき人の気配があるだけで、問題なさそうだ。ローズさんの持っている様なスキルを持った人がいない事を祈って、バッグからみんなを出す。

「ぷっぷぷ～」

ソラが元気に飛び出して、飛び跳ね回る。続いてシエルが飛び出す。すぐに元の姿に戻ると体を伸ばすなどの運動をし始めた。元の姿に戻ったシエルを見るが、特に問題はない。元気にソラと走り回っている。ずっと部屋の中だと、我慢させる事が多いのでそのせいだったのだろうか？　最後に、ぴょんとバッグから飛び出すフレム。

「上手に出来たね」

体力が付いたのか、バッグから自力で飛び出せる様になった。ただし、体にあるシミがすごく気になる。ドルイドさんに測ってもらったが、徐々にだが広がっている。

「にゃうん」

シエルの声に視線を向けると、じっと森の奥を見つめている。気が付くとソラとフレムも何かを見ている。そして三匹がちらりと私を見る。

「ドルイドさん、いいですか？」

「えっ、何が？」

「向こうに何かあるみたいです」

「ハハハ、俺も慣れたな」

「えっ、何？」

隣でぼそっと何か言ったが、声が小さく聞き取れなかった。ドルイドさんは首を横に振ると、

「いや、何でもない。行こうか」

「ありがと。みんな行こう！」

何だか久々にドキドキするな。やっぱり森の中だと冒険したくなる。先頭にソラ、次にドルイドさんと私とシエル。フレムはドルイドさんの腕の中だ。

しばらく歩き続けると、スノーの花の群生地が現れた。すごい数の花が揺れている。ちょっとそのすごい風景に感動してしまう。いわくつきの花だが、とても綺麗だ。

「スノーが群生して咲くなんて、聞いた事がないんだが」

ドルイドさんは戸惑っているようだ。確かにスノーの発見が多いと、被害が大きくなるとも言われているからね。

「ぷっぷぷ～」

花に気を取られすぎていたようだ。ソラとちょっと離れてしまった。急いであとを追うと、岩山に到着。

「ここって、魔石が採れていた場所か？」

ドルイドさんが指す方向を見ると、岩山に崩れた部分がある。近づくと、かなり大きく崩れていてこの奥に何があるのかはわからなかった。

「ぷっぷぷ～」

「にゃうん」

ソラとシエルの声のしたほうへ視線を向けると、岩に大きな穴。

「あそこ、入れるみたいですね」

「みたいだな。だとすると崩れて入れなくなった洞窟は、ここではないのか」

岩の穴の様子を見たドルイドさんが首を傾げる。

「この穴、まだ新しい気がする」

すごいな、そんな事までわかるんだ。私も見てみたが、何処を見ていいのかさえもわからなかった。ソラたちのあとを追って、洞窟の奥へと進む。

「やっぱり、ドラたちが言っていた洞窟じゃないか？」

ドルイドさんが壁を指して言うので、そちらを見ると魔石が埋まっているのがわかった。しかもその魔石は一つではない。

「ここだったら、魔石は集められたって事ですか？」

「穴の状態から見て、もしかしたら、ここ数日の間にあの穴が開いた可能性もある」

なるほど。

「あれ、あの子たち」

ソラが同じ場所でぴょんぴょんと飛び跳ねているので不思議に思い近づくと、サーペントさんの子供たちである黒の球体が何体もいた。

「ここもサーペントさんの住処でしょうか？」

「村に近すぎるから違うだろう。ここだったらもっと目撃情報があってもいい筈だ」

そうか。確かに村から歩いて一時間ぐらいだから、近すぎるかな。

「こんにちは、以前会った事があるけど覚えてますか？」

「あの時の子たちなのか？」

ドルイドさんの疑問に首を傾げる。どうだろう？

「わからないですが、なんとなく」

ドルイドさんに笑われたが、さすがに黒の球体を見分ける事は不可能だ。色も目の位置も黒の濃さも同じなんだから。

273話　洞窟の奥

「アイビー、まだ奥があるみたいだ」

ドルイドさんの視線を追うと、確かに奥に洞窟は続いている。しかも微かな灯りが見える。

「人がいるのか？」

ドルイドさんの言葉に急いで気配を探るが、人の気配はない。でもこれは、知っている気配だ。

誰だったかな……。

「あっ、サーペントさんの気配だこれ！」

「サーペント？　行ってみようか」

「ぷっぷぷ～」

「にゃうん」

私が答える前に、ソラとシエルがうれしそうに奥へ行ってしまう。それに慌ててドルイドさんとあとを追う。

「ソラ、シエル、ゆっくり」

洞窟なので足元が悪く、急いでいてもそれほど速く進めない。しかも腕の中にはフレムがいる。こけたりしたら、フレムまで怪我をしてしまうかもしれない。ドキドキしながら、奥へと進んでいると不意に腕の中からフレムの重さが消える。

「えっ？」

「危ないから、俺が持つよ。フレムも俺でいいか？」

右横を見ると、フレムを抱き上げているドルイドさん。

「てっりゅりゅ～」

どうやら、自分で思っている以上に危うく見えたらしい。

「ありがとう」

お礼を言うと、頭をポンと撫でられた。二匹を追って、奥へ進むと先ほどの場所より広い空間に出る。

「うわっ」

目の前には横たわったサーペントさん。意識がないのかピクリとも動きがない。死んでいるのかな？　不安になって近づこうとすると、

「ぷ～」

「ソラ？」

「どうした？」

ソラが大きな声を出して、私とドルイドさんの足元を交互に飛び跳ねる。これは、これ以上進むと危ないと言うソラの警告だ。一人で旅をしている時には、これに何度も助けられてきた。

「近付いたら危ないって事だよね？」

「えっ？」

「ぷっぷぷ～」

正解だった様で、ソラがうれしそうにピョンピョンと飛び跳ねる。

「ありがとう、ソラ。ドルイドさん、近づくのは危ないみたいです」

「すごいな。ソラ、ありがとな」

「ぷっぷぷ～」

ドルイドさんがしゃがみ込んでソラの頭を撫でると、うれしそうにプルプルと揺れた。

「しかし、なんでこんな所にいるんだ？　もしかしてあの穴を開けたのは、このサーペントか？」

ドルイドさんが立ち上がって、ある程度距離を開けた状態でサーペントさんを確認している。体に触れれば温かさを診る事が出来るが、それが出来ない以上声をかけるぐらいしか出来ない。

「サーペントさん！　サーペントさん！」

私の声が洞窟内に響き渡る。だが、やはり動かない。死んでしまったのだろうか？

「アイビー、顔の下の部分！　動いてる」

ドルイドさんが指す方向を見ると、確かに上下に動いている。

「生きてる？」

「あぁ、安定した呼吸だから大丈夫だろう」

「良かった」

「しかし、何で目が覚めないんだ？」

確かにこんなに近くから声をかけているのに、目覚める気配がない。サーペントさんに何が起こっているのだろう。

「ん？」

ドルイドさんが、今来た道を振り返っている。

「しまった。雨が降り出したかもしれない」

「えっ？」

急いで洞窟の入り口まで行くと、パタパタパタと雨の降る音が聞こえた。しかも音が大きいので大粒の雨の様だ。ひゅ～っと入って来る風は、先ほどとは比べられないほど冷たい。

「ここは冷えるな、奥へ行こう」

「うん」

サーペントさんがいる場所は、洞窟の奥なので寒さは凌げる筈だ。雨が降り続かなければ、大丈夫だろう。雨が降り続けた場合は、無理をしてでも村に戻る必要がある。あの冷たい雨に当たるのかと考えると、体がブルリと震えた。

「焦ってもしかたないし、ちょっとお茶でも飲んで休憩しようか」

「うん、そうしよう」

とりあえず気持ちを落ち着けよう。安定した場所を見つけてコップを用意する。鍋に出した水を赤い魔石でお湯に変える。私の魔力量は少なすぎて魔石を発動させられないので、ドルイドさんにしてもらわなければならないのが残念な所だ。いつか魔力量、増えないかな？　お湯にお茶の葉を入れて少し置いて、茶濾しで茶葉を濾したら完成。

「ドルイドさん、どうぞ」

「ありがとう」

「どうでした？」

お茶を淹れている間に、ドルイドさんがサーペントさんの全体を確認していたのだ。

「これといって異常は見られなかった、怪我もしていない様子だしな」

怪我はないのか、それは良かった。ただ目が覚めない事だけが不安だ。何となく嫌な予感もするな。

「サーペントさんの状態からどんな事が考えられるの？」

「そうだな、怪我ではなく病気。もしくは誰かに眠らされている可能性も考えられるかな」

眠らされている？　何だか怖いなそれは。不安に感じた気持ちを、ゆっくりお茶を飲む事で落ち着かせる。

「ん？　病気はおかしくないですか？」

「そうなんだよな。病気だったらソラが近づくのをやめた理由がわからない。もしかしたら触ったら病気が移ると言いたいのかもしれないが、フレムがいるからな。フレムのポーションで治せない病気なんてあるとは思えないし」

という事は、誰かの力によって眠らされてしまった可能性が高いという事になるのかな？　サーペントさんほどの魔力を持った魔物を眠らせる力を持った冒険者？　でも、誰も近づけない様にしている意味がわからない。それとも、術を掛けた人は近づけるのかな？

「ドルイドさん、サーペントさんを眠らせた人だけが近づける様な魔法ってありますか？」

「ん？　あぁ、なるほど。確かにあるが、あれは魔法陣が必要な魔法だった筈だ」

魔法陣？　サーペントさんの周りを見るが、地面に魔法陣など見つけられない。体が大きいからサーペントさんの下にある可能性もあるのかな？

「サーペントさんで、魔法陣が見えないという事はある？」

「いや、それはない。魔法陣は魔法を掛けたい物より大きい必要があるから」

そうか。だったら隠れてしまう事はない。もう一度、サーペントさんの周りをじっと見るが魔法陣らしき物は見つけられない。

「原因がわからないですね」

「あぁ、誰かに相談したいが……」

サーペントさんはこの村の守り神だ、おそらく。だが、もし間違っていたら狩られてしまう可能性がある。守り神だったら、それはそれで大変だろうけど。

「どうするかな」

ドルイドさんも困惑した表情で考え込んでいる。

「ぷっぷぷ～」

ソラの鳴き声がした方向を見ると、黒の球体と遊んでいるソラとフレム。仲良しだな。あれ？

シエルがいない事に気付いて、洞窟内を見回す。すると、サーペントさんの顔の前にいた。

「……シエル？」

「あれ？」

ドルイドさんも気付いたのか、シエルをじっと見ている。

「近づきすぎですよね？」

「あぁ」

シエルがサーペントさんの鼻に鼻をチョンと付けたのが見えた。次の瞬間、ふわりと不気味な魔力が地面から噴き出す。

「シエル！」

魔力が噴き出した瞬間、シエルはばっと後ろに飛ぶ。紙一重で、あの不気味な魔力に巻き込まれずに済んだようだ。

「良かった」

でも、何なんだろう。この魔力、触れてもいないのに肌がピリピリと痛くなる。

274話　懐かれた

サーペントさんを覆うように不気味な魔力が湧きあがる中、巨大な体がピクリと動くのが見えた。

もしかして目を覚ましたのかな？

「サーペントさん！」

「どうした？」

「今、動いた様な気がして」

よく見ようと少し近づくと、灰色の何かがサーペントさんを覆ってしまい姿を隠してしまう。

魔力に色はない筈だけど、これが現れた時から肌を刺す魔力が力を増したのを感じた。とりあえず、少しでもサーペントさんの姿が見える場所がないかと移動する。全体を見ていると、ほんの少し灰色が薄い場所を見つけた。その場所まで行き、中の様子に目を凝らす。すると、サーペントさんの目がうっすら開いている事に気が付いた。

「なにこれ？　魔力？」

「ドルイドさん、目が開いてる」

「本当か？　でもこの不気味な物は何なんだ？　魔力の様な気もするが、色があるなど聞いた事がない」

ドルイドさんもこの灰色の何かを魔力だと感じているようだ。肌を刺す様な嫌な魔力。サーペントさんから湧き上がっているように見えるけど、サーペントさんの魔力ではない。彼の魔力は温かくて、こんな冷たい嫌な魔力ではなかった。

「ぐぁ～」

不意に痛みをこらえる様な叫び声が、近くから聞こえた。一瞬ドルイドさんに何かあったのかと彼を見るが、彼も私を見ていた。違うと判断した瞬間、サーペントさんを見る。灰色の何かで見えにくいが、体を少し浮き上がらせ左右に揺らして苦しんでいるのがわかった。

「どうしよう」

ドキドキと不安が押し寄せる。何をすればいいのか、まったくわからない。

「にゃ～」

聞いた事がないシエルの声が洞窟に響く。次の瞬間、シエルの魔力が洞窟内を満たすのがわかった。あまりに濃い魔力に頭がふらつき、座りこんでしまうが何とか視線をシエルに向ける。そこにはサーペントさんに向かって毛を逆立てて怒りをあらわにしているシエルがいた。

しばらくすると灰色の何かがどんどん消えていく。それと同時に肌を刺す、嫌な魔力も消えていった。やはり灰色の何かは魔力であっていたのかな？　すべて消えると、サーペントさんがどさりと地面に倒れピクリとも動かなくなってしまう。サーペントさんに近づきたいが、足に力が入らない。

「ふ～、すごい魔力だったな。アイビー、大丈夫か？」

「それが、立てません」

「強力な魔力に体が拒絶反応を起こしたんだろう。俺も足がガクガクだ。危ないからそのまま座って落ち着くのを待て」

「うん」

ドルイドさんがゆっくりとサーペントさんに近づく。今度はソラもとめる事はなかった。

「死んじゃったんですか？」

少し声が掠れてしまう。ドルイドさんは手をそっとサーペントさんに当てると、目を閉じる。しばらくすると、私に向かって笑みを見せた。

「大丈夫、弱っているようだけど息をしているよ」

全身から力が抜ける。スッと視線を地面に向けると、何かが目に入る。

「ドルイドさん、足元！　それ魔法陣だ！」

「えっ？」

ドルイドさんの視線が下を向く。魔法陣を確認すると、自分も魔法陣の上に乗っている事に気が付いた。

「かなり巨大な魔法陣だな。あの不気味な魔力を生み出したのはこれか？」

「にゃうん」

シエルがドルイドさんの声にこたえるように鳴く。もしかして知っていたのだろうか？

「シエル、ここにサーペントさんが捕まっていた事を知ってたの？」

「にっ」

それは知らなかったのか。

「あの不気味な魔力を感じたの？」

「にゃうん」

「すごいなシエル。こんな森の奥の魔力に気付いたなんて」

そっか。あの不気味な魔力に気が付いたから、おかしな行動をとっていたのか。原因がわかって良かった。

「アイビー」

「どうしたんですか？」

おっ、足が動かせる。そろそろ立ち上がっても大丈夫かな。

「これって報告する必要があるよな」

「あっ」

そうだ、こんな魔法陣を使った人を放置しておくわけにはいかないよね。誰が関係しているのかは不明だけど。それにあの不気味な魔力も気になるし。

「どうしましょう？」

「ん～、タブロー団長に頼るか？」

それが一番だろうな。自警団の団長さんだし。

「色々大変なのに、迷惑かけちゃいますね」

「まぁ、しかたないよ。団長だから」

確かに、この村の問題だから報告は必要だけど、忙しく仕事している人に頼るのって気が重いな。他に思いつくのはプリアギルマスさんだけどあまりよく知らないし、彼も忙しいだろうし。やっぱりタブロー団長さんって事になるんだよね。

「てっりゅりゅ～」

フレム？　そういえば、何処にいるんだろう？　声のしたほうを探すと、サーペントさんの子供、黒の球体たちに囲まれていた。ゆっくりと立ち上がって、足にしっかり力が入るか確かめる。よし、大丈夫だな。まだ少しふらつくけど、気を付けて歩けば問題なく歩ける程度には復活してくれた。

「大丈夫なのか？　無理はするなよ」

「たぶん大丈夫。それにしてもシエルの魔力、すごかったですね」

「あぁ、さすがアダンダラだけはあったな」

いつものシエルからは想像出来ないぐらい濃くて綺麗な魔力だったな。ゆっくり慎重に歩いてフレムに近づく。

「フレム、どうしたの？」

黒の球体たちが私に気付いて、フレムの場所まで道を開けてくれる。

「ありがとう」

ぽんっ！

ん？　ぽんって何？　音がした方向を見る。フレムの目の前に、水色に銀色が混ざった透明の少し大きな魔石が転がっているのが見えた。あぁ、魔石が出来た時の音か。というか、魔石を作っていたの？　ちょっと不思議に思いながら魔石を取ろうとすると、黒の球体の一匹が器用に魔石を持ち上げて移動する。それを目で追っていると、どうやらサーペントさんのほうへ持って行くようだ。ドルイドさんも魔石を持つ黒の球体に気づいて、唖然と見ている。とめていいのか、見ていたほうがいいのかよくわからず様子を窺っていると、その魔石を持った黒の球体はサーペントさんの口の中にその魔石を放り込んでしまった。

「……………」

えっと、ドルイドさんと視線を交わして二人で首を傾げる。これはどう反応したらいいのか、正直困る。

「あの魔石は？」

「フレムが作った魔石です」

「そうか」

「うん、水色に銀色が混ざった綺麗な魔石でしたよ」

「水色に銀色？」

ドルイドさんの様子から、フレムはまたかなりレアな魔石を作ったと気付く。

「その魔石」

ドルイドさんが何かを言おうとした時、サーペントさんが水色と銀色の綺麗な光に包まれた。先ほどのようにその光に魔力を感じるが、先ほどとは違いその魔力には温かさが感じられた。スーッとその魔力が消えていくのをただただ見る。

「あ～、えっと今のは？」

ドルイドさんの困惑した声が聞こえるが、どう答えたらいいのかわからない。とりあえず……何だろう。ちょっと二人で困惑状態でいると、倒れ込んでいたサーペントさんの体が持ち上がった。

「おっ」

「サーペントさん、大丈夫？」

声をかけると、ふわりとサーペントさんの魔力が広がるのがわかった。そしてその魔力がスーッと消えていく。何があったのかわからず首を傾げて、サーペントさんを見る。すると目の前にサーペントさんの顔が。

「うわ、びっくりした」

じっと視線が合うと、にゅるっと舌で頬を舐められた。何度も何度も。えっと？

「懐かれたな」

ドルイドさんの一言に、やっぱり？　と思う。懐かれるのはうれしいけど……頬がよだれでべとべとです。これはとめてもいいかな？

275話　いつもの冬？

ようやく、サーペントさんが落ち着く頃にはなんと言うかまぁ、三回ほど濡れた布で顔全体を拭かなければならない状態になっていた。そして、髪に付いたよだれは拭きにくい。大きなサーペントさんの舌は大きいです。

「サーペントさん、この魔法陣が何か知ってる？」

私の言葉に、サーペントさんが地面をじっと見つめる。そして私のほうを見て、体を少し持ち上げてから顔だけを横に傾けて、

「くるっ」

えっと、『知らない』と言っているのかな？

「知らないって言ってるの？」

頷くサーペントさん。当たってたみたい。

それにしても大きいな。少し体を持ち上げただけなのに、私より高い位置に顔がある。

「シエルたちで慣れたけど、さすがアイビーだよな。何の違和感もなく会話始めるんだから」

ドルイドさんが、何かぼそっと言っている声が聞こえたので視線を向けるが首を横に振られた。気にしなくていい事らしい。

「体はもう大丈夫？　そういえば、フレムが作った魔石はどうしたの？」

あっ、しまった。矢継ぎ早に質問してしまった。

「くるっる」

サーペントさんは鳴くと、ぐっと顔を私の目線になるまで下ろしてきて舌を出す。また、舐めにきたのかと焦ったが今回は違った様で、舌の上に灰色の石が乗っていた。石を舌の上からもらい受け、じっと見つめる。最近よく目にする石に似ている。

「これってもしかして魔石？」

「くるっる」

一回頷いてから鳴くサーペントさんに、正解だと知る。あの綺麗だった魔石は、魔力を使い切ってしまったようだ。残念。しかもこの元魔石、なぜか二つに割れてしまっている。

「どうした？」

ドルイドさんが隣にきて私の手元を覗きに来る。

「魔石が割れてる」

「そうか、どんな魔石なのか不明だから何とも言えないが、魔力を引き出すのに負荷が掛かりすぎたんだろう」

「負荷？」

「あぁ、魔石の力を無理やり発動させたり、急激に引き出したりすると魔石がその強さに耐えられず割れる事があるんだ」

「そんな事があるんだ。知らなかった」

「くるっ」

「にゃうん」

「ぷっぷぷ～」

「てりゅ？　てっりゅりゅ～」

ドルイドさんと二つにわれた魔石を見ていると、楽しそうな声が聞こえた。そちらに視線を向けると、サーペントさんとソラたちに黒の球体たちが楽しそうに戯れている。

「随分、楽しそうだな」

「うん」

あれ？　そういえば、雨の音が聞こえない。

「ドルイドさん、雨の音が聴こえない気がする」

「ん？　そういえばそうだな。止んだのか？　だったら、その間に村に戻りたいのだが」

ソラたちに声をかけて、洞窟の入り口へ向かう。

「まだ少しふらついているな」

ドルイドさんが私の背中を支えるように手を置いてくれる。確かに歩く事は出来るが、まだ先ほどの影響なのか足元がふらついてしまう。

「しかたないです。でも、少しずつ元に戻っている筈なので」

「筈って。大丈夫か？」

「だって、こんな事になった事ないから」

あれほどの魔力を浴びた経験はない。森の中で、本に載っていた上位魔物と遭遇した時もあんな強い魔力は感じなかった。

「経験した事がないので、どれぐらいで元に戻るのかわからないし」

歩き出して気が付いたが、両足に痺れ？　の様なものを感じる。ただ、歩くのに支障があるわけではないので大丈夫だとは思うけど。ん～、強い魔力って影響力が大きいんだな。

「ドルイドさんは大丈夫？」

「ん？　あぁ、確かに魔力に拒絶反応は起こしたけど何とかなったみたいだ」

「そっか」

これは経験の差なのだろうか？　それとも私の魔力が低すぎるせいかな？　確かドルイドさんは

魔力は高めだと聞いた様な気がする。

「あっ、雪だ」

ドルイドさんの言葉に、こけないように慎重に下を向いて歩いていた視線がパッと前を向く。目に入ったのは、洞窟の外に見えた白い雪。

「えっ本当だ！　雪ですね。あっ、寒さも落ちついてるのかな？」

良かった、何があったかは不明だけど、雪になってる。これでいつもどおりの冬になるのかな？それとも一時の事なのかな。まだ不安要素はあるけど、とりあえず今は雪に変わった事を喜んでおこう。

「あの魔法陣が何か関係してたりするのか？」

ドルイドさんの言葉に、背中に冷たいものを感じた。……ありえそう。そして、もしかしてまた問題の真ん中にいるのかな私。って、気付くのが遅すぎる。

「どうした？」

「いえ、何でこう巻き込まれる体質なんだろうなって」

「えっ………あぁ、なるほど。確かに」

不本意だけど、ものすごく納得された。

「ぷっぷぷ～」

あれ？　ソラの声？　後ろを振り向くと、にょきっと巨大な影が。

「ぎゃっ！」

カチャッ。

「……サーペントさん、音もなく後ろに来るのはやめてほしい」

驚きすぎて、すごい叫び声をあげてしまった。恥ずかしい。

「くるるる？」

巨大な影は、みんなを背中に乗せたサーペントさんだった。気配も音もなく、真後ろにいるものだからドルイドさんもかなり驚いている。なんせ、とっさに剣に手をかけるほど。良かった、抜かなくて。

「ふ〜、とりあえずアイビー、村に戻って報告して来よう。少し寒さも落ち着いているし、またいつあの寒さと雨が戻って来るかわからないからな」

「うん。サーペントさん、ここに冒険者たちが来るかもしれないから気を付けてね」

「くるっ？」

首を傾げたという事は理解出来なかった？

「冒険者の人たちがさっきの魔法陣を見に来るから、姿を見られたくないと思ったら隠れていたほうがいいよ」

「くるっる」

この鳴き方は『わかった』のほうだから、理解してくれたみたいだ。それにしてもサーペントさんは頭がいいな。

「ここで冒険者たちを待ってる？」

「くるっ」

先ほどとは鳴き方が違うな『いいえ』かな？　となると、戻って来た時にはいないのか。また会えるかな？

「また、会おうね？」

「くるっる」

良かった。

「シエル、スライムになってもらっていい？」

私の言葉にすぐさまスライムになるシエル。うん、相変らわず速い変化だな。みんなをバッグに入れて、雪で濡れないようにしっかりと蓋を閉める。

「サーペントさん、気を付けてね」

「くるっる」

「サーペント、何者かが狙っているのは間違いないから気を付けろよ」

「くるっる」

手を振って、洞窟の外に出る。寒さが落ち着いたとはいえ、寒い。足早に村に向かう。

「アイビー、足は大丈夫か？」

「えっ。あっ、大丈夫です！」

気付かないうちに痺れも消えている。良かった。治らないんじゃないかと不安だったんだよね。

本当に良かった。

番外編 ✿ 誰か止めて

The Weakest Tamer
Began a Journey to
Pick Up Trash.

「アイビー、このスカートはどうだ？」

ドルイドさんが持っている、フリルがふんだんに使われたスカートに顔が引きつる。どう考えてみても着る機会なんてない。

「それは、無理です。あの、そろそろ……」

「では、こちらはどうですか？　可愛いでしょう？」

確かに可愛い。でも、旅をしている私には不釣り合いだし、たぶんその服はすごい金額だと思う。刺繡が今までの服とは違って、すごく豪華だ。

「あの、もっと気軽に着られる服を……」

何で、こうなったんだろう？　目の前に積み上がっている服の山に、ちょっと意識を遠くに飛ばす。

「アイビー、これは気に入らないか？」

「えっ。どの辺りが駄目でしたか？」

そうじゃないの！　どうして、私の服をドルイドさんとバルーカさんが喜々として選んでいるの？　本人を完全に放置して。

確かに、ドルイドさんが「アイビーに似合いそうな服を選んでいいか？」とは訊かれた。だから「ありがとう」と言った。だって、普通に考えて選ぶにしたって三枚ぐらいだと思うでしょ？　それが、バルーカさんと競う様にどんどん目の前に積み上がって。慌てて止めても、全然話を聞いてくれないし！　お願い、誰かこの二人を止めてほしい。

「店長、依頼書です」

あっ、お店の従業員かな？　彼なら止めてくれるかも。

「依頼書ですか？　あとで確認するので机に置いといてください。ところで、これをどう思いますか？」

従業員の持ってきた書類をちらりと見たバルーカさんは、すぐに興味をなくしてしまう。依頼という事は、仕事のお願いの筈なのに。

「彼女には、こちらの淡い色合いのほうが似合いますよ。刺繍も可愛いですし」

従業員の人が私を見て、二枚のブラウスを選ぶ。確かに色も可愛いしワンポイントに入っている刺繍も可愛い。さすが、こういう店で働いているだけあって選ぶのは上手だな。

「確かに可愛いですね」

「あと、これも似合うと思いますよ」

従業員さんの持ってきた服を見て、バルーカさんが襟元の部分だけが異なるデザインを持って来る。

「それならこちらのほうが可愛くないですか？」

「確かに。可愛らしさはそっちかな」

違う。従業員さんには、参加してほしいのではなく二人を止めてほしいんです。襟のデザインで盛り上がる二人の姿に、小さく溜め息が出てしまう。

「すごい盛り上がっているなぁ」

不意に聞こえた別の声に、びくりと体が震える。慌てて声のほうに視線を向けると、大量の服を持っている男性と視線が合った。

「えっと、そうですね。あなたは？」

「この店で刺繍を担当しているミチュと言います。よろしく」

「アイビーです。あの、止めてもらう事は……」

私の言葉にミチュさんは、申し訳なさそうな表情になった。

「ごめんね。あぁなった店長を止めるのは無理かな。いつもよりひど……楽しそうだから」

今、ひどいって言いそうになってなかった？　ミチュさんを凝視すると、苦笑された。

「諦めて。というか、彼はすごいよね。店長と張り合ってる」

「あっ、ドルイドさんです。私の家族です」

私の言葉に苦笑したミチュさんに、肩をぽんぽんと軽く二回叩かれる。

「がんばれ。バフは連れて行くよ」

そう言うと、バフさんを引きずって奥へ戻って行った。

「アイビーには、こっちの色だろう」

「それもいいですが、もう少し明るい感じでこちらも」

お父さんとバルーカさんが、同じ服の色違いで言い合っている。色も重要だけど、二人が持っている服は着ないな。リボンは可愛いけど、私の趣味ではないので。

「あぁ、いいな。でもこちらのほうが似合うと思うけどな」

「確かに似合うだろう。でも、この色だって間違いなく似合う」

何だろう、どんどん可愛らしすぎるデザインに偏っていっている様な気がする。見るのはいいけど、間違いなく選ばない。

「ドルイドさん、さすがに今手に持っているのは趣味じゃないから着ないよ」

「「んっ？」」

仲良しだね。息がぴったり。

「その服は趣味じゃないので」

ドルイドさんとバルーカさんが手に持っている服を見る。そして、頷いた。良かった。さすがにひらひらした服は遠慮したいかな。

「これならどうだ？」

あっ、可愛い。先ほどの可愛すぎるデザインではなく、シンプルの中に小さな可愛らしさがある。それに色も、淡い色合いで他の服とも合わせやすそう。やっぱり、選ぶなら着回しが出来る色合いがいいよね。

「これは決定だな」

ドルイドさんの言葉に、バルーカさんが頷く。その二人の様子に首を傾げる。初めて意見が合った様で、ドルイドさんが選んだ服が別の場所に置かれる。どうやら、今見せてもらった服は決定らしい。

「ふふっ」

私の好みだったので、服を見るとワクワクしてつい笑みを浮かべてしまう。

「好みが掴めたので、あとは選ぶだけですね」

バルーカさんの言葉に、ぎょっとする。今までも一杯選んでいたのに、まだ選ぶのだろうか？

ん～、ここで放置したら絶対に時間がまだまだ掛かりそう。

「あっ、購入金額を決めてから買おう」

私の言葉に、首を傾げるドルイドさんとバルーカさん。本当に仲がいいね。

「別にお金を気にする事はないぞ」

ドルイドさんの言葉に、首を横に振る。

「気になります！　だから購入金額を決めてから選ぼうよ。ね」

じゃないと、いつまでたっても服選びが終らないと思う。

「しかたないな。アイビーがそう言うなら。でも、少しぐらい飛び出してもいいよな」

最初から、守る気がないじゃないですか！

「駄目です。金額内で納めてもらいます！」

あっ、話し方が……いや、この場合は強めに言いたいからいいかな。ドルイドさんを見ると、肩を竦められた。不服らしい。でも、譲らないからね。

「しかたないな」

勝った！　……違うよね。どうして服の購入金額で睨み合わないと駄目なの？　ドルイドさんは、こういう時は頑固だ。

「アイビーは頑固だよな」

「それは、ドルイドさんでしょ！」

「いやいや、こうと決めたら譲らないアイビーのほうが頑固だ」

絶対にドルイドさんのほうが頑固だと思うけどな。

「似た者親子ですね」

「「……」」

バルーカさんの言葉に、どっちが頑固なのか言い合っていたドルイドさんと見つめ合う。似てるかな？　……ちょっとうれしいかも。いや、頑固な所が似ているのはうれしいのではなくて……。

「どうした？　顔が赤くないか？」

「……気のせいだと思う」

似てると言われて喜んじゃった。恥ずかしい。

「アイビー、服代は一人一〇ギダルでいいか？」

一人一〇ギダル？　……一〇ギダル？　えっ、一人で？

「駄目です！　二人で二ギダルぐらいでいいと思う。外套が二人で二〇ギダルなんだから。節約しないと！」

ドルイドさんもバルーカさんも、外套はケチっては駄目だと教えてくれた。命を守るものだから、しっかりお金を掛けていいのだと。

「え～、さすがに二ギダルは少ない。二人で一〇ギダル」

「多すぎますよ。ドルイドさんはいいけど、私は成長中なので」

来年の冬に、今日購入した服が着れるかわからない。しっかり食べるようになってから、少しずつ成長しているから。なので、一〇ギダルなんて勿体ない。

「そういえば、背も伸びたよな」

少し考えたドルイドさんが、頷く。

「なら二人で五ギダル。これ以上は駄目！」

ドルイドさんの表情を見る。これは粘っても駄目だね。二人で五ギダルか。

「なら、それで。すぐに選びます――」

「よしっ。そうと決まったら、値段内でアイビーに似合う物を選ばないとな」

あれ？　何だろう。嫌な予感がする。金額を決めたら、興奮も落ち着くかと思ったのに。あっ、バルーカさんまで……。

「はぁ、諦めよう。あっ」

今、バルーカさんが持っているズボンが可愛いな。ポケットの所に施されている刺繍が、すごく可愛い。

「これは決定だな」

「そうだな」

バルーカさんの言葉にドルイドさんが頷く。あれ？　そのズボンも決定なんだ。でもそのズボンは、可愛いからうれしいな。あっ、今度は似た様な刺繍が施されているシャツで、言い合いしてる。

「当分終わりそうにないな」

襟の刺繍とか、ポケットの刺繍とか、特に気にしないのに。あの拘りが、さっぱり理解出来ない。待っていてもしょうがないし、私もちょっと見てこようかな。

「あっ、この服はドルイドさんに似合いそうだなぁ」

襟元に刺繍がされているポロシャツに手を伸ばす。ポケットにも少し刺繍があるんだ。かっこいいな。でもこの色、悪くはないけどドルイドさんには、もう少し明るい色のほうが似合いそうだな。同じ柄で、もう少し明るい色はないかな？

「あった！　やっぱり明るい色のほうが似合いそうだよね。んっ？　こっちは刺繍の柄が少し違うんだ。こっちのほうがかっこいいかな？」

どっちが似合うだろう。ん〜、力強さを感じるほうが似合うかな？　あれ？　こっちは刺繍に使われている糸の色が違う。服は少し明るめだから、刺繍糸も明るいほうがいいのかな？　ドルイドさんを思い出す。いや、暗めの色の刺繍のほうが、全体の印象が引き締まる。この優しい緑色のポロシャツに、茶色の刺繍糸で……。あっ、こっちの淡い水色のポロシャツも、似合いそう。いや、やっぱり緑のほうかな？　くっ、絶対にどっちも似合いそう。よしっ、先に刺繍を選ぼう。どの刺繍がいいかな？　ドルイドさんに似合うのは……。葉っぱよりも、この楯の柄の刺繍のほうがかっこいいかな。こっちの羽のデザインも……。

「こっち？　いや、こっち？」

ん〜、どの柄の刺繍がドルイドさんらしいかな。ちらりとドルイドさんを見る。まだ、私の服選びでバルーカさんと盛り上がっている。そんなに迷う必要ないのに。

「終わりそうにないなぁ」

手に持っている、ドルイドさんに似合いそうなポロシャツを見る。……楯の刺繍がやっぱりかっこいいよね。羽も捨てがたいけど……。

あとがき

皆様、お久しぶりです。ほのぼのる500です。皆様のお陰で「最弱テイマーはゴミ拾いの旅を始めました。五巻」の発売となりました。お手に取って下さった全ての方、ありがとうございます。イラスト担当のなま様、アイビーのちょっと成長した素敵な絵をありがとうございます。カバーイラストの皆の雰囲気が大好きです。そしてなんと、最弱テイマー四巻ですが、重版決定しました！　本当にありがとうございます。四巻の重版決定の連絡は、このあとがきを書いている最中に貰ったので驚きました。しかも、発売してから一月ほどで決定したので、かなり嬉しかったです。

五巻はアイビーとドルイドの関係を深める事を中心に考えました。ただ、四巻で既にいい関係が築けていたので、どうしようか悩みました。目標は、初めての娘に舞い上がるパパの姿です。でも、本当の娘じゃないから少し遠慮もあって、それでも嬉しさを隠しきれないという様子を目指したんですが、なぜか娘を着飾りたいパパになってしまいました。

しかも一巻～四巻が思ったより少し重い話になったので軽くするはずが……なぜかまた重くなってしまったし！　なかなか、目指した方向に話が書けないなと、つくづく感じました。ただ、どこで登場させようか迷っていた魔法陣を、ようやく出せたのでそれは満足です。

そしてもう一つ、ずっとギルマスと団長の大変さを書きたいと思っていたんです。それがようやく五巻で書けました。そのせいで話が重くなったのですが……。いや、もう少し軽い問題にしようと思ったんですが、設定を考えているうちに盛り上がってしまって。気づいたら、ギルマスと団長の性格が当初より拗れてました。本当、無事に解決まで書けて良かったです。

ＴＯブックスの皆様、五巻でもお世話になりました。担当者k様、いつもありがとうございます。皆様のおかげで無事に五巻を出版する事が出来ました。心から御礼を申し上げます。これからも引き続き、よろしくお願いいたします。

最後に、この本を手に取って読んで下さった方に心から感謝を。そして、嬉しい報告があります。六巻も発売されます！　コミカライズと共にどうぞよろしくお願いいたします。また、「異世界に落とされた…浄化は基本！」のライトノベルに、コミカライズもよろしくお願いいたします。

二〇二一年五月　ほのぼのる５００

最弱テイマーはゴミ拾いの旅を始めました。5

2021年9月　1日　第1刷発行
2024年1月30日　第4刷発行

著　者　ほのぼのる500

発行者　本田武市

発行所　TOブックス
〒150-0002
東京都渋谷区渋谷三丁目1番1号　PMO渋谷Ⅱ　11階
TEL 0120-933-772（営業フリーダイヤル）
FAX 050-3156-0508

印刷・製本　中央精版印刷株式会社

ISBN978-4-86699-305-8

Printed in Japan